「집사람」이 된 그 남자

이 도서의 국립중앙도서관 출판예정도서목록(CIP)은 서지정보유통지원시스템 홈페이지
(http://seoji.nl.go.kr)와 국가자료공동목록시스템(http://www.nl.go.kr/kolisnet)에서 이용하
실 수 있습니다. (CIP제어번호: CIP2014035918)

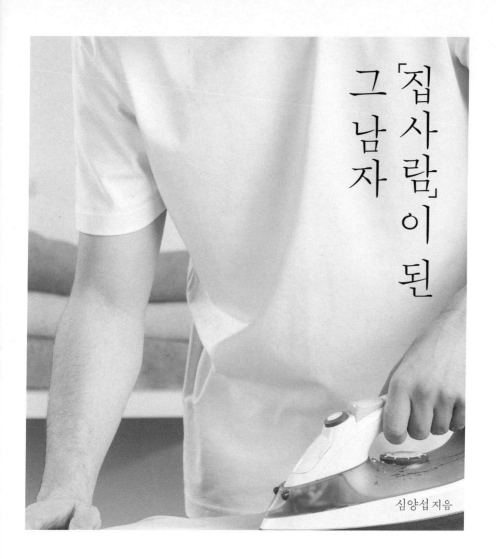

그 남자 「집사람」이 된

심양섭 지음

책머리에

　나는 자칭 남성 전업주부다. 나의 '주부' 신분을 내 아내는 아직 공식적으로 인정하지 않고 있다. 나는 현재 대학의 비정규직 시간강사로도 일하고 있으니, 엄밀한 의미에서 '전업'주부는 아닌 셈이기도 하다.

　하지만 주부들이 하는 가사 중에서 내가 하지 않는 일은 거의 없다. 밥하는 것에서부터 설거지, 빨래, 청소, 쓰레기 처리, 화초 가꾸기, 애완견 돌보기를 다 내가 한다. 물론 주말에는 아내가 밥도 하고 빨래도 하지만, 전반적으로 가사는 나의 몫이다.

　내가 주부인 가장 확실한 증거는 거의 네 해째 주부습진을 앓고 있다는 것이다. 나의 주부습진은 정도가 심해, 무더운 여름에도 흰색 면장갑을 끼고 다닐 정도다. 내 어머니가 살아 계셨다면 아들이 이런 병에 걸리도록 방치한(?) 며느리를 원망했을지도 모른다.

내가 강의실에서 학생들에게 강조하는 것이 두 가지 있다. 하나는 앞으로 결혼하기 전에 반드시 배우자 될 사람과 가사와 육아 분담 서약서를 쓰라는 것이다. 맞벌이 부부가 늘어나는 상황에서 가사와 육아 분담 문제가 심할 경우 이혼의 사유까지 되기 때문이다. 다른 하나는 남자도 육아휴직을 하라는 것이다. 배우자의 벌이가 더 좋다면 남자가 육아휴직을 하는 것이 훨씬 합리적이다.

한국에서는 아직 남자가 낮에 집에 있으면서 가사와 육아를 전담하기가 쉽지 않다. 한국 사회의 가부장적 문화 전통의 잔재가 여전히 강하다고나 할까.

남자들 스스로도 쑥스러워하겠지만, 여자들 스스로가 '남성 전업주부'를 수용하지 못하는지도 모른다. 남자가 집에 있는 꼴을 못 보아주는 것이 한국 여자들 아닌가. 오죽하면 '삼식이'라는 신조어까지 생겼을까.

내가 이 책을 쓰게 된 것도 실은 내 주변의 많은 여자들과 남자들을 보면서 느낀 안타까움 때문이다. 일하는 젊은 엄마들은 정말 바쁘다. 직장 일에 가사에 육아에 정신이 없다. 그러면서도 남편한테 가사와 양육의 상당한 권한과 책임을 넘겨줄 생각을 하지 않거나 못한다. 스스로 모든 것을 할 수 있고 또

해야 한다고 생각하는지도 모른다.

그러다가 제풀에 지쳐서 폭발하거나 좌절한다. 이혼으로 치닫기도 한다. 여자(전업주부)가 하는 가사와 양육의 노동 가치를 인정해야 하듯이 남자가 집에서 하는 가사와 양육에도 똑같은 가치 부여를 해야 하는데, 많은 여자들이 남자의 가사 노동을 인정하지 않는다. 남자는 밥벌이를 해야지 밥을 해서는 안 된다고 여자 스스로 성 역할을 고정시키는 것이다.

남자들도 딱하기는 매한가지다. 남자가 매일 저녁 일찍 집에 들어오면 체통이 서지 않는 줄로 안다. 그러니 실직을 해도 가사와 양육을 담당할 생각을 못하고 산이나 공원을 배회한다.

요즘 신세대 남자 중에서는 가사와 양육을 위해 육아휴직까지 하는 경우도 조금씩 늘어나고 있지만, 아직도 대부분의 경우에는 남자도 '전업주부'가 될 수 있다는 생각을 하지 못한다. 남자도 낮에 집에서 청소도 하고 빨래도 하고 아이도 돌볼 수 있어야 한다고 생각한다. 동네 사람들, 특히 여자들도 이제는 나 같은 남자를 자연스럽게 대해줘야 한다.

나는 이 책에서 그다지 자랑스럽지 않은 많은 이야기도 시시콜콜하게 공개했다. 나의 그런 진솔한 고백이 독자의 공감을 불러일으켜 작은 변화라도 일으켰으면 하는 바람 간절하다.

이 책을 사랑하는 아내 혜선과 아들 재현에게 바친다. 책이 나오기까지 정성을 다해 뒷받침해 주신 도서출판 한울의 김종수 사장님과 윤순현 기획실 과장, 이교혜 편집장께 깊이 감사한다.

2014년 12월

분당 야탑 아파트에서 심양섭

차례

첫째 마당

밥하는 아빠

'집사람'이 된 남자

나는 대학 시절에 운동권 학생이었다. 군사독재 정권에 저항해 민주화 시위에 앞장섰고, 선배들에게 소위 의식화 학습을 받으면서 한때는 사회주의 혁명을 꿈꾸기도 했다. 4학년 때는 한 대학 전체의 학생 자치 기구 대표를 맡아 학생운동을 주도했다. 물론 당시 학생운동의 최고 지도부는 지하에 있었고, 나는 단지 합법적인 학생 활동만 책임졌다. 결국 졸업을 석 달 앞두고 무기정학을 받고 이어 강제 입영되었다.

군 복무를 마치고 복학해서 1년을 더 다니고서야 졸업했다. 나는 진로를 놓고 고민했다. 그때까지만 해도 '운동권 정신'이 남아 있었기 때문에 내 일을 하면서도 사회 변혁에 이바지할 수 있는 길을 가고 싶었다. 대학원에 진학해 공부를 계속할까,

아니면 신문사 기자가 될까. 두 갈래 길이 내 앞에 놓여 있었다.

고민 끝에 후자의 길을 선택했다. 공부를 계속하기에는 가정 형편이 여의치 않았다. 그래서 신문사 기자가 되었다. 중앙일간지 기자로 국회와 정당을 출입하며 맹활약했다. 그다음엔 정치판에 직접 뛰어들어 정당의 입으로, 금배지를 겨누는 후보로, 킹메이커로 땀과 눈물과 젊음을 쏟아부었다. 그러나 인생의 하프타임을 맞아 새로운 여행을 시작했다.

여의도를 떠난 지 올해로 딱 10년째다. 한번 정치에 맛을 들이면 절대 빠져나오지 못한다고들 말하지만, 나는 정치권으로 다시 돌아가지 않을 것이다. 지금도 내가 정치에서 발을 뺐다고 하면 믿지 않는 사람들이 있지만 굳이 설득할 필요성을 느끼지 않는다. 내 삶이 증명할 것이다.

정치를 그만두고 내가 돌아온 곳은 집이다. 집에 있으면서 밥하고 청소하고 아들 재현이와 놀았다. 그러면서 예전에 가고 싶었지만 못 갔던 대학원에 진학해서 공부를 했다. 공부를 하면서 비로소 내 적성을 깨달았다. 집안일을 하고, 아이와 놀아주고, 공부하는 것이 내 적성에 맞다는 것을 알게 되었다.

내가 가장 잘할 수 있는 것은 공부다. 대학교에 들어가서는 시대 상황 때문에 운동권 학생이 되었고, 졸업할 때는 가정 형편 때문에 대학원에 가지 못했지만, 천성적으로 공부가 제격인 사람이다. 초등학교 때부터 고등학교 때까지 나는 모범생이었다. 별명이 '공부 선수'였을 정도다. 엉덩이가 무겁기로 말하자면 누구에게도 뒤지지 않는다고나 할까.

그리고 나는 집에 있는 것이 가장 편하다. 독서실이나 도서관에 가야 공부가 된다는 사람도 많지만 나는 집에서 공부한다. 남자가 대낮에 집에 있는 것을 쑥스러워하는 사람도 많다. 혼자 밥 먹는 것이 싫다는 사람들도 있다. 하지만 나는 혼자 밥 먹는 것을 즐긴다. 혼자 밥 먹으며 밥상머리에 뭔가 읽을거리를 놔두고 읽을 때 나는 가장 행복하다. 『혼자 밥 먹지 마라』라는 책도 있지만, 나는 오히려 '혼자 밥 먹어야 성공한다'는 책을 쓰고 싶다.

흔히 아내를 '안사람' 혹은 '집사람'으로 낮춰 부른다. '안사람'과 '집사람'이라는 말에 '집 안에 많이 있는 사람'이라는 뜻도 담겨 있다면, 내 집에서 '안사람'과 '집사람'은 나이고 내 아내는 '바깥사람'이다. 왜냐하면 나는 주중에 일과 시간의 절반 이상을 집에서 지내는 반면, 내 아내의 경우 주중은 물론이고 주말에도 출근하기 때문이다.

어떤 아버지들은 아내 대신에 일정 기간 아이들을 맡아 먹이고 입히는 동안에 정말 힘들었다며 고개를 설레설레 흔든다. 그런 아버지들을 나는 이해할 수가 없다. 아이들이 아빠와만 지내는 시간이야말로 얼마나 소중한 시간인가. 그런 경험을 아름답게 간직하지 않고 악몽으로 여기다니……

지금까지 내게 가장 행복했던 시간을 꼽으라면 단연코 재현이와 함께한 시간들이다. 재현이가 초등학교 4학년일 때까지 밤마다 자기 전에 책을 읽어주던 때, 재현이가 다니는 미국 초등학교에서 봉사하던 때, 재현이와 아내와 더불어 미국과 캐나다 국공립 공원에서 야영하던 때, 그리고 저녁밥을 해서 재현이와 둘이 먹고 재현이 공부를 도와주던 때……. 한국 최대 신문에 거의 날마다 내 이름으로 된 기사가 실리고 텔레비전에까지 등장해 논평을 발표하던 때가 아니라, 집에서 밥하고 아들을 돌보던 때가 내게는 '행복한 순간'으로 남아 있다.

　　남자든 여자든 야망을 품는 것은 좋다. 야망을 실현해 성공하면 개인의 자기실현 차원을 넘어 사회 발전에도 기여할 수 있다. 그러나 거기에는 고도의 헌신이 따른다. 아무래도 가족과 함께하는 시간은 줄어들 수밖에 없다. 성공한 남편, 성공한 아빠가 반드시 좋은 남편, 좋은 아빠는 아니다. 성공한 남편의 이면에 우울증에 걸린 아내도 있고, 성공한 아빠의 그늘에서 상처 받고 탈선하는 아이도 있다. "가족과 시간을 보내기 위해 공직을 그만둔다"라는 선진국 정치인의 은퇴의 변을 단지 정치적 수사(修辭)로만 치부할 수 없는 이유가 바로 거기에 있다.

　　물론 내가 주부를 자처하며 집에 주로 있는 것을 내 아내는 그다지 좋아하지 않는다. 내가 집안일을 하고 재현이를 챙기는 것에 대해 전보다는 "수고했어요", "감사해요" 같은 말을 자주 하지만, 나의 '주부' 정체성을 여전히 인정하지 않는다. 그에 비하면 재현이의 반응은 한결 낫다. 끼니 챙겨주고 같이 먹어주는 아빠가 싫지 않은 것이다.

친구들은 "넌 참 관운이 없다"라고 하고, 아내는 나를 주부로 대접하지 않지만, 그래도 나는 집안일을 하고 재현이를 챙기는 것이 기쁘고 보람도 있다. 비록 작고 하찮아 보이는 일이지만, 정성을 다해서 할 때 반드시 눈에 보이지 않는 보상이 있을 것이다. 그래서 나는 오늘도 진공청소기를 돌리고 걸레질을 하고 쌀을 씻고 화초를 돌본다.

집에만 있는 것 같지만 나의 내면은 바깥세상과 닿아 있다. 구정물 속에서 삶의 향기를 맡고, 허드렛일 속에서 우주와 생명의 순환을 읽는다. 소소한 일상을 소개하는 블로그에 하루 500명이 넘게 찾아온다. 글쓰기는 세계를 향해 열려 있는 창이다. 대학의 강의를 맡으면 교실에서뿐만 아니라 교실 밖에서도 학생들과 밥을 먹고 커피를 마시며 소통한다. 교회에서는 탈북자들과 친구로 지낸다. 과거에 비해서도 동년배의 다른 사람에 비해서도 '비활동성(inactiveness)'으로 비치지만, 나의 자아는 누구보다도 활동적(active)이다. 고독과 웅크림의 시간을 보내지 않고는 진정으로 창조적인 것이 나오기 어렵다는 것이 나의 소신이다.

남자가 주부가 된다

　나는 연전에『여자가 기자가 된다』라는 책을 펴냈다. 2000년 대 들어 언론사 기자 채용 시험에 여성 응시자들이 대거 합격하면서 운위되는 '언론계 여성 파워'의 실상과 허상을 조명한 책이다. 나는 처음에 '대한민국 여기자'라고 책 제목을 지었는데, 출판사 편집부의 젊은 사람들이 같은 '자' 자 돌림인 '여자'와 '기자'를 연결해 그렇게 바꾸었다.

　'여자가 기자가 된다'라는 책 제목에는 과거 금녀의 성이었던 기자 세계에 여자가 발을 들여놓았다는 의미가 포함되어 있다. 그렇다면 '주부=여자'였던 가부장적 한국 사회에서 남자가 주부로 변신하는 것은 무엇이라고 하면 좋겠는가. '남자가 주부가 된다'라고 하면 어떨까? 여자가 기자가 된 것이 비단 오늘의 일은 아니듯이, 남자가 주부가 된 것도 마찬가지다. 어떤 통계에 의하면 한국에서 남성 전업주부의 숫자가 15만 명을 훌쩍 넘어섰다. 주부가 된 남성의 숫자가 적은 것은 아니지만 여전히 여성 주부 천 명에 두 명꼴이다. 아직은 남성 전업주부의 희소성을 인정받을 수 있을 것 같다.

　내가 '주부'가 된 것은 전적으로 자의(自意)에 의해서다. 내 아내는 그야말로 눈코 뜰 새 없이 바쁘게 일하면서도 나에게 주부가 되라고 강요하지 않았다. 그저 내가 좋아서 가사와 육아를 한 가지씩 야금야금 맡아 했을 뿐이다. 흔히들 무엇이 좋아서 하는 사람을 '아마추어'라고 일컫는다. '아마추어(amateur)'라는 말을 사전에 찾아보면 "예술이나 스포츠, 기술 따위를 취미로 삼아 즐겨 하는 사람"이라고 나온다. 다른 말로 하면 '비전문가'라나? '전문가'는 당연히 '프로(professional)'를 의미할 것이다.

가사와 육아 가운데 맨 처음 내가 좋아서 시작한 일은 십수년 전 미국 시애틀에서 한 해를 지내는 동안 아들 재현이의 학교생활을 돕는 것이었다. 한시적 외국살이라는 특수 환경 때문이었는지는 몰라도 그것처럼 즐거운 일이 없었다. 자식이라곤 아들 하나밖에 없는 데다가 지금은 재현이가 군에 있기 때문에 육아의 기쁨을 예전처럼 맛보지는 못하고 있다. 입양을 해서라도 하나 더 키워볼까 하는 막연한 상상을 가끔 할 뿐이다. 한때는 선출직 공직의 꿈을 꾸던 내가 변하기는 많이 변한 것이 틀림없다.

그 후 아내가 대학에서 주요 보직을 맡게 되면서 내가 가사와 육아를 통째로 맡다시피 했다. 집 근처의 공립 학교가 아니라 멀리 대안 학교를 다니는 재현이를 조석으로 실어 나르고 밥해 먹이고 공부까지 시켰다. 공부를 시키면서 욕심을 부린 나머지 재현이에게 매를 대어 상처를 주기도 했지만, 나는 '주부'로서의 보람을 만끽했다. 방과 후 재현이와 함께 공을 차는 아이들에게 음료수와 아이스크림 세례를 퍼부으면서 나 스스로 '최고 아빠'가 되었다. 미국에서는 자녀의 축구장까지 따라다니는 극성 엄마를 사커 맘(soccer mom, 축구 엄마)이라고 하는데, 나는 한때 사커 대드(soccer dad, 축구 아빠)였던 셈이다.

그다음에는 강아지 또또의 목욕은 물론이고 미용(trimming)까지 내 손으로 하게 되면서 가사가 늘어났다. 현대 사회는 분업 사회인데 강아지 미용을 굳이 집에서 할 필요가 있느냐는 반론도 있지만, 전문가의 손을 빌리지 않고 부족하나마 내가 직접 한다는 데 의미를 두어 또또가 하늘나라에 갈 때까지 했다. 힘도 들고 땀도 나고 시간도 많이 걸리지만, 그렇게 단순한 일에 몰두하는 것이 주는 이익은 계산할 수 없을 만큼 크다고 자부한다.

그러던 중 수년 전부터 화초 가꾸기에 관심을 갖게 되었다. 아내가 화초를 좋아하면서도 시간을 투자하지 못해 제대로 돌보지 못하는 것이 마음에 걸려 슬그머니 '업무'를 인수한 것이다. 물 주고 통풍시키는 것만 제때 하면 끝일 줄 알았는데 화분 수가 열 개를 넘어서면서 개중에는 시름시름 앓기도 하고 돌연 세상을 하직하는 녀석도 있어 이래저래 손도 가고 신경도 쓰이지만, '삶의 질'은 한결 높아진 느낌이다.

그러나 아직도 '프로' 주부가 되려면 멀었다. 일주일에 한 번 와서 한나절 동안 일하고 가는 청소 도우미 아주머니가 손

을 다쳐 석 달이나 못 오게 되자, 주부로서 나의 부족한 면이
여실히 드러났다. 친절하게 내 옷까지 다려주던 그 아주머니
의 돌봄을 받지 못한 집 안 구석구석에서 나를 부르는 아우성
이 터져 나오기 시작했다. 바야흐로 내가 팔을 걷어붙이고 나
서지 않으면 안 되었다.

우선 스팀다리미를 가져다가 바지 세 개와 셔츠 여섯 개를
단참에 다렸다. 군대 생활을 할 때 멋도 없는 군복을 빳빳하게
다려 줄을 잡던 기억이 문득 살아났다. 그다음에는 석 달 내내
매주 일요일 늦은 오후에 집 안 대청소를 했다. 또또의 배설물
로 집이 금방 지저분해지기 때문에 한 주도 청소를 안 하고 지
낼 수가 없다. 진공청소기를 집 안 구석구석까지 돌리고 스팀
청소기로 닦아주었다. 아내가 말은 안 해도 흡족해한다는 것
을 알 수 있었다.

남자가 주부가 된 경우는 내 주위에서도 심심찮게 눈에 띈
다. 남자들이 드러내놓고 떠들지 않고 있을 뿐이지, 적지 않은
아빠들이 가사와 육아 전선에 뛰어들었다. 어떤 이는 아내가
주중에 지방에서 근무하는 주말부부여서 가사와 육아를 전담
하다시피 하고, 어떤 이는 아내가 암 투병 후 회복 중이어서 모
든 가사를 도맡아 한다. 그런 것에 관심을 가지고 물어보는 사
람이 없으니 말을 하지 않는 것이고, 그러다 보니 '남성 주부'
의 정체성이 수면 위로 떠오르지 않을 뿐이다. 어떤 지인은 내

가 주부습진으로 흰색 면장갑을 끼고 있는 것을 보고서야 자신도 얼마 전에 주부습진으로 고생한 이야기를 실토했다.

탈북자들이 한국에 와서 자신이 탈북자임을 드러내면 득보다 실이 많아 정체성을 잘 드러내지 않듯이, '남성 주부'들도 자기 정체성을 드러내기에는 아직 자연스럽지 않은 사회 분위기라고 생각해 잠잠한 것일까. '남성 주부'는 '부족한 남자'이거나 '못난 남자'가 아니다. 오히려 사랑 많은 남자요, 사랑받을 남자다. 나처럼 당당하게 "나는 주부요"라고 밝히는 남자들이 많아졌으면 좋겠다.

남성 전업주부 24시

나는 자칭 남성 전업주부다. 내 아내는 인정하지 않는 직업이다. 내 아내의 눈에 비친 나는 그저 '반(半)백수'일 뿐이다. 어느 신문에도 났듯이 한국의 아내들은 아직도 남편이 밥벌이를 해주기 바라지, 밥을 해주기를 바라지는 않는 것 같다.

오늘은 월요일이다. 대학의 시간강사로서 강의 시간표를 짤 때 월요일은 항상 비워둔다. 주말이 의외로 분주한 경우가 많아 주중 첫날인 월요일에 쉴 틈을 마련한 것이다.

아내와 새벽 기도를 다녀와서 아내는 아침상을 차린다. 아침 식단은 빵과 커피, 구운 감자와 고구마, 사과와 참외, 그리고 다양한 과일과 야채를 갈아서 만든 주스 두 종류다.

나는 강아지라고 하기에는 노견(老犬)인 또또에게 밥을 준다. 먼저 냉장고 안에 넣어둔 순살 치킨 캔을 꺼내 뚜껑을 따고 반만 떠내어 잘게 이긴 다음에 작은 도자기 종지에 담아준다. 다음에는 국자 모양의 스푼으로 노견용 사료를 서너 스푼 담아 또또 밥그릇에 담아준다. 물그릇을 씻어 물을 새로 부어준다. 새벽에 화장실에 누인 오줌을 씻어 내린다. 하루에 두세 차례 간식도 준다. 점심때는 당근 먼치 껌 하나, 저녁때는 올리고당 비스킷 두세 개를 주곤 한다.

아직 아침상이 다 차려지지 않았다. 월요일은 화초에 물 주는 날이다. 열 개의 화분 중에 매주 물을 주는 다섯 개에 물을 준다. 먼저 화분 밑 물받이에 남은 물을 플라스틱 물통에 담아 욕실에 버린 다음에 물뿌리개로 물을 준다. 5월을 맞아 아파트 베란다에 초록의 축제가 펼쳐졌다.

아들 재현이는 포항에 있는 대학교에서 기숙사 생활을 하는데 중간고사를 마치고 지난 금요일에 집에 왔다가 어제 내려갔다. 아내와 단둘이 마주 앉아 아침을 먹는다. 식사 후에는 내가 상을 치운다. 설거지를 바로 하지 않고 그릇들을 애벌로 행군 다음에 식기세척기에 정렬해둔다. 점심 혹은 저녁 그릇까지 합쳐서 한꺼번에 세척기를 돌리기 위해서다.

출근하는 아내를 배웅한다. 가벼운 포옹과 볼에 하는 뽀뽀라도 해주고 싶은데 아내가 싫다고 하니, 말로만 "조심해요. 아이 러브 유" 하고 인사할 수밖에 없다. 아내는 오늘 저녁에 늦는단다. 저녁 일정을 알려주면 고맙다. 아내는 일주일에 평균 이틀 이상 저녁을 먹고 들어온다. 일벌레는 아니지만, 학기 중에는 물론이고 방학 때도 월요일부터 토요일까지 출근한다.

월요일은 또또 목욕일이기도 하다. 오전에 병원에 갈 일이 있어 또또 목욕을 서두른다. 털이 길어 젖은 털을 드라이어로 말리는 데 꽤 시간이 걸린다. 목욕 후 특별 간식을 먹고 기분 좋게 앉아 있는 또또의 사진을 찍어 카카오톡의 가족 채팅 룸에 올린다. '동생' 또또와 헤어져 지내는 재현이에게 또또가 일주일에 한 번씩 하는 인사다.

화초를 생각해서 아파트 베란다의 창문을 열어놓는다. 아내가 자신의 겨울옷을 드라이클리닝 맡기라고 한 것이 생각나 얼른 세탁소에 전화한다. 외출 준비를 마치고 앉아 있는데 세탁소 아저씨가 왔기에 세탁물을 맡기고 집을 나선다. 엘리베이터에서 만나는 이웃, 아파트 관리실과 경비실 사람들, 그리고 집 앞 주유소의 직원에 이르기까지 만나는 모든 사람에게 "안녕하세요?" 하고 인사한다. 한번은 대낮에 엘리베이터에서 만난 꼬마가 "아저씨 직업은 뭐예요?" 하고 묻기에 "나는 작가야"라고 대답한 적도 있다.

마을버스를 타고 야탑역(경기도 분당) 동편에 있는 피부과에 들렀다. 얼굴의 피지선(皮脂腺) 제거 시술 후 한 달이 지나 점검 받으러 갔는데, 진료를 받고 나니 벌써 11시 반이 넘었다. 야탑역 서편에 있는 한살림 매장으로 가서 아침에 먹을 빵을 산다. 우리 밀 식빵과 핫도그 빵을 골랐는데 5300원이다. 반찬을 살까 하다가 오늘은 사지 않았다. 생활협동조합이자 친환경 식품 판매 업체인 한살림에 가입한 것은 최근이다. 다시 마을버스를 타고 이매촌 한신아파트 앞 버스 정류장에 있는 반찬 가게로 간다. 번화가에 있는 반찬 가게인데도 양이 많고 값이 싸서 이 가게도 애용하고 있다. 당초에는 꼬막과 닭볶음탕을 살 요량으로 들렀는데, 아직 이른 시각이어서인지 없다. 동태찌개, 마늘장아찌, 취나물 무침을 대신 샀는데 1만 4000원이다.

다시 마을버스를 타고 집으로 온다. 집 근처에 새로 생긴 커피점에서 커피 한 잔을 테이크아웃해서 집으로 들어온다. 동네 상가가 살아나게 하려면 체인점이 아닌 이 커피점부터 살려야겠다 싶어서 거의 날마다 한 잔씩 커피를 사고 있다.

집에 들어와서 점심을 먹으려고 보니 밥이 없다. 다행히 어제 아내가 안쳐놓은 쌀이 있어 압력밥솥의 버튼을 누르고 우유를 한 잔 마신다. 외출하고 돌아오면 늘 또또가 오줌이나 똥을 여기저기 싸놓는데, 오늘은 없어 다행이다. 밑반찬은 오늘 사 온 것 말고도 삭힌 고추 무침, 우엉조림, 연근조림, 검은콩자반, 고추장멸치 볶음, 무말랭이 무침, 파김치, 배추김치, 완도 구이 김을 합쳐 아홉 가지나 되고, 거기다가 쌈장에 찍어 먹을 오이와 오이고추까지 있어 한 상 푸짐하다. 연전에 심한 배탈을 앓고 난 후로 나는 국을 거의 먹지 않는다. 밥과 반찬을 천천히 꼭꼭 씹어 먹기 위해서다. 점심 설거짓거리도 식기세척기에 정렬한다.

점심을 먹고 나니 오후 2시가 훌쩍 넘었다. 내일 수업을 준비한다. 카톡을 열어보니 아내는 동료 교수 문상까지 겹쳐서 더 늦을 것이라고 한다. 점심때 먹고 남은 밥과 아내가 어제 요리해놓은 어묵국으로 저녁 식사를 한다. 저녁 설거짓거리까지 식기세척기에 정렬하고 나니 세척기 안이 그득하다.

식기세척기 전원을 켜고 시작 버튼을 누른다. 마지막으로 분리수거 쓰레기를 배출할 차례다. 평소 플라스틱 통에 폐지류와 기타 재활용품을 따로따로 모으기 때문에 분리수거는 어려울 것이 없다. 소형 카트에다 차곡차곡 쌓아 줄로 묶어서 끌고 나가면 쏟아질 일도 없다. 엘리베이터로 지하 2층까지 내려가서 지하 주차장 입구에 마련된 분리수거장으로 간다. 여기서도 남녀노소를 가리지 않고 만나는 사람마다 "안녕하세요?" 하고 반갑게 인사한다.

간단하게 씻은 다음에는 번역할 것이 있어 컴퓨터 앞에 앉는다. 아내는 11시 20분쯤이 되어서야 들어왔다. 나는 자정이 조금 지나 잠자리에 든다. 아내는 곤하게 자고 있다. 아내가 자는 모습을 볼 때 나는 행복하다. 잘 때 빼놓고는 아내가 쉬는 것을 보기 어렵기 때문이다. 아내는 나를 딱하게 여기지만, 나는 집과 일터를 오가며 동분서주하는 아내가 안쓰럽다. 아버지들도 일터와 가정의 시간 배분에서 '50 대 50' 균형이 필요하다는 논문의 제목을 본 기억이 난다. 직장 문화만 탓하던 때는 지났다. 나 같은 남성 전업주부가 점점 더 많아지고, 남성 전업주부를 직업으로 인정하는 아내들도 늘어났으면 하는 바람 간절하다.

한 주간의 주부 생활

송년 모임에서 대학교 학과 동기 동창을 만나 아이들에 대해 물어보았다. 2녀 1남 중에서 위로 둘이 딸이고 막내가 아들이라고 했다. 셋 다 학교를 다니는데 대학교 3학년, 고등학교 2학년, 중학교 3학년이란다. 내가 주부습진 치료 중인 손을 보호하기 위해 흰 장갑을 끼고 있다 보니, 자연히 이야기는 가사와 육아로 이어졌다.

그 친구는 부부가 모두 교수다. 그의 아내는 지방 대학의 교수여서 일주일에 나흘은 지방에 머문다. 그러면 친구가 아이들을 돌본다. 세 녀석의 식성이 제각각이다. 첫째는 빵을 좋아하고, 둘째는 야채와 과일을 즐기며, 막내는 밥과 고기를 찾는다. 더욱이 막내는 아침부터 고기를 먹고 싶어 해서 아침마다

고기 굽느라 아빠는 정신이 없다. 아내 부재중에 세 아이를 챙기는 것이 너무너무 힘들다는 이야기였다.

내가 "빵은 빵집에서 사다 주기만 하면 되고 과일도……"라며 엄살떨지 말라는 식으로 반응하자, 곧바로 "제때에 사다놓는 게 문제지"라고 받는다. 진짜 힘든 모양이다. "너야말로 가장 훌륭한 아빠고 가장 행복한 아빠다"라고 치켜세웠는데도 "요즘은 무자식 상팔자"라는 답이 돌아온다.

그렇다. 가사와 육아는 결코 만만찮다. 여자가 해도 어렵고 남자가 대신해도 마찬가지다. 나도 학기가 끝나고 거의 집에만 머물며 한 주일을 살아보니 집안일의 어려움을 새삼 실감할 수 있었다. 재현이가 기숙사에서 나와 집으로 돌아오니 갑자기 신경 쓸 것이 많아졌다. 여기에 목요일부터 그다음 주 수요일까지 한 주간의 '주부 생활'을 적어본다.

목요일 점심에는 대학원 동기 동창 몇 명과 점심 식사를 하러 여의도에 갔다가, 프랑스 빵집 '브리오슈 도레' 1호점을 찾아가 크루아상 두 개와 다른 빵 두 종류를 사 가지고 왔다. 칼바람이 부는 추운 날씨에도 아랑곳하지 않고 빵을 사러 간 것은 나의 유별난 기호(嗜好)이기도 하지만, 양식으로 먹는 아침 식사의 재료와 재현이 간식거리를 염두에 둔 것이기도 하다. 그날 저녁에도 나는 밥을 하면서 아내를 기다렸다. 아내는 평소보다 한 시간 정도 이른 오후 5시 25분에 직장을 출발했다고 카카오톡 메시지를 보내왔다. 모처럼 아내와 재현이 그리고 나 세 식구가 함께 식사를 했다. 밤에는 주말에 가족이 같이 볼 영화표를 예매했다.

금요일에는 오전에 일찌감치 화분에 물을 주고 강아지 또또를 목욕시켰다. 학기 중에는 이 두 가지 일을 강의가 없는 월요일에 하곤 했는데, 어쩌다 보니 금요일까지 미뤄졌다. 목욕하고 난 또또를 부분 미용까지 해주었다. 발가락을 뒤덮은 털을 잘라주고 성기와 항문, 입 주변의 털도 가위로 자르고 이발기로 밀었다. 또또의 부분 미용과 전신미용은 시간이 많이 걸리기 때문에 미루고 미뤘다가 종강을 하고서야 한다. 그러고 나니 오전이 후딱 지나갔다.

토요일은 내 생일이었다. 아내는 모처럼 나에게 설거지도 허락(?)하지 않고 자기가 아침과 점심 식사, 그리고 설거지를 도맡았다. 오후에는 세 식구가 함께 영화를 보고, 저녁에는 동지팥죽을 덤으로 주는 한정식집에 가서 외식을 했다.

일요일에는 내가 다니는 탈북자 교회의 주방 봉사를 위해 아침 7시쯤 집을 나섰다. 교회는 오류동에 있어 내가 사는 분당의 야탑에서 두 시간 가까이 걸린다. 교회에 갔더니 새 건물로 이사를 하고 나서 아직 부엌 정리가 안 돼 있었다. 국은 외부에서 끓여 오므로 밥만 하면 된다고 해서 압력 전기밥솥 두 개와 또 다른 전기밥솥 하나에 50인분 쌀을 씻어 안쳤다. 이날 봉사

당번인 여자 성도 두 사람이 있었지만, 밥하는 것은 내가 도맡다시피 했다. 커피 내리는 것은 언제나 내 몫이므로 그 어수선한 부엌에서도 커피메이커와 커피, 필터를 찾아내어 커피를 한 주전자 가득 내렸다. 탈북 여성과 결혼한 한족 중국인 청년 셋을 불러 새로 사 온 식탁과 의자의 포장을 벗기고 배치해, 어수선하나마 밥을 먹을 수 있게끔 했다. 저녁에는 전에 다니던 교회의 아주 가까운 사람들과 함께 강남에서 식사를 하고 귀가했다.

월요일에는 아내가 출근한 뒤에 인터넷 쇼핑몰에서 브랜드 감귤 5킬로그램, 생수 한 상자, 그리고 미국산 오렌지 주스(2.84리터짜리) 두 통을 주문했다. 오렌지 주스는 산성이어서 별로 좋지 않다는 아내의 지적에도 불구하고, 재현이도 좋아하고 나도 좋아하기에 샀다. 그러고는 바로 야탑역에 있는 정형외과로 가서 왼쪽 목과 어깨에 물리치료를 받고 피부과에도 들렀다가, 서현동 AK백화점에 있는 빵집인 '라롬드빵'으로 가서 컨트리 빵과 와인 식빵을 하나씩 샀다. 평소 생활협동조합 매장인 한살림에서 빵을 사 먹다가 이날 백화점 빵집까지 진출한 것도 역시 밤낮을 거꾸로 생활하는 재현이의 야식용으로 빵을 사다놓으라는 아내의 '특명' 때문이었다.

화요일은 성탄 전야였다. 월말이라 신문 구독료 지로 용지가 지난주에 왔기에 갖고 있다가 평일인 이날 인터넷뱅킹으로 납부했다. 우윳값 지로 용지는 그다음에 왔기에 사흘 뒤에 납부했다. 아내는 방학인데도 일요일만 빼고는 출근한다. 점심에는 요즘 들어 내가 가장 즐겨 만들어 먹는 중국요리 '계란 토마토 볶음'을 해서 재현이를 불렀다. 그러나 재현이는 고등학교 동창들과 약속한 시각이 다 되었다면서 쳐다보지도 않고 집을 나가버렸다. 그 바람에 계란 토마토 볶음은 나 혼자 절반을 먹고 나머지는 저녁에 먹으려고 남겨놓았다. 이날도 아내는 6시가 넘어서야 학교에서 집으로 출발했다. 재현이는 저녁 식사 전에 들어왔지만, 밖에서 많이 먹고 들어왔다며 아무것도 먹지 않았다. 아내랑 밥을 먹은 다음에 재현이와 또또까지 데리고, 온 가족이 분당 율동공원으로 가서 호숫가를 한 바퀴 돌며 산책했다. 성탄 전야에 다들 불야성(不夜城)의 도심으로 가버렸는지 산책하는 사람은 손꼽을 정도였다.

수요일은 성탄절이어서 교회에 가서 예배하고 탈북 청년 동철이와 일대일 제자양육 성경공부를 한 다음에, 6시가 거의 다 되어서 야탑역에 도착했다. 집으로 바로 오지 않고 홈플러스로 가서 재현이가 우유에 타서 먹을 시리얼 두 종류와 빵 두 종류를 사 가지고 왔다. 쇼핑백이 없어 종량제 봉투에 시리얼 큰 것 두 개와 빵 한 개를 넣고 나머지 빵 하나는 등가방(backpack)에 넣어 가지고 아파트 단지까지 왔다. 택배를 찾아오라는 아내의 카카오톡 메시지가 생각났다. 경비실에 가서 오렌지 주스 두 통이 든 상자까지 들고 낑낑대며 집으로 올라왔다. 아내가 준비한 밥을 먹고, 자기 전에 인터넷 쇼핑몰에서 오렌지 한 상자를 주문했다. 매일 아침 이것저것 갈아서 먹는데, 오렌지 주스를 생으로도 만들어 먹고 싶다는 아내의 이야기에 즉각 반응한 것이다. 감귤 출하기여서인지 인터넷 쇼핑몰에서도 오렌지가 별로 보이지 않았다.

이렇게 또 한 주간의 주부 생활이 끝났다. 생일도 끼고 주중에 휴일도 있어 평소에 비해 밥을 덜한 한 주였다. 역시 재현이가 집에 있으니까 이것저것 신경은 많이 쓰이지만, 그래도 사람 사는 맛은 훨씬 더 나는 것 같다. 가사와 육아를 전담 혹은 분담하는 아버지 중에서는 마지못해 하는 경우도 많지만, 나는 사명감(?)을 가지고 즐겁게 한다. 주부 생활, 비록 잘하지는 못하지만 내 적성에는 맞는 듯도 하다.

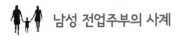 남성 전업주부의 사계

새벽 기도 오갈 때만 해도 폭우가 쏟아지더니, 오전 새참을 먹을 때쯤 되자 날이 갰다. 점심때를 전후해서는 한참 동안이나 해가 떠서 더 반가웠다. 장마철에는 빨래가 잘 마르지 않아 옷도 함부로 벗어서 내놓지 못한다. 일기예보에 촉각을 곤두세우며 지내는 요즘이다.

방학 중이지만 아내는 오늘도 출근했다. 저녁때는 아들 재현이가 다니는 대학교의 학부모 기도 모임에 가야 하기 때문에 늦겠단다. 오늘이 월요일이니까 평소 같으면 아침을 먹자마자 화분에 물 주고 강아지 또또 목욕시켜야 할 텐데, 왠지 게으름을 피우고 싶다. 그래서 컴퓨터 앞에 앉아 동네 문학회인 야탑문학회 회지에 실을 수필 한 편을 끄적거린다. 일필휘지(一筆揮之)로 써 내려갔더니, 압력밥솥에 예약해놓은 점심밥이 채 되기도 전에 초고가 완성되었다. 역시 수필이라기보다는 칼럼에 가까운 내 글의 특성이 묻어난다.

일전에 초등학교 동기생 목사의 농촌 교회에 갔다가 얻어온 무농약 풋고추를 쌈장에 찍어 먹는 점심이 참 맛있다. 아내가 어제 씻어놓은 현미(입쌀과 율무를 섞었다) 위에 세 종류의 해콩을 한 줌 가득 씻어 얹은 다음에 밥을 했더니 구수한 콩밥이 되었다. 콩은 야탑역 좌판 할머니들에게서 산 것을 냉동고에 넣어두고 꺼내 먹는데 완두콩, 강낭콩, 보랏빛 무늬가 있는 잘생긴 얼룩 콩이다. 묵은 콩보다는 역시 해콩이 좋다.

여름철이면 나는 야탑역 좌판 할머니들에게 단골손님이 된다. 콩, 감자, 상추, 쑥갓을 비롯해 먹음직스러운 것이 보이면 바로 산다. 할머니들의 상술이 보통이 아니다. 한 가지를 사면 꼭 다른 것을 끼워서 팔고, 한 봉지를 사려고 하면 꼭 두 봉지나 아니면 떨이로 한 품목 남은 것을 다 사게 한다. 그 상술에 넘어가는 바람에 아내에게 혼나기도 하고 나 스스로도 후회할 때가 많지만, 그러고도 다음에 또 속는다(?). 한번은 햇감자라고 샀는데, 큰 감자는 몇 개 안 되고 메추리 알만 한 잔챙이만 잔뜩 들어 있었다. 그것을 일일이 껍질 벗겨 밥할 때 얹어서 쪄 먹었다. 내가 감자를 좋아하니까 망정이지, 그렇지 않았으면 아마도 썩어 내버려졌을 것이다.

아들 재현이가 한 달 일정으로 뉴질랜드로 가버리는 바람에 점심과 저녁을 연달아 혼자서 먹지만, 전혀 외롭지가 않다. 나는 혼자 밥 먹는 것을 좋아한다. 밥상머리에 읽을 것을 놓아두고 읽으면서 밥을 먹으면 즐겁다. 밥을 다 먹고 나서도 한참 동안 읽곤 한다. 미국의 어느 젊은 억만장자가 신문 인터뷰에서 말했듯이, 창의성은 고독의 산물이다. 나야 뭐, 아직 이렇다 할 만한 창의적인 작품을 내놓지도 못했지만 말이다.

화분 물 주기와 또또 목욕은 점심 식사 후에 해치웠다. 지난 봄 아내의 생일 기념으로 들여놓은 꽃기린이 점점 죽고 있어서 큰일이다. 작고 흰 꽃이 피고 또 피어 봄 내내 눈을 즐겁게 해주던 친구가 병이 들었나? 단골 화원 주인에게 문자 메시지로 사진을 찍어 보내줬더니, 처음에는 통풍이 안 되어서 그럴 것이라고 해서 화끈하게 전지(剪枝)하여 솎아주었는데도 계속 녹아내린다. 다시 사진 찍어 문자를 보내니 "햇빛 부족 장마 끝나야지 회복될 거예요"라는 답이 왔다. '통풍'이라는 말에 귀가 번쩍 뜨여서 홍콩 야자 두 그루와 녹보수를 비롯해 다른 화분도 두루 가지치기를 해주었다.

9월에 각 대학이 개강을 하면 강사인 나도 바빠진다. 그 전에 할 일이 있다. 8월 말에는 강아지 또또의 미용을 해준다. 1학기 종강하면서 6월 중순에 미용해준 것 같은데 한 달 만에 벌써 털이 많이 자랐다. 그저께 보니 그새 눈이 털로 덮여 있어 눈 주위의 털을 잘라주면서 면도를 해주고 겸사겸사해서 발톱도 깎아주었다.

가을이 오면 여름옷들을 빨아서 옷장에 넣는다. 여름 양복을 비롯해서 드라이클리닝 할 것은 세탁소에 맡긴다. 여름철 내내 옷장에서 자기 할 일을 다한 제습제들도 모아서 재활용 쓰레기로 분리 배출한다. 선풍기 세 대는 하나씩 하나씩 날개와 안전망을 분리하여 먼지를 씻어내고 말린 뒤 비닐을 씌워 베란다 한쪽에 모아 보관한다. 세탁은 아내가 자기 일이라고 내게 맡기려고 하지 않는다. 그러다 보니 빨래 개는 일도 나는 잘 하지 않게 된다. 올가을부터는 빨래 개는 일이라도 내가 도맡아야겠다. 여자들은 남자들에게 가사를 맡기지는 않고 나중에 가서야 안 도와주었다고 불평하곤 한다. 맡기지 않더라도 알아서 하는 남자가 되어야지.

늦더위가 기승을 부리다 보면 가을은 왔나 하는 순간 끝나고 어느새 겨울이다. 겨울이면 재현이가 또다시 한 학기 동안의 기숙사 생활을 마치고 집으로 돌아온다. 재현이는 방학 중에는 올빼미 생활을 할 때가 많다. 낮과 밤이 뒤바뀌는 생활 패턴이다. 대체로 재현이 밥은 저녁 한 끼만 챙기면 된다. 아내마저 늦을 경우 재현이와 단둘이 저녁밥을 먹는다. 건조한 겨울이면 내 손의 주부습진이 심해져 갈라지면서 매우 고통스럽다. 그마저도 나의 정신적 이완을 막아주는 견제 장치로서 감사하며 살아간다. 1월 초 소한 추위가 닥치기 전에 아파트 베란다의 녹색 친구들을 실내로 들여놓는다. 이 친구들의 건강을 위해 가끔씩은 문을 열어놓아야 하는데, 자꾸만 까먹는다. 겨울철에는 외출하고 돌아오면 실내가 덥기 때문에 또또의 똥오줌이 말라 있어 치우느라 고생한다.

꽃샘추위와 더불어 동장군께서 쉬이 물러가지 않아 봄도 가을처럼 온 듯하면 가버리고 없다. 봄에 하는 가장 큰 공사는 겨울옷을 세탁소에 드라이클리닝 맡기는 것이다. 나와 아내의 것을 합치면 수십 개가 되기 때문에 몇 차례에 나눠서 맡긴다. 그러지 않으면 무거워서 옮기지를 못한다. 겨우내 실내에서 지냈던 초록 친구들을 다시 베란다로 내놓는다. 또또도 봄맞이 미용을 한다. 사람도 견공(犬公)도 옷차림이 가벼워진다.

대학의 봄 학기가 시작되고 강사인 나는 다시 바빠진다. 수필 모임 중에서는 시애틀문학회의 작품 독촉이 제일 먼저 온다. 3월 말까지 허겁지겁 수필 두 편을 써서 이메일로 보낸다.

≪에세이성남≫과 ≪성남문학≫의 원고를 마감에 임박해 겨우 제출하고 나면 서서히 장마가 몰려온다. 이렇게 남성 전업주부의 사계(四季)는 되풀이된다. 나이가 한 살 더 먹는 만큼 나의 글쓰기도 한 차원 더 질적 비약을 하면 얼마나 좋을까. 내 수필은 문학성이 떨어지고 재미가 없다며 시집을 읽으라고 어느 친구가 말했는데, 그놈의 문학성 좀 안 생기나?

🚶 [콩트] 주부 생활

오늘 저녁은 뭘 끓여 먹을지 잔머리를 굴릴 필요가 없었다. 아내가 모처럼 저녁을 집에서 먹는다기에, 낮에 아파트 앞마당에서 열린 알뜰 장에서 우럭 매운탕거리를 꽤 비싼 돈을 주고 장만해두었던 까닭이다.

오후 6시 30분. 아내가 아파트 현관문을 열고 들어서기 30~40분 전이다. 나는 얼른 컴퓨터 앞을 떠나 부엌으로 향한다. 그리고 저녁상 차리기에 착수한다. 불과 30여 분 만에 밥하고 탕을 끓여서 한 상 그득하니 차려 내려면 손이 여간 재발라서는 안 된다. 한꺼번에 서너 가지 일을 동시에 해야 한다. 그야말로 멀티태스킹(multitasking)이다.

우선 압력밥솥의 전원을 연결하고 취사 버튼을 눌렀다. 낮에 혼자 점심을 먹고 설거지를 하면서 저녁쌀을 미리 씻어놓

앉던 것이다. 이제 매운탕을 끓일 차례. 조리법을 인터넷에서 출력해두었으니 그 순서를 따르기만 하면 되었다.

냄비에 물을 붓고 가스레인지의 불을 켠 다음에 국물용 멸치 일고여덟 마리를 던져 넣었다. 그러고는 얼른 무를 썰어 멸치와 함께 끓였다. 매운탕용 육수 준비는 그것으로 끝. 우럭은 생선 장수가 이미 잘 다듬어놓았기에 흐르는 물에 깨끗이 씻기만 해서 한쪽에 놔두고, 얼른 두부를 썰고 야채를 준비했다. 보글보글 매운탕 끓는 소리가 얼큰한 냄새와 함께 식욕을 돋울 때 양송이를 프라이팬에 볶고, 쌈장에 찍어 먹을 오이도 다듬었다. 이제 냉장고를 열어 김치랑 밑반찬을 꺼내 상에 올려놓을 차례다.

그때 전화벨이 울렸다. 아내가 집으로 출발한다는 전화인가 보다. 급히 달려가서 받았다.

"여보 난데, 재현이 들어왔어?"

"아니, 아직 안 왔네. 당신 언제 출발할 거야?"

"참, 나 어떡하지? 갑자기 밤에 회의 일정이 잡혀서……."

"괜찮아. 재현이랑 둘이 먹을 테니까. 일 잘 마치고 조심해서 들어와."

매운탕 실력을 과시할 기회를 상실해 약간 아쉽기는 했지만, 평소처럼 아들과 겸상해서 먹으면 될 테니 새삼 실망할 것은 없었다.

식탁에 밑반찬들을 옹기종기 올려놓고 수저 두 쌍도 갖다 놓았다. 마침 압력밥솥에서 "삐삐" 소리가 났다. 밥이 다 됐다는 신호였다. 이제 아들 녀석만 들어오면 같이 밥을 먹을 참인데 이 녀석의 귀가 시각이 시나브로 늦어졌다. 다시 컴퓨터로 돌아와 하던 일을 계속하는데 어느덧 저녁 8시가 지나고 있었다. 잠시 후 전화벨이 울렸다.

"아빠, 나 찬양 연습하다가 인제 끝났거든. 선생님이 밥 먹고 가라시는데 그래도 돼?"

그 순간 맥이 탁 풀리면서 식욕이 사라졌다. 강아지 또또가 밥 달라고 꼬리를 흔들며 다가오기에 한 번 세게 걷어차 주었다. 가만히 눈을 감았다. 아내 대신 부엌살림을 도맡아 해온 2년의 세월이 주마등처럼 스쳐 지나갔다.

돌이켜보면 보람도 많았지만, 속이 쓰릴 때도 적지 않았다. 아내는 자신이 봉직하는 대학에서 주요 보직을 제의받았을 때 맡을까 말까 망설이는 눈치였다. 그때 아내의 등을 떠민 것은 나였다.

"여보, 당신은 잘할 거야. 집안일은 나한테 맡기고 한번 해봐. 내가 도와줄게."

"저녁에 내가 집에 없어도 재현이한테 괜찮을까?"

"괜찮아, 내가 집에 있을 테니까."

내 생각에 아내는 행정력이나 정치력이 남성 못지않게 뛰어나기 때문에 보직을 잘 수행할 것 같았다. 나는 마치 여전사를 최전방 싸움터로 내보내고 후방에서 외조(外助)하듯 2년을 살았다. 실제로 아내는 맡은 일을 잘 해냈다. 운동권 총학생회의 등록금 동결 투쟁을 이태 연속 잘 수습한 것이다.

반면에 나는 영락없는 솥뚜껑 운전수가 되고 말았다. 날마다 아들을 학교에 태워다주고 태워 오는 것도 내 몫이었다. 학급 학부모회에도 내가 대신 나갔다. 아내는 갈수록 더 바빠졌다. 봄이면 어김없이 총장실이 점거되곤 하면서 아내의 새치는 나날이 늘어갔다. 나는 동창회를 비롯해서 내가 속한 모든 모임의 저녁 자리에 나가지 못하면서 스트레스가 쌓였지만, 고생하는 아내를 생각하면 한마디 불평도 할 수 없었다.

나는 나의 이런 운명을 오히려 감사하게 생각하는 '긍정의 힘'을 발휘하기로 작정했다. 내가 가르치는 대학 학생들에게도 나 자신을 '남성 전업주부(house husband)'로 소개했다. 구미 선진국에서는 남성 전업주부가 흔하고 자연스럽기까지 하지만, 한국에서는 아직 '이색 희귀 직종'에 속한다. 하지만 《한겨레신문》의 남자 기자 K 모 씨가 육아휴직을 신청한 데 이어 《서울신문》의 또 다른 남자 기자 K 모 씨도 육아휴직을 받은 데서도 보듯이, 아빠가 가사와 육아를 담당하는 일이 이제 낯설지는 않게 되었다.

요리하는 아빠가 가장 즐거울 때는 역시 아빠가 만든 음식을 처자가 맛있게 먹어줄 때다. 다행히 나의 단골손님인 아들 녀석은 내가 만든 요리를 잘 먹어주었다. 한번은 자기가 다니는 학교에서 가족 소개를 하는데, 나와 아내를 양옆에 세워놓고 이렇게 소개해서 좌중에 폭소를 자아냈다.

"제 어머니는요, ○○대학교 ○○처장을 맡으셨고요. 아버지는 작가신데 어머니보다 요리를 더 잘해요."

그 말을 들으니 그동안 남성 주부로서 겪어온 온갖 설움이 한꺼번에 가시는 듯했다. 아들 녀석은 내가 해주는 음식 가운데 특히 떡국과 김치볶음밥, 오므라이스를 좋아했다. 연신 맛있다며 마파람에 게 눈 감추듯 밥 한 그릇을 뚝딱 해치우는 녀석 덕분에 나도 덩달아 요리하는 시간이 즐거웠다.

아내는 내가 만든 음식이 맛있다는 말은 안 해도, 나의 외조가 고마운 듯 해외나 제주도 출장을 다녀올 때면 넥타이나 스카프, 혁대 같은 선물을 잊지 않았다. 사실 아내는 그 전까지만 해도 아들 선물만 사 왔지, 내 선물은 사 온 적이 별로 없었다. 그러던 아내가 내 선물을 꼬박꼬박 챙기는 것을 보면 확실히 나의 주부 노릇에 감동한 듯했다. 겉으로 표현은 안 하지만, 나를 향한 애틋한 사랑을 절절이 느낄 수 있었다.

산이 높으면 계곡도 깊은 법이라고 했던가. 남성 주부의 아픔이 없을 수 없었다. 아들 녀석은 평소에 내가 만든 음식을 잘 먹다가도 한 번씩 반찬 투정을 해서 내 속을 뒤집어놓았다.

"아빠, 밥에 웬 놈의 콩이 이렇게 많아요?"

"아빠, 아침에는 국물이 맑은 걸로 해서 국물만 줄 수 없어요?"

아들 녀석의 음식 투정은 거침이 없다. 아빠의 심정은 아랑곳없이 자기 느낌을 있는 그대로 쏟아내는 것이다. 좋은 건 좋다 하고 싫은 건 싫다 하는 것이 요즘 아이들이다. 싫어도 좋은 척하던 우리 세대와는 판이하다. 신세대 아이들의 그런 솔직함은 오히려 미덕일 수도 있지만, 그것이 식탁에서의 불평으로 날아올 때 '주부 아빠'의 가슴은 멍들었다.

아내는 한술 더 떴다.

"여보, 김치가 얼마나 비싼지 알아? 오죽하면 김치가 아니라 금치라고 하겠어? 그런 김치를 가지고 찌개를 자꾸 끓이면 어떻게 해?"

"프라이팬에 고기를 구울 때는 쿠킹 호일을 깔고 구워야지. 그냥 그렇게 막 구우면 프라이팬이 며칠이나 가겠어?"

단 하나뿐인 남편보다 김치가, 프라이팬이 더 소중하단 말인가? 속에서 울컥하고 치미는 것이 있었지만, 당초 '전적 외조'를 서약한지라 참을 수밖에 없었다.

아내의 공격은 거기서 멈추지 않았다. 아내가 보직 임기를 마치고 총장과 마지막 회식을 하고 돌아온 날 밤이었다. 아들은 1박 2일 수련회에 가고 집에는 아내와 나 둘밖에 없었다. 호젓한 시간을 낭만적 분위기로 이어갔으면 좋으련만, 아내는 전에도 몇 번 그러더니 이번에도 "사는 것이 힘들다"며 고양이 발톱을 드러냈다. 나의 경제적 무능을 할퀴기 시작하는 것이었다.

"당신은 어떻게 그렇게 성격이 태평이야? 앞으로 뭘 할 건지 얘기 좀 해봐."

아무 말도 할 수 없었다. 수신제가도 못하는 주제에 치국평천하한다고 세 번이나 공직 선거에 나섰다가 실패한 주제에 입이 백 개라도 할 말이 없을 수밖에. 아내가 잠든 뒤에도 나는 컴퓨터 앞에서 아침까지 멍하니 앉아 있었다. 그리고 다음 날 대구동화구연지도사협회 모임에서 특강을 하기 위해 참으로 오랜만에 외출을 감행했다. 새마을 열차에 몸을 싣고 내려가는데 열차가 멈추지 않고 이대로 계속 달려버렸으면 하는 생각이 문득 들었다.

그렇다고 내일모레면 '하늘의 뜻'을 안다는 지천명(知天命)인데 감정대로 행동할 나이는 분명히 아니었다. '하늘의 뜻'에 따라 밤길을 터덜터덜 걸어 집으로 돌아왔다. 아파트 현관문을 열고 들어서는데 전깃불은 꺼져 있고 은은한 촛불이 새어 나왔다. 아내와 아들이 한꺼번에 달려 나와 반색하기에 무슨 영문인가 하고 보았더니, 나의 주부 생활 2년 종료를 기념하는 깜짝 파티가 준비되어 있었다. 두 사람이 내민 카드에는 이렇게 적혀 있었다.

"여보, 당신 요리 솜씨는 정말 일품이에요. 내가 보직을 대과(大過) 없이 수행할 수 있었던 것은 오직 당신 덕분이에요. 언제나 날 지지해주는 당신을 사랑해요!!"

"아빠, 난 아빠가 이 세상에서 가장 자랑스러워요. 지금까지 그랬듯이 언제나 제 곁에 함께 계셔주세요. 아빠, 사랑해요^_^"

아내는 교직원들이 자신에게 퇴임 선물로 준 최고급 몽블랑 펜도 내 양복 안주머니에 꽂아주었다. 나는 아내와 아들을 차례로 힘껏 부둥켜안았다. 나의 주부 생활은 끝난 것이 아니었다. 그것은 그날 다시 새롭게 시작되었던 것이다.

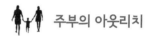 주부의 아웃리치

봉사 활동을 영어로는 아웃리치(outreach)라고 한다. 집이나 직장을 벗어나서 누군가를 도우러 나간다는 의미다. 도움이 필요한 사람에게 손을 내밀고 내뻗는다는 뜻도 있다. 도움이 필요한 사람이 나타나기를 기다리지 않고 직접 현장에 달려가서 그들에게 필요한 일을 한다는 것이다.

자칭 '집사람이 된 남자'인 나에게도 아웃리치의 기회가 왔다. 내가 다니는 탈북자 교회에서 주방 봉사를 하는 것이다. 작은 탈북자 교회여서 여자들이 많지도 않은 데다가 주중 밥벌이에 지쳐 주방 봉사를 힘들어했다. 일요일 주방 봉사 팀을 4교대로 운영하기도 빠듯한 형편이었다. 얼마 전부터 식후 설거지에 남자들을 투입하면서 사정은 나아졌지만, 그래도 여자들은 힘들어했다.

그때 문득 내가 나서야겠다는 생각이 들었다. 집 안에서만 밥을 할 것이 아니라 밖에서도 밥을 하자! 아웃리치 가자! 전에도 야유회나 수련회를 가면 설거지는 내가 도맡아 하곤 했지만, 밥은 하지 않았다. 작년 가을 교회 주방 봉사를 결심하고 나서 "새해부터 매주 주방 봉사를 하겠다"라고 공표했다.

말을 해놓고 안 지키면 허풍쟁이가 되고 만다. 스스로 던진 말에 묶여서 요즘도 주방 봉사를 한다. 5년 전 이 교회에 처음 나왔을 때부터 나는 점심 식사 후 커피 봉사를 했다. 집에서 안 쓰는 커피메이커를 가져다가 원두커피를 내려서 돌렸다. 사람들은 나를 '커피 보이' 혹은 '바리스타'라고 불렀다. 물론 탈북한 지 얼마 안 되는 사람들은 원두커피를 그리 즐기지 않는다. 이제 커피 내리는 것에 더해 밥까지 하게 되었다.

내가 사는 경기도 분당에서 교회가 있는 서울 오류동까지는 대중교통으로 두 시간이 걸린다. 주방 봉사를 하려면 집에서 아침 7시에는 나서야 한다. 우선 '전투' 채비부터 갖추었다. 백화점에 가서 내 몸에 맞는 행주치마를 장만하고, 실험실용 고무장갑에 면장갑까지 '완전 무장'을 했다. 매주 여자 두 명이 주방 봉사 당번이다. 나까지 세 명이 쉰 명분의 식사를 준비한다.

나는 먼저 원두커피 내릴 준비부터 해놓고 압력 전기밥솥에 밥을 한다. 두 개의 압력밥솥에 밥을 가득 해서 그 밥을 더 큰 보온밥솥에 옮긴 후 밥을 한 번 더한다.

반찬 만드는 것도 거든다. 미역국같이 내가 잘하는 요리는 내가 한다. 커다란 국솥에 미역과 쇠고기, 다진 마늘, 간장, 참기름을 넣고 한참을 볶다가 물을 붓고 끓인다. 카레용으로 감자를 큼직큼직 네모나게 썬다. 김치도 듬성듬성 썰어 배식 통에 담는다. 나보고 음식 간을 보라고 해서 단골로 간을 본다.

탈북 여성들과 주방 봉사를 하다 보면 그들이 주고받는 말을 못 알아들을 때가 많다. 대개 함경도 사람들이어서 말투가 거세다. 시끄러울 정도다. 그런데 무슨 말을 하는지 알아들을 수가 없다. '한 민족 맞나' 하는 생각도 든다. 남한 사회 전체로 보면 내가 주류이고 그들이 비주류이지만, 탈북자가 대부분인 우리 교회 안에서는 내가 비주류임을 깨닫는다. 그렇게 깨닫는 순간 행동을 조심하게 된다.

화장실을 청소하고, 식탁을 닦고, 바닥을 청소한다. 행주를 물에 적셔 식탁을 닦고 의자의 먼지를 털고, 진공청소기를 돌리고 밀대로 바닥을 훔친다. 혼자서 이 모든 일을 하다 보면 시간도 많이 걸리고 힘도 든다. 냉방마저 시원찮아서 금세 온몸이 땀으로 젖는다. 이 일 때문만은 아니겠지만, 몇 달 뒤 체중을 재어보니 2킬로그램이 줄었다.

5년 동안 내가 커피를 내려도 도와주거나 '업무'를 넘겨받는 사람이 없었다. 그러다가 마침내 자동 커피 머신을 임대하게 되었다. 아메리카노에서 라테, 카푸치노까지 원하는 대로 나오는 기계다. 월정액을 내면 임대 회사에서 모든 것을 다 관리해준다. 내가 '커피 보이' 혹은 '바리스타'를 졸업할 때가 온 것이다. 주방 봉사 도우미 일에서도 남자 조수가 생겼다. 탈북 청년인데 밥하고 청소하는 일을 나와 함께하기 시작했다. 둘이 함께해도 여름날에는 금방 땀으로 범벅이 된다.

최근에 재미있는 광경을 목격했다. 군에 입대한 아들 재현이의 면회를 갔을 때였다. 부대 안에서 재현이를 만나 낮 시간을 함께 보냈다. 가족별로 피크닉 테이블 하나씩을 차지한 다음에 거기서 고기도 굽고 밥도 먹고 커피도 마신다. 나는 아내와 함께 강아지 또또도 데리고 갔는데, 바로 옆 테이블에는 아버지 혼자 와 있었다. 놀라운 것은 그 아버지가 부침개를 척척 부치고 이것저것 요리를 해서 아들을 먹이고 다른 장병들에게까지 부침개를 담아 전달하는 것이었다. 나중에 들었는데 그 아버지는 매주 한 번도 안 거르고 면회를 와서 그렇게 아들을 먹이고 간다고 했다.

여자에게는 휴가가 없다는 말이 있다. 휴가를 받아 가족과 함께 놀러 가도 밥을 해야 하고 온갖 뒤치다꺼리를 다 해야 한다. 요즘은 남자들도 의식이 많이 바뀌어 집에서뿐만 아니라 집 밖에서도 웬만하면 설거지는 한다. 그래도 여행 준비에서부터 귀가 후 마무리까지 따지면 여자의 부담이 크다. 여자들에게는 휴가도 없고 명절은 숫제 저주 내지 악몽이 되기 십상이라면, 남자들이 여자들을 위해 아웃리치, 즉 도움의 손을 내밀어야 한다.

둘째 마당
—
부엌의 남자

요리의 다섯 가지 즐거움

  오늘은 내가 저녁 식사를 준비하면서 미역국을 끓였다. 평소와 달리 기름이 둥둥 떴다. 이상하다 싶어 맛을 보니 담백하지가 않고 느끼하다. 참기름으로 미역을 볶았기 때문일까. 미역국을 끓일 때마다 참기름으로 미역을 볶았지만 이런 적은 없었다. 쇠고기라고 함께 볶은 것이 돼지고기였단 말인가? 냉동고에서 꽁꽁 언 고깃덩어리 중에 어느 것이 쇠고기인지 분간하기 어려워 대충 골라 넣었더니 그게 돼지고기였던 모양이다.

  그래도 아들 녀석은 맛있다며 미역국에 말아 밥 한 공기를 금세 뚝딱 해치운다. 무척 배가 고팠던가 보다. 나중에 아내에게 그 이야기를 했더니 한마디로 어이없어했다. 그렇게 눈썰미가 없느냐는 투였다. 요리를 하다 보면 우스꽝스러운 일이 자주 생긴다. 국이나 찌개에는 항상 파가 들어가야 하는 줄 알고 미역국을 끓일 때도 파를 넣었는가 하면, 냉장고에서 계란을 꺼내 바로 삶다가 터뜨리기도 하고, 고등어를 조리다가 태우기도 했다. 생태를 동태처럼 푹 끓이는 바람에 추어탕처럼 살이 다 풀어져 버린 적도 있다.

실수투성이 요리사이면서도 나는 요리를 즐긴다. 요리는 인간의 오감(五感)을 통해 오락(五樂)을 준다. 미각, 시각, 후각, 청각, 촉각의 즐거움이 요리 안에 다 있다. 미각의 즐거움이 가장 크다. 요리사는 먹는 것보다 요리하는 것을 즐기고, 남이 한 요리는 맛있어도 자기가 한 요리는 맛없다고도 하지만, 나는 내가 한 요리를 맛있게 먹는다. 쇠고기 뭇국의 시원한 맛, 갈치조림의 칼칼하면서도 깔끔한 맛, 돼지고기 김치찌개의 걸쭉하면서도 기름진 맛, 오이무침의 상큼하면서도 아삭아삭 씹히는 맛…….

요리의 간을 맞출 때는 맛의 변화를 감지하면서 쾌감을 느낀다. 간장이나 소금의 양을 조금씩 늘려가다 보면 어느 순간에 맛이 기가 막히게 살아난다. 양의 축적이 질의 변화를 가져오는 것이다. 아내는 짠 음식이 건강에 가장 좋지 않다며 늘 음식을 싱겁게 하지만, 나는 맛을 내겠다고 욕심을 부리다가 자주 짠 음식을 만들곤 한다. 매사 의욕을 가지고 임하는 것은 좋지만, 과욕은 금물이다. 나는 요리에서 인생을 배운다.

요리는 삶의 축소판이다.

국물 맛을 내는 것도 요리의 묘미다. 아내는 음식에 화학조미료를 절대 쓰지 않는다. 모든 국물 맛은 멸치와 다시다로 내는데, 나도 따라 한다. 유기농 식품점에서 생강가루를 사다가 국이나 찌개에 살짝 뿌려본 적도 있는데, 생강 특유의 맛과 향이 났다. 좀 비싸기는 하지만 화학조미료 대용으로 괜찮은 것 같다.

요즘은 음식도 맛만 좋으면 되는 것이 아니라 보기에도 좋아야 한다. 최근 이웃에 사는 여류 화가에게 동치미를 얻어먹은 적이 있는데, 맛보다 먼저 총천연색 빛깔이 눈길을 사로잡았다. 보랏빛 양배추로 담가 국물까지 보랏빛이었다. 나는 유달리 동치미 국물을 좋아하기 때문에 그 맛도 만끽했지만, 울긋불긋한 동치미는 보기만 해도 군침이 돌았다. 요리 미학(美學)의 진수를 경험했다고나 할까.

나도 요리할 때면 색깔에 신경을 쓴다. 곰국에는 채 썬 가는 파를 꼭 넣어 먹는데, 혀 못지않게 눈을 즐겁게 한다. 콩나물국을 다 끓인 다음에는 고춧가루를 살짝 뿌리고 파를 조금 썰어 넣는다. 그러면 콩나물 대가리의 노란색과 줄기의 흰색, 고춧가루의 붉은색, 파의 푸른색이 잘 어울린다. 시각이 미각을 자극하는 순간이다. 스파게티를 만들 때도 색깔의 조화를 염두에 둔다. 소스로 흰색의 크림소스를 정한 날에는 붉은색 햄이

나 베이컨, 그리고 노란색 피망과 초록색 아스파라거스 같은 야채를 섞어 살짝 볶아준다. 맛뿐 아니라 때깔도 고운 스파게티가 완성된다. 아들은 스파게티를 가장 좋아한다. 피망이 꽤 비싼데도 내가 각종 요리에 애용하는 것은 빨강, 주황, 노랑, 초록 빛깔을 다 낼 수 있기 때문이다.

요리의 또 한 가지 즐거움은 냄새다. 내가 한창 저녁 식사를 준비 중인데 아들 녀석이 현관문을 열고 들어서며 "아빠, 오늘 저녁도 맛있겠다"라고 외친다. 시금치나물을 만들 때는 국간장과 소금, 깨소금과 참기름, 대파를 넣고 조물조물 무치는데, 고소한 참기름 향기가 코를 찌른다. 나는 된장찌개의 구수한 냄새가 좋아, 미국에서 2년간 살 때도 이웃 눈치를 보지 않고 된장찌개를 즐겨 끓여 먹었다. 돼지고기를 구울 때는 청주를 가미해 냄새를 줄이고, 먹고 나서는 창문을 열어 환기하곤 한다.

요리의 즐거움 중에 청각적인 것도 있다고 하면 의아해할 사람도 있을지 모르겠다. 하지만 생각해보라. 사람들은 폭포를 보면서도 신이 나지만, 그 소리를 들으면서도 시원함을 느낀다. 폭포의 물줄기를 보기만 하고 소리를 듣지 못한다면, 집에 앉아 사진으로 폭포를 감상하는 것과 무슨 차이가 있겠는가. 압력밥솥이 거친 숨을 푹푹 내쉬고, 된장찌개가 보글보글 끓고, 삼겹살이 지글지글 구워질 때 나는 즐겁다. 싹둑싹둑 칼질에 타닥타닥 도마질, 달그락달그락 그릇 소리는 '부엌의 합창곡'이다.

요리를 하다 보면 손도 행복하다. 쌀을 씻을 때는 찬물에 손이 시원하고, 상추를 씻을 때는 상추의 속살이 보들보들하다. 행여나 그 연한 잎사귀가 물살에 찢길까 조심스럽다. 미역을 물에 담가놓았다가 씻으면 미끈미끈하고, 생선 비늘은 까끌까끌하다. 물컹한 생오징어를 끓는 물에 살짝 데치면 색깔이 분홍빛으로 변하는데, 만져보면 탱탱하고 맛을 보면 쫄깃쫄깃하다.

지금까지 요리의 다섯 가지 즐거움[五樂]을 말했지만, 실은 그보다 더 큰 즐거움이 있다. 내가 만든 요리를 먹는 사람들이 맛있게 먹는 것을 보는 즐거움이다. 그들이 "맛있다"라고 하면 나는 으쓱해진다. 내 경우는 아내보다는 아들에게서 자주 칭찬을 듣는 편이다. 아내는 왠지 내 요리 솜씨에 대해서만은 칭찬을 아낀다. 그런 아내가 모처럼 칭찬을 하면 내 기분은 하늘로 날아오른다.

요리는 예술이라고 한다. 요리 잘하는 사람이 창의적(creative)이라는 말도 있다. 그래서일까. 서울시립교향악단 예술감독인 정명훈의 요리 솜씨는 장안의 화제다. 어떤 주부는 자녀들이 부엌에 얼씬도 하지 못하게 하는데, 이는 잘못이다. 아이들에게 어릴 때부터 요리를 가르쳐야 한다. 특히 아들이 요리를 배울 필요가 있다. 어느 집에 초청받아 갔는데, 엄마와 아들이 부억에서 함께 요리하는 풍경이 무척 아름다웠다. 나도 아들에게 가끔 요리를 가르치는데, 그 녀석도 이제는 계란 스크램블을 비롯해 요리를 제법 한다. 요리는 자라는 아이들의 심성을 순화하고, 가정의 더 큰 평화를 약속한다. 아버지나 어머니가 날마다 부엌에서 앞치마를 두르고 요리에 열중하는 가정이 어찌 평화롭지 않을 수 있겠는가.

요리는 맛에서 출발하지만, 그 의미는 맛을 훨씬 능가한다. 프랑스 요리를 주제로 한 영화 <줄리와 줄리아(Julie & Julia)>는 연기파 배우 메릴 스트립(줄리아 역)의 능청스러운 연기 못지않게 그 메시지가 인상적이다. 이 영화에서 줄리아의 자칭 후계자인 젊은 주부 줄리는 1년 동안 매일 저녁 자신의 인터넷 블로그에 요리 일기를 올리면서 "요리가 나를 살려줬다(It saved me)", "요리에서 나는 큰 위안을 받는다(It's such a comfort)"라고 말한다. 나도 그 말에 동의한다. 요리는 평안이며 위로이며 구원인 것이다.

설거지가 즐거운 남자

밥을 먹고 나면 상을 치우고 설거지를 한다. 설거지는 내가 해야 할 나의 일(my business)이다. 때로 아내가 설거지를 하겠다고 나서지만, 나는 웬만해서는 양보하지 않는다. 식후에 설거지를 하지 않으면 대개 컴퓨터 앞으로 가는데, 그러면 소화도 잘되지 않는다. 설거지는 식후에 하는 산책만큼이나 필요하면서도 즐거운 일이다.

설거지를 가사 분담 차원에서 생각한다면, 아내는 식사를 준비하고 나는 식후에 설거지를 하는 셈이 된다. 반대로 내가 밥을 했다면 식후 설거지는 아내 몫이 될 것이다. 그러나 나는 내가 요리를 했을 때라도 설거지를 내가 한다. 내가 밥을 하고 설거지를 하는 것은 아내를 돕기 위해서가 아니라 내가 좋아하기 때문이다.

나는 '설거지가 즐거운 남자'다. 인터넷을 여행하다가 설거지나 요리를 즐기는 남자를 만나면 반갑다. '친구'를 찾은 느낌이다. 최근에는 아내와 아이들에게 찰깨빵과 피자를 만들어주고 설거지까지 했다는 남자를 인터넷에서 만났다. 그는 요리와 설거지 과정을 일일이 사진으로 촬영해 올려놓고 글까지 써놨는데 퍽 재밌다. 그는 이렇게 말한다.

난 그 설거지가 참 즐겁다. 설거지할 그릇이 수북이 쌓인 것을 보면 오히려 기쁘기까지 하다. 세상살이에 지친 나의 손길을 애무하는 듯 주르륵 흐르는 물의 포근한 리듬을 타고 몸과 그릇이 하나 되어 열심히 손을 놀리다 보면 상쾌하다 못해 순결해지는 마음……. 나는 접시의 겉을 닦지만 설거지는 내 영혼 깊숙한 곳을 말갛게 씻어준다.

좀 찾아보니, 정연복 시인의 「설거지」라는 시가 여러 사람을 거치며 조금씩 변형된 듯하다.

설거지가 쉬운 일은 아니다. 요리를 잘하면 칭찬을 듣지만 설거지는 좀체 빛이 나지 않는다. 다른 사람들이 쉴 때 나 홀로 외롭게 행하는 작업이기도 하다. 요즘은 가족이 단출해 설거지 양이 예전 같지 않지만, 그래도 수고롭기는 매한가지다. 한국 음식은 그릇에 달라붙는 것이 많아 설거지할 때 유난히 손에 힘이 들어간다. 유럽이나 미국 사람들은 세제를 풀어놓은 통에 접시를 담갔다 꺼내서는 바로 마른행주로 닦고 만다.

설거지를 자동으로 해주는 식기세척기가 나왔지만, 한국에서는 환영받지 못하는 것 같다. 시간이 오래 걸리는 데다가 식기에 달라붙은 찌꺼기를 애벌로 헹군 다음에 사용해야 하기 때문에 번거롭다. 내 아파트 부엌에도 식기세척기가 처음부터 설치돼 있지만, 한동안은 사용하지 않았다. 서양 사람들은 식기로 주로 접시를 쓰기 때문에 식기세척기를 사용하기가 좋다. 식구가 적은 가정에서 식기세척기를 사용하려면 설거짓거리를 쌓아두었다가 사나흘에 한 번씩 가동하면 되는데, 한국의 식생활 문화에는 별로 맞지 않는다.

식구가 많거나 손님이 들이닥칠 때면 설거지 시간이 길어지고 힘도 든다. 장시간 서서 그릇을 닦다 보면 허리도 아프다. 여자들이 이른바 명절 후유증, 제사 후유증을 앓는 이유가 거기에 있다. 제사를 남이 지내주는 제사대행업이 유행인 것을 보면, 명절 가족 모임도 조만간 뷔페나 호텔에서 열리지 않을까 싶다. 제사는 한국, 중국, 일본 등 아시아 삼국 중에서도 유독 한국에만 있는 풍습이라고 한다.

명절이 여자에게 반갑지 않은 것은, 나같이 평소에는 요리나 설거지를 잘하던 남자도 명절에는 손을 놓아버리기 때문이다. 형이 팔을 걷어붙이고 부엌으로 들어가면 나도 따라가겠는데, 그것은 상상하기조차 어렵다. 내 경우에는 그나마 제사를 지내지 않기 때문에 집안 여자들의 고생이 덜한 편이다. 제사를 지내게 되면 상을 두 번 차리고 두 번 치워야 한다.

명절 음식 장만과 설거지에 적극적으로 참여하는 남자가 없는 것은 아니다. 인터넷에서 본 어느 남자는 벌써 5년째 명절과 제사 때마다 요리도 하고 설거지도 한다고 했다. 처음에는 매우 어색하고 다른 남자들의 눈총도 받았지만, 이제는 자연스러워졌다고 한다. 다만 1년 두 차례의 명절에 본가와 처가를 오가고, 1년에 수차례나 되는 제사 때마다 '노력 봉사'를 하다 보니 이제는 지쳐버렸다고 한다. 그야말로 명절이나 제사라면 넌더리를 내는 '남성 주부'가 되고 만 것이다.

설거지나 요리를 직접 해보지 않고는 그 어려움을 이해할 수 없다. 명절 후유증과 제사 후유증이 고부 갈등과 부부 갈등으로 이어지는 것은 서로의 느낌과 생각에 심연(深淵)과도 같은 격차가 있기 때문이다. 사후 약방문(死後藥方文) 격으로 '고생했다'고 위로하는 것만으로 해결될 수 없다. 집안 행사 때마다 으레 여자들만 고생하는 것은 미풍양속이 아니다.

맞벌이 부부가 점점 많아지지만, 그 결과는 주로 맞벌이 여성의 이중고로 나타난다. 남자의 일이 더 중요하고 힘든 경우도 없지는 않지만, 많은 남자들은 퇴근 후 회식과 술자리로 바쁘다. 많은 맞벌이 여성들이 밤늦게 퇴근해서 집 안 정리, 방청소, 설거지까지 하고, 다시 새벽에 일어나 자녀의 도시락을 싼다. 그야말로 슈퍼우먼이다. 그 반대의 경우도 없지 않다. 내가 아는 어느 정신과 의사는 밤늦게 퇴근한 후 빨래를 개고 세탁기를 돌린다. 그의 아내는 전업주부이지만 자녀 양육으로 바쁘다. 이런 경우는 극히 드물다. 대부분은 맞벌이 여성의 1인 2역 또는 1인 3역으로 나타난다.

아버지가 설거지나 요리를 못하면 아이들이라도 좀 거들면 어떨까. 한국에서는 그것도 어렵다. 아이들에게는 공부 외에는 절대 아무것도 시키지 않는다는 불문율이 많은 가정을 지배한다. 대학수학능력시험이 끝나고 나서야 맞벌이하는 부모를 위해 설거지도 하고 요리도 한다는 어느 여대생의 글을 인터넷에서 읽었다. 많은 젊은이들은 대학에 들어가고도 가사에 동참하지 않는다. 어릴 때부터 습관이 들지 않은 것이다. 공부는 설거지를 비롯한 가사를 회피할 가장 좋은 피난처다. 어릴 때부터 설거지 놀이 장난감을 갖고 놀아 설거지에 친숙한 아이들도 있지만, 그 대부분은 역시 여자아이들이다.

설거지는 지금까지 허드렛일의 대명사였으나, 이제 한국 사회의 큰 쟁점이 되었다. 이 문제를 잘못 다루면 자칫 부부 갈등, 남녀 갈등이 일어나고, 심지어는 가정과 가문이 파탄난다. 설거지는 이제 피할 수 없는 숙제다. 이 숙제가 어렵다면 명절과 제사 방식부터 바꿔야 한다.

가부장적이기로 유명한 한국 사회에서 점점 설거지를 즐기고 요리를 즐기는 남자들이 늘어나니 다행이다. 어떤 면에서는 남자가 여자보다 더 설거지를 깨끗하게 하고 요리를 더 맛있게 한다. 남자들이 일찍 귀가해 가사와 육아에 참여하면, 한국의 밤 문화가 바뀐다. 그러면 남자들 자신의 영혼과 정서에 좋을 뿐 아니라 자라나는 아이들에게도 좋다. 나는 오늘도 즐겁게 설거지를 한다. '설거지가 즐거운 남자'가 많아지기를 고대한다.

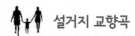 설거지 교향곡

'설거지'라고 하면 뭔가 중요하지 않은 일을 가리키는 것 같은 묘한 뉘앙스가 있다. 실제로도 '설거지'는 순서상 어떤 일

다음에 하게 된다. 먼저 요리를 하고, 식사를 하고, 그러고 나서 설거지를 한다. '설거지'라는 말이 비유적으로 쓰일 때도 마찬가지다. 예를 들어 전임자가 뭔가 잘못을 저질러놓으면 후임자가 그 '설거지'를 해야 한다.

이렇게 '설거지'라는 말의 의미를 격하(格下)해도 좋은 것인가? 이 질문에 나는 주저 없이 반기(反旗)를 들고 싶다. 나아가 '설거지'의 위상을 격상(格上)하자고 감히 주장한다. 결론부터 말하면 '설거지'는 어떤 일을 '마무리'하고 '완성'하는 실로 위대한 일이다.

생각해보라. 실컷 먹고 나서 설거지도 하지 않고 내버려둔다면 어떻게 되겠는가? 집 안이 그야말로 엉망이 되고 말 것이다. 아니, 나중에는 집 안에서 요리도, 식사도 못하게 되고 만다. 그와 마찬가지로 비록 전임자의 과오이지만 후임자가 그 '설거지'를 하지 않는다면, 그 조직은 다시는 새로운 일을 벌이기 어려울 것이다.

그런데도 '설거지'는 여전히 천대받는 신세를 면하지 못한다. 일례로 어느 신랑이 신부를 도와 요리를 거들라치면 신부는 큰 아량이라도 베푸는 듯이 "이따가 설거지나 해!"라고 한다. '설거지'는 '요리'에 비해 매우 쉽고도 하찮은 일로 치부되는 것이다. 마치 '전후(戰後) 복구'는 '전쟁' 자체에 비하면 아무것도 아니라는 것과 같다.

과연 그런가? 나는 '설거지'가 요리 못지않게, 아니 요리보다도 더 중요하다고 생각한다. 지저분한 접시와 그릇을 하나하나 씻어서 제자리에 놓는 것은 그 자체가 새로운 창조다. 그저 다른 어떤 것에 부수되는 보잘것없는 일이 결코 아니다. 아내가 요리하고, 남편이 설거지할 때 그것은 단지 남편이 아내의 가사를 돕는 데 그치지 않고, 가사의 중요한 한 부분을 대등하게 담당하는 것이 된다.

사실 부엌일 자체가 오랜 역사에 걸쳐 그 가치를 제대로 인정받지 못했다. 오죽하면 사내자식이 부엌 근처에서 얼쩡거리면 불알 떨어진다는 말이 나왔겠는가. 나도 내 고향 청송의 바로 그러한 가부장적 문화에서 모든 것을 보고 배우며 성장했다. 학창 시절 어쩔 수 없이 자취생활을 할 때나 군대에서 소위 식기 당번을 할 때를 제외하면 부엌일은 내 소관이 아니었다. 결혼 후 한참 지나서야 설거지를 하기 시작했지만, 그것이 '나의 일'이며 또 '중요한 일'이라고 생각하게 된 것은 불과 수년 전부터다.

예전에는 설거지보다 빨래가 더 힘들었던 것 같다. 대가족의 그 많은 옷가지를 다 손으로 빨았다. 상수도가 없으면 냇가까지 가야 했다. 비누도 신통찮았다. 그래도 여름에는 빨래를 할 만했겠지만, 겨울에는 정말 고역이었을 것이다. 고 정주영 현대 그룹 회장의 자서전을 읽어보면, 한때 피붙이 스물아홉 명이 한집에 살았는데, 그 많은 빨래가 하도 힘들어서 정 회장의 제수(弟嫂)가 운 적이 있고, 그래서 외식을 시켜주며 달랬다는 이야기가 나온다. 하지만 설거지를 힘들어했다는 이야기는 그 책에 없다. 먹고 난 포만감 때문에 힘든 줄을 몰랐던 것일까? 설거지가 귀찮아 명절이 반갑지 않다고 하는 요즘 세태에 비하면 정말 격세지감이 느껴진다.

설거지도 예전에 비하면 많이 쉬워졌다. 날로 더 성능이 좋은 세제가 나온다. 고무장갑을 사용할 수도 있다. 어디 그뿐인가? 식기건조대에 식기세척기까지 나왔다. 나는 거품을 좋아해서 처음에는 세제를 많이 사용했으나 환경에 좋지 않다는 지적을 받고는 가급적 세제를 적게 쓰려고 한다. 세제를 많이 쓰면 미끄러워 그릇을 자주 떨어뜨리게 되고, 그러면 다른 그릇과 부딪쳐 깨진다. 커피포트를 비롯해 여러 가지를 깨뜨린 기억이 난다. 고무장갑은 대개 사용하지만, 무더운 여름철에는 맨손으로 설거지를 한다. 냉수의 시원한 느낌이 매우 좋다. 식기세척기는 있지만, 식구가 단출해 한동안은 사용하지 않았다.

설거지가 많이 쉬워졌지만, 여전히 그것은 작은 일이 아니다. 요리와 설거지를 한 사람이 하는 것과 둘이 분담하는 것은 천양지차(天壤之差)다. 아내가 대학의 주요 보직을 맡은 두 해 동안 나는 이른바 남성 전업주부가 되어 매일 저녁 요리와 설거지를 혼자 해봤는데, 먹는 시간을 포함해 총 두 시간 반이 소요

됐다. 겨우 세 식구밖에 안 되는데도 그랬다. 요리나 설거지 중 하나를 다른 사람이 해주면 그만큼 부엌에서 해방되어 다른 일을 할 수 있다.

실제로 내가 설거지하는 동안 아내는 세탁기를 돌리거나 빨래 마른 것을 개킨다. 어떤 날은 내가 부엌에서 달그락달그락 설거지하는데, 아내와 아들은 소파에서 축구 중계를 보며 탄성과 탄식을 번갈아가며 쏟아낸다. 원래 아내가 나보다 축구 보기를 더 좋아한다. 나는 설거지가 끝날 때까지는 축구를 보지 않는다. 설거지 중에 한국 팀이 골을 넣으면 잠시 가서 그 장면을 보고는 다시 와서 설거지를 한다. 아내가 부엌에서 해방되어 축구 중계를 보며 "대한민국"을 외칠 때 나는 행복하다.

설거지는 나같이 몸은 별로 쓰지 않고 머리만 굴리며 사는 '먹물'들에게는 매우 좋은 활동이다. 설거지로 스트레스를 풀 수 있다. 설거지는 치매 예방에도 도움이 된다. 설거지는 사랑의 행위다. 설거지를 하면서 우리는 '사랑'을 씻는다. 아내는 나와 결혼하고 나서 24년 동안 재현이와 나를 위해 무수한 '사랑'을 씻었던 것이다. 그 생각을 하면 '감사'의 문자 메시지를 날리지 않을 수 없다. 『사랑은 동사(Love Is A Verb)』라는 영문 책자를 보면, 한 남자가 아내와 불임클리닉을 다니며 아이를 갖기 위해 백방으로 애를 쓰지만 결국 실패하는데, 그때 설거지를 하고 세탁기를 돌리면서 "나는 자칫 내 삶을 통제하지 못할 뻔했는데 설거지와 빨래가 내 삶을 붙들어 주었다"라고 고백한다. 때로는 설거지와 같은 작은 일상사가 삶을 지탱하는 힘이 된다.

나는 설거지를 하면서 나에게 이처럼 행복한 가정을 선사한 조물주를 찬양하고 가정의 더 큰 평화를 위해 기도한다. 음식물 찌꺼기도 내가 내다 버린다. 평소에 아들에게도 요리나 설거지를 시킨다. 예를 들어 아들과 내가 단둘이 라면으로 점심을 때울 경우, 아들에게 라면을 끓이든지 라면을 먹고 나서 설거지를 하든지 둘 중 하나는 반드시 시킨다. 바로 그것이 교육이라고 나는 생각한다. 내가 속한 모임에서 가족 동반으로 여행 가서 밥을 지어 먹을 경우, 내가 팔을 걷어붙이고 요리도 하고 설거지도 한다. 내가 설거지를 할 때 집안은 평화롭다. 설거지는 행복 교향곡이다.

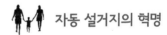 ## 자동 설거지의 혁명

『돈 잘 버는 여자 밥 잘 하는 남자』라는 책이 있다. 미국의 여성 사회학자가 1989년에 쓴 책인데, 당시 미국 사회의 치솟는 이혼율 뒤에는 맞벌이 부부의 가사 분담 갈등이 있다고 주장한다. 한국에서는 어느 여기자가 2011년에 『우리는 모두 사랑을 모르는 남자와 산다』라는 책을 출간했는데, 맞벌이 아내가 일과 가사를 병행하느라 지치면서 남편을 미워하게 되는

이야기가 나온다. 정부 통계를 보면 맞벌이 아내의 3분의 1 이상이 가사를 남편과 공평하게 분담해야 한다고 생각하지만, 맞벌이 남편 열 명 중 겨우 한 명 정도만이 가사를 공평하게 분담한다.

맞벌이 남편들은 왜 가사를 잘 분담하지 않을까? 직장의 근무 환경 때문인가? 한국 직장 남성들의 잦은 회식과 음주 문화 때문인가? 남자가 부엌에 들어가면 무엇이 떨어진다는 이야기를 어린 시절부터 들으면서 자라났기 때문인가? 요즘은 청소 로봇과 식기세척기 같이 가사를 자동으로 할 수 있는 문명의 이기(利器)들이 숱하게 나와 있는데, 그것들을 활용하면 맞벌이 부부의 가사 부담을 줄일 수 있지 않을까?

인터넷 포털 사이트에서 '가사 자동화'로 검색하니 생활 정보 웹사이트의 주부 수다방으로 연결되었다. 여기서 한 주부가 식기세척기와 스팀 청소기는 확실히 도움이 되는데, 로봇 청소기는 흡입력이 맘에 안 들고, 의류 건조기는 별로 필요하지 않고, 다림질은 힘들지만 할 만하다면서 더 좋은 가사 자동화 방법을 물었다. 그러자 일곱 명의 다른 주부가 답글을 달았다. 한 주부는 "최고의 방법은 남편을 잘 가르치는 것"이라며, 시간과 노력이 좀 들기는 하지만 칭찬하면서 잘 가르쳐놓으면 그보다 나은 것이 없다고 했다. 이 의견에 다른 한 주부가 찬성 표를 던졌다. 그러나 다른 한 주부는 자신이 일과 가사를 병행하다가 힘들어서 부부 합의하에 직장을 그만두었다면서, 남편은 새벽에 나가서 새벽에 들어오기 때문에 도움을 요청할 수가 없다고 했다.

또 다른 한 주부는 가사 도우미 아주머니를 일주일에 한 번만 오게 하면 집 안이 깨끗하게 유지된다면서 "정신 건강을 위해 남편 길들이기는 포기했다"라고 말했다. 다른 한 주부는 가사 도우미를 쓰는 대신에 와이셔츠를 많이 사서 세탁소에 보낸다면서, 가사 자동화기기보다는 아이들에게 "집안일은 같이 돕는 것"이라며 조금씩 시킨다고 했다. 한 주부는 가사 도우미를 써봤는데 맘에 들지 않았다면서 로봇 청소기를 사용하고 다림질거리는 세탁소에 맡기라고 권했다. 다른 한 주부도 로봇 청소기가 "침대 밑도 치워주고 미세 먼지도 잘 흡수해서" 가사 도우미보다 낫다고 했다. 이들은 대부분 전업주부인 듯했다. 전업주부도 가사를 힘들어하니 맞벌이 아내야 오죽하랴.

내 집에서는 식기세척기와 스팀 청소기를 사용하지만, 로봇 청소기나 의류 건조기는 사용하지 않는다. 의류 건조기는 2009년 한 해 동안 미국에 살 때 아파트에 설치(built-in) 되어 있어서 사용했는데, 전기 요금은 좀 올라가지만 빨래를 널고 걷을 필요가 없었다. 다림질의 경우 아내 옷은 아내가 다리고, 내 옷은 대개 가사 도우미 아주머니가 다려준다.

식기세척기 사용 문제로는 아내와 잠시 갈등을 겪었다. 처음에 나는 내가 사는 아파트 주방에 식기세척기가 설치되어 있다는 것조차 몰랐다. 아내는 식기세척기 사용을 반대했다. 물과 전기도 많이 들고 청결하지 못하다는 선입견을 갖고 있었다. 나는 인터넷도 검색해보고 제조 회사에 전화를 걸어 상담도 한 끝에 식기세척기 사용에 별 문제가 없다는 결론을 내렸다. 시험 가동도 해보았다. 그러고는 새 학기 개강에 맞추어 바쁘다는 이유를 내세워 식기세척기를 사용하기 시작했다. 페이스북에 아내가 식기세척기 사용을 반대하는데 어떻게 했으면 좋겠느냐는 글을 올렸더니 신중론이 다수였다. 그럼에도 불구하고 나는 조용히 식기세척기 사용을 밀고 나갔다. 아내에게는 식기세척기 사용을 강요하지 않고, 내가 설거지를 할 때만 식기세척기를 사용한 것이다. 지금도 아내는 식기세척기를 사용하지 않지만, 그렇다고 처음처럼 반대하지도 않는다.

한국의 음식 문화에는 식기세척기가 잘 맞지 않는다고 말하는 사람들도 있지만, 내 경험으로는 식기세척기가 여러모로 유용하다. 우선은 아침 출근 때 덜 허둥댄다. 아내는 매일 아침 8시 이전에 출근하고, 나도 일주일에 이틀 정도는 아침 강의 때문에 일찍 나가야 하는데, 이제는 아침이 여유로워졌다. 저녁에도 아내는 바쁘다. 퇴근 후 내가 차린 밥을 먹기 바쁘게 집 앞 헬스클럽에 가거나 금요일에는 교회에 간다. 여느 아내들처럼 텔레비전 드라마를 시청하며 스트레스를 풀기도 한다.

설거지가 항상 즐거운 것만은 아니다. 나의 설거지에 대한 수필을 읽은 어느 여류 시인은 자신이 설거지를 싫어한다고 솔직하게 고백했다. 설거지가 즐겁지 않을 때, 싫은 설거지를 억지로 해야 할 때 식기세척기는 쓸모가 있다. 한국의 1970년 대 소설 한 편을 읽었는데 그 당시 이미 혼자 사는 남성들이나 직장 여성들이 식기세척기 장만하는 것을 선망하는 내용이 나온다.

식기세척기는 섭씨 80도의 뜨거운 물로 그릇을 씻어주고 린스로 헹궈주기까지 한다. 식기세척기 사용 후기를 인터넷에 올린 어떤 주부의 글을 보면 그릇이 반짝반짝 빛난다고 하는데 사실이다. 그릇을 깨는 일도 없어졌다. 애초에 서구에서도 식기를 덜 깨기 위해 식기세척기가 발명됐다고 한다. 식기세척기는 피부 보호에도 도움이 된다. 식기세척기는 마치 충직한 하인처럼 나를 도와준다. 내가 식기세척기를 쓴다고 말하면 어떤 사람은 식구가 셋뿐인데 식기세척기가 필요하냐고 묻는다. 세 식구뿐이지만 두 끼니의 설거짓거리만 모아도 식기세척기를 한 번 돌릴 만큼 닦아야 할 그릇은 언제나 수북하게 쌓인다.

나는 앞으로 로봇 청소기도 써보고 싶다. 지금은 아내에게 혼날까 봐(?) 눈치를 보고 있을 뿐이다. 가사 도우미가 일주일에 한나절 와서 청소를 깨끗하게 해주지만, 먼지는 금세 다시 쌓이기 때문에 로봇 청소기를 한두 번 돌려주면 좋을 것 같다. 음식물 찌꺼기를 모으고 내다 버리는 것이 그리 귀찮거나 어렵지는 않지만, 그것도 주방 오물 분쇄기를 사용하면 훨씬 더 깔끔하다. 언젠가 아들 재현이도 그런 얘기를 한 적이 있다. 미국에서 2년간 연수했을 때는 싱크대에서 버튼만 누르면 음식물 찌꺼기가 갈아져서 하수구로 내려갔다. 참 편리한 시스템이었다. 한국에서는 싱크대를 개조하지 않는 이상 그렇게 할 수가 없다.

현대인들은 너나없이 너무너무 바쁘다. 나는 설거지가 즐겁다는 글을 썼지만, 직장 일로 지친 맞벌이 아내에게 설거지는 고역(苦役)일 수 있다. 맞벌이 아내가 일과 가사, 육아의 삼중고에서 해방되도록 직장의 근무 환경이 바뀌려면 요원하고, 한국 맞벌이 남편의 생각에 혁명이 일어나기를 기대하는 것도 현실적이지 않다. 가사를 자동화하면 부부 갈등을 줄일 수 있을 뿐 아니라 레저를 즐길 시간을 더 확보할 수 있어 현대인의 삶이 더 풍요로워진다. 아이에게 책을 더 읽어줄 수 있고 피부관리의 여유도 누릴 수 있다. 세탁기 같은 문명의 이기가 없었다면 여성 해방도 없었다. 식기세척기부터 사용해보라.

음식물 찌꺼기 줄이는 법

나는 이 책 셋째 마당에 실린 쓰레기 분리수거에 관한 글을 쓰면서 그 제목을 고민하다가, 외래어 남용이라는 비판을 각오하고 '리사이클링 페스티벌(recycling festival, 재활용 축제)'이라고 붙였다. '쓰레기 분리수거'라고 제목을 달려고 하니 아무래도 밋밋하게 느껴졌다.

이번에는 음식물 찌꺼기 처리에 관해 쓰려고 한다. '리사이클링 페스티벌'을 쓸 때 음식물 찌꺼기 버리는 것도 한 줄 언급하기는 했지만, 그 정도로 넘어가기에는 사안 자체가 너무나 중대(?)하다.

나는 이 글에서 '음식물 쓰레기'라는 말을 쓰지 않고 '음식물 찌꺼기'라는 말을 사용한다. '음식물 쓰레기'가 틀린 말은 아니지만, '음식물 찌꺼기'가 훨씬 더 정확한 말이다. 국어사전에서 '밥을 먹고 난 뒤에 남은 음식물'을 '밥찌꺼기'라고 하지, '밥쓰레기'라고 하지 않는 것을 보면 그 점을 알 수 있다.

오늘날 한국 사회에는 음식물 찌꺼기가 넘쳐난다. 전체 쓰레기의 30퍼센트 정도를 차지한다. 그러다 보니 음식물 찌꺼기 처리에 천문학적인 규모의 돈이 들어간다. 문제는 그것만이 아니다. 음식물 찌꺼기가 넘쳐나는 현상은 한국인의 잘못된 쇼핑 습관과 식문화를 반영한다. 음식물 찌꺼기 문제는 바로 삶의 철학과도 직결된다.

종전에는 음식물 찌꺼기 '재활용'에 초점이 모아졌지만, 요즘은 음식물 찌꺼기 '줄이기'에 관심이 모아진다. 음식물 찌꺼기를 사료나 퇴비로 재활용하는 것도 중요하지만, 그 이전에 음식물 찌꺼기 자체를 줄이는 것이 최상책(最上策)인 것이다.

지금 한국에서 음식물 찌꺼기가 쏟아져 나오는 것은 한마디로 '풍요병(affluenza)'이다. 북한을 비롯한 가난한 나라에서는 수많은 사람들이 먹을 것이 없어 굶어 죽는데, 한국에서는 어마어마한 양의 음식이 남아돌고 썩어서 처치 곤란이다. 음식물 '찌꺼기'가 아니라 조리된 적도 없는 야채나 과일이 썩거나 시들어서 통째로 버려지곤 한다. 집집마다 냉장고에는 들어갈 구멍이 없을 정도로 먹을거리가 꽉꽉 차 있는데, 그중 적지 않은 양이 어느 날 갑자기 음식물 찌꺼기 통에 들어가고 만다.

음식물 찌꺼기 '풍년'은 쇼핑에서 시작된다. 대형 할인 매장에 가게 되면 보통 한 주일이나 두 주일 동안 먹을 빵과 야채, 과일, 반찬, 생선, 고기를 한꺼번에 구입하기 때문에 냉장고가 미어지고, 결국은 음식물 찌꺼기가 많아진다. 대형 할인 매장에서는 자주 파격 할인이나 끼워 팔기로 소비자를 유혹하는데, 거기에 넘어가서 불필요한 먹을거리를 장만하기도 한다. 인터넷에서 '음식물 찌꺼기 줄이는 법'을 찾아보면, 대형 할인 매장에 가지 말고 조금 더 비싸더라도 동네 상점이나 한살림, 생협 공판장, 유기농 매장에 가서 그때그때 꼭 필요한 양만큼만 사는 것이 오히려 돈을 아끼는 길이라고 많은 사람들이 조언한다.

그밖에도 음식물 찌꺼기를 줄이기 위한 여러 가지 아이디어들이 인터넷에 나와 있다. 국을 끓일 때 한 끼 먹을 만큼만 조리하기, 아이들에게 칼질을 제대로 가르쳐 과일 껍질 줄이기, 대형 냉장고 믿지 말고 정기적으로 청소하기, 외식할 때도 먹을 만큼만 시키고 남은 음식은 포장해 오기…… 정부가 발간한 책자에는 자그마치 101가지 방법이 나온다.

국을 한꺼번에 너무 많이 끓이지 말아야 할 뿐 아니라 국을 너무 짜게 끓이지 말아야 한다. 아니, 모든 반찬을 짜게 만들지 말고 약간 싱겁게 해야 한다. 한국의 음식물 찌꺼기는 너무 짜서 사료로 만드는 데 결정적 방해 요소가 된다. 전에 요리에 관한 수필을 쓸 때도 밝혔지만, 내 아내는 항상 음식을 싱겁게 조리하는 반면에 나는 맛을 낼 욕심에 소금이나 간장을 더 넣다가 짠 음식을 만들곤 한다. 음식물 찌꺼기의 재활용을 생각한다면 싱거우면서도 맛있는 음식 만드는 법을 개발하지 않으면 안 될 것 같다.

과일 껍질을 줄이기 위해서는 아이들에게 칼질을 가르치기도 해야겠지만, 그보다는 과일을 껍질째 먹자고 권하고 싶다. 껍질에 영양소가 가장 많이 있을 뿐 아니라 요즘은 기능성 농약을 사용해 농사를 짓기 때문에 농약 걱정을 거의 안 해도 된다. 한국의 어떤 전문가가 신문에 쓴 칼럼을 읽어보면 한국 과일의 거의 대부분은 껍질째 먹어도 된다고 한다. 나는 특별히 내 고향의 명물인 청송 사과를 껍질째 먹는데, 깎아 먹을 때보다 열 배는 더 맛있다. 미국 시애틀에서 2년을 사는 동안에 미국인들이 사과 껍질을 벗기고 먹는 것은 단 한 번도 본 적이 없다. 씻기는커녕 닦지도 않고 그냥 껍질째 베어 먹는다. 내가 아는 어느 미국인은 포도 껍질은 물론 포도씨 그리고 수박씨도 먹는다. 한국에서도 수박이나 바나나 같은 것을 빼고는 거의 모든 과일을 껍질째 먹으라고 권하고 싶다.

나는 내 인생의 반환점을 돌아서면서 앞으로 남은 생애에 내가 이 사회에 기여할 수 있는 것이 과연 무엇일까 생각해보곤 한다. 그중에 하나가 장기 기증이고, 다른 하나는 음식물 찌꺼기를 비롯한 쓰레기 줄이기가 아닐까 생각한다. 내가 다니던 교회에 어느 날 장기기증운동본부 사람들이 와서 장기 기증 서약을 받기에 나는 각막과 장기뿐 아니라 아예 시신 기증까지 서약했다. 내 인생의 모든 부분이 다 실패로 끝나더라도 내 시신이 여러 명의 눈을 뜨게 하고 생명까지 살릴 수 있다면, 내 인생도 결코 실패한 것이 아니리라. 그와 마찬가지로 앞으로 사는 동안에 내가 조금이라도 음식물 찌꺼기를 덜 남기고 자원 재활용을 조금이라도 더할 수 있다면, 나는 이 사회에 퍽 의미 있는 기여를 하고 가는 것이다. 내가 지독할 정도로 철저하게

이면지를 사용하고, 우편용 서류 봉투도 썼던 것을 또 쓰며, 식당에서 먹다 남은 음식을 가급적이면 싸 가지고 오는 이유가 거기에 있다. 나는 그래서 오늘도 냄새 나고 때로는 썩은 물이 흐르는 음식물 찌꺼기 통을 들고 엘리베이터를 오르내린다.

음식물 찌꺼기에서 해방되기

집 안에서 청소나 설거지를 하는 남편은 이제 상당히 많아졌다. 집 밖으로 재활용 쓰레기를 배출하러 나오는 남편도 점점 늘어난다. 그러나 음식물 찌꺼기 통을 집 밖으로 들고 나오는 남편은 거의 볼 수가 없다. 수많은 종류의 가사 중에서도 아직까지 금남(禁男)의 벽이 높게 쳐져 있는 것이 바로 음식물 찌꺼기 배출인 것이다.

일전에 내 친구인 어느 대학교수가 《중앙일보》(2013년 6월 11일 자)에 "아아, 나도 늙어가고 있다"라는 칼럼을 쓰면서, 자기 아내와 딸과의 가사 분담 이야기를 하는 가운데 음식물 찌꺼기 배출 이야기를 해놓았기에 흥미롭게 읽었다.

요즈음 같은 여름철에는 음식물이 가장 힘들다. 수거 통근처만 가도 악취가 진동한다. 그래서 웬만하면 청소차가 떠난 직후인 이른 새벽 시간을 이용한다. 게다가 가끔 생선

가시에 비닐봉지가 찢겨질 경우 여간 곤혹스러운 게 아니다. 그렇지만 돌아오는 발걸음은 가볍다. 이런 나를 이해해 주는 사람은 딱 한 사람, 아파트 경비 아저씨다. 그는 늘 지켜보면서 빙그레 웃는다.

나도 얼마 전까지는 이 친구처럼 난처한 경험을 여러 번 했다. 음식물 찌꺼기를 담은 비닐봉지가 찢겨서 물이 샐라치면 새 비닐봉지를 하나 덧입혀서 들고 나가곤 했다. 그러고 보니 지혜로운 동네 아주머니들은 비닐봉지를 들고 나오는 것이 아니라 가정용 음식 찌꺼기 통을 통째로 들고 나왔던 것이다.

내가 "얼마 전까지는"이라고 단서를 붙인 데는 이유가 있다. 일주일에 몇 번씩 음식 찌꺼기가 담긴 비닐봉지를 들고 현관문을 나서서 엘리베이터를 타고 내려가 아파트 관리 사무소 뒤편에 있는 분리수거 용기까지 가는 수고를 이제 덜 수 있게 된 것이다. 악취와의 이별이요, 음식 찌꺼기에서의 해방인 셈이다.

일명 디스포저(disposer)라고도 하는 주방 오물 분쇄기를 내 집에 들여놓는 일은 실로 전광석화(電光石火)같이 이루어졌다. 안 그래도 기회만 되면 가정용 음식물 처리기를 설치하리라고 벼르고 있던 차였다. 아들 재현이마저 음식물 찌꺼기를 따로 모아 배출하는 것이 구차해 보였던지 "음식물 처리기가 있던데 우리도 그거 하나 사지 그래요?"라고 말한 적이 있었다.

　얼마 전에 처조카가 새로운 사업을 시작했는데 그게 바로 주방 오물 분쇄기 판매업이었다. 한 대에 70만 원이나 하는 기계를 설치할 가정이 그리 많지 않은 상황에서 당연히 가까운 친척부터 판매의 대상이 될 수밖에 없었으리라. 재현이나 나와 달리 주방 오물 분쇄기를 설치할 생각이 전혀 없었던 아내가 어느 날 주방 오물 분쇄기를 설치해야겠다고 하기에 나는 속내를 감춘 채 짐짓 반대하지 않는다는 시늉을 했다.

　처음에는 내 집 싱크대와 규격이 맞지 않아 안 된다며 돌아갔다가 나중에 다시 와서 설치에 성공하는 우여곡절을 거친 끝에 주방 오물 분쇄기는 내 집 싱크대의 배수구에 마침내 자리를 잡았다. 수박 껍질 같은 음식물 찌꺼기를 누르개(stopper)로 배수구에 밀어 넣고 수도꼭지를 틀어 물을 흘리면서 발판 스위치를 밟기만 하면 된다. 음식물 찌꺼기를 따로 모으는 동안에 풍기던 고약한 냄새도 사라졌지만, 거기에 수없이 달라붙던 하루살이도 이제는 볼 수가 없다. '혁명'이 일어난 것이다.

　문제는 이런 방식의 음식물 찌꺼기 처리가 아직은 제한적으로만 허용되고 있다는 것이다. 환경부는 주방 오물 분쇄기의 사용을 원칙적으로 금지하되, 여과기를 부착하여 분쇄된 주방 오물의 20퍼센트 이하만을 하수구로 흘려보내는 환경부 인가 제품에 한해 그 사용을 허가하고 있다. 주방 오물 분쇄기의 전면 허용 여부는 여전히 한국 사회의 뜨거운 쟁점 중 한 가지가 되어 있다. 환경부가 얼마 전에 주방 오물 분쇄기 허용 문제로 세미나를 열었는데, 환경 단체에서 나와 피켓을 들고 반대 시위를 벌였다.

음식물 찌꺼기는 쓰레기 중에서도 천덕꾸러기다. 음식물이었을 때는 사람에게 가장 환영받던 것이 찌꺼기가 되고 나서는 가장 천대를 받으니, 참으로 아이러니가 아닐 수 없다. 매립장에도, 소각장에도 음식물 찌꺼기는 출입 금지다. 최근에는 바다를 오염시킨다고 해양 투기도 못하게 되었다. 그러다 보니 따로 모아 물과 건더기를 분리해 건더기는 재활용하고 있는데, 재활용의 효과가 너무 낮아 천문학적 혈세(血稅)가 소요된다. 마침내 2013년 6월부터 배출자 부담 원칙에 따라 '음식 쓰레기' 종량제가 실시되다 보니 서민 가계에 부담을 주게 되었고, 그 과정에서 갖가지 혼란이 빚어진다. 그동안에는 하수 설비가 미비해 주방 오물 분쇄기를 불허했다지만, 이제 하수 설비도 크게 개선된 마당에 주방 오물 분쇄기 불허론은 설 자리가 없어졌다. 정부는 조속히 허용을 결단해야 하고, 환경 단체는 '환경주의(environmentalism)'에서 벗어나야 할 때다.

내가 한때 몸담았던 언론사의 선배 논설위원이 환경 칼럼에서 지적했듯이, 한국도 이제는 음식물 찌꺼기의 굴레에서 주부를 해방시켜야 한다. 미국과 일본 같은 선진국에서는 주방 오물 분쇄기의 사용을 의무화하는 추세인데, 유독 한국만 음식물 찌꺼기를 분리 배출하게 하여 주부에게 안 해도 될 고생을 시키고 있다.

주방 오물 분쇄기가 일반화될 때까지는 남편들이 음식물 찌꺼기 배출하는 일을 도맡았으면 좋겠다. 음식물 찌꺼기 분리 배출이 얼마나 비위생적이며 비효율적이고 후진적 행태인지 정책을 결정하는 자리에 주로 앉아 있는 남성들이 직접 느껴 봐야 한다.

주방 오물 분쇄기가 국가적 난제인 음식물 찌꺼기 문제의 근원적 해법은 아니다. 궁극적으로는 음식물 찌꺼기의 발생 자체를 줄여야 한다. 음식물 찌꺼기를 줄이려면 반찬을 쓸데없이 많이 해서 남기는 한국 특유의 음식 문화가 바뀌어야 하고, 사재기식 쇼핑 문화가 바뀌어야 한다. 가사는 부부간에 가족 간에 분담하기도 해야 하지만, 불필요한 수고를 하게 하는 가사에서는 과감히 해방될 필요도 있다.

 주부의 흔적

살다 보면 이것만 있다면 더 바랄 것이 없겠다 싶은 것이 있는가 하면, 이것만 없다면 살겠다 싶은 것도 있다. 내 인생의 '이것만 있다면' 목록에는 무엇이 있었던가. 한때는 '나도 부

유한 명문가에서 태어났더라면' 하는 아쉬움이 있었다. 나중에는 '금배지'가 나의 소망 목록의 최상에 있었지만, 그 꿈은 이루어지지 않았다. 최고 학위의 욕심은 만학(晩學) 끝에 충족되었다. 이제 인생의 반환점을 돌고 나서 가지는 소망은 그저 '내 아내가 나보다 오래 살아주었으면 하는 것'이다.

'이것만 없다면' 목록은 어떠한가. 이렇게 자문(自問)하고 보니, 딱히 내 인생을 불행하게 한 것이 없었다는 사실을 새삼 깨닫고 감사한다. 우선 나 자신에게 장애가 없을 뿐 아니라 장기간 몸져누워 계신 부모도, 나를 못살게 구는 악처(惡妻)도, 장애를 갖고 태어난 자녀도 없다. 어쩔 수 없이 지게 되는 이런 인생의 짐을 흔히 '십자가'라고 말하곤 하지만, 정확한 표현은 아니다. '십자가'란 '내가 죽음으로써 다른 사람을 살리는 것'을 의미하기 때문이다. '내 뜻'을 내려놓고 '하나님의 뜻'에 날마다 순간마다 순종하는 것이 기독교에서 말하는 '십자가의 길'이다. 쉽게 말해 삶의 기준을 '나의 이익'에서 '남의 이익'으로 바꾸는 것이라고 할 수 있다.

나는 2009년 미국 시애틀에 1년간 머물면서 「비염의 축복」이라는 수필을 쓴 적이 있다. 알레르기성 비염 때문에 수년째 고통을 겪고 있지만, 이와 같은 잔병치레로 오히려 '큰 병'을 예방할 수 있다면 축복이 아니겠는가 하는 깨달음을 표현한 것이었다. 정말 당시에는 비염만 없다면 살 것 같았다. 아침마

다 혹은 밤마다 갑작스러운 연속 재채기와 함께 쉼 없이 흘러
내리는 콧물로 인해 죽을 지경이었다. 이듬해 한국으로 돌아
왔는데 기적이 일어났다. 어느 순간부터 아침에 코에 스프레
이만 한 번 뿌리면 괜찮아졌다. 원인도 모른 채 감사할 뿐이다.

그런데 '이것만 없다면' 싶었던 한 가지가 사라지자 곧 다른
한 가지가 생겨났다. 양손의 거의 모든 손가락 끝이 딱딱해지
면서 쪼이고 가끔씩은 갈라지기까지 하는 것이다. 비염과 마
찬가지로 이 현상도 건조한 겨울철에 더 심하다. 피부과에 갔
더니 '주부습진'이라고 했다. 내가 집안 설거지를 도맡아 하는
것을 모르는 의사는 "손을 너무 자주 씻지 마라"라고 하면서
피부 연화제와 함께 연고를 처방해주었다. 아침저녁으로 연고
를 바르고, 핸드크림을 가지고 다니면서 바르고, 손 씻는 횟수
를 줄이고, 설거지를 할 때는 고무장갑 안에 면장갑을 끼고, 내
가 할 수 있는 것을 다 해보았지만 차도(差度)가 없었다. 굳어진
손끝이 갈라지면 몹시 따가웠다. '이놈의 주부습진만 없다면'
정말 살 것 같았다. 아니, 훨훨 날 것만 같았다.

비염과 마찬가지로 주부습진도 한 방에 때려잡을 수 있는
병이 아니다. 오래도록 '더불어 살[共有]' 각오를 하지 않으면
안 되는 끈질긴 '친구'다. 한번은 이 습진을 쑥뜸으로 일거에
퇴치하기 위해 손가락 끝마다 쑥뜸을 떴지만, 화상만 입고 말
았다. 습진이 심한 부위에 주사를 맞으면 빨리 낫는다고 해서

모 대학병원으로 가서 열 손가락 끝마디에 모두 수십 방의 주사를 맞아보았지만, 일시적으로 사라졌다가는 곧 재발했다. 그 후 분당 서울대병원 피부과에서 특진 의사와 상담한 다음 병원 자체 개발 약품인 살리실산(salicylic acid) 40퍼센트 스크럽제로 날마다 두 번씩 각질을 제거해주니 덜 갈라져서 좀 살 만하다.

주부습진을 단번에 퇴치할 수 없다면 잘 관리하는 것이 중요하다. 마치 한국이 '말썽꾸러기 동생' 북한을 잘 관리해야 하는 것과 같다. 짜증이 난다고 해서 '극단적인' 대응을 하면 안 되는 것이다. 주부습진 관리의 요체는 긁지 않고 뜯지 않는 것이다. 습진으로 굳어진 피부에 연고를 바르면 자연스럽게 부스러기가 생기고 껍질이 벗겨지는데, 이때 긁거나 뜯으면 악화된다. 안 그래도 의사가 "뜯지 마라"라고 신신당부했다. 하지만 눈에 보이고, 건드리면 말끔하게 정리될 것 같은데 안 건드리기가 결코 쉽지 않다. 고도의 인내심이 요구된다. 잘 참다가 기어이 건드려서 '참화(慘禍)'를 입고 마는 시행착오가 연속된다. 내가 성숙된 성품의 소유자인지 아닌지를 가르는 바로미터가 바로 주부습진 관리다.

주부습진이 설거지로 인해 생긴 것이라면 '주부의 흔적'으로서 내게는 일종의 영광이다. 나는 벌써 몇 년 전부터 '남성 전업주부'를 자처했기 때문이다. '主婦'가 아닌 '主夫' 말이다.

누구나 자신의 소임을 다하다 보면 그에 따른 삶의 흔적이 남는 법이다. 내 돌아가신 어머니의 '갈고리 손'이 바로 그러한 흔적이다. 평생을 교사로 봉직한 사람에게는 만성 인후염이 그런 흔적이 될 수도 있을 것이다. 한평생을 기독교의 복음 전도자로 신실하게 살았던 사람이라면 신약성서에 나오는 사도 바울처럼 '예수의 흔적'(「갈라디아서」 6장 17절)이 남을 것이다. 바울 선생에게는 육체의 지병(持病)도 있었는데, 선생은 그 병이 자신을 자만하지 않게 하기 위해 하나님이 허락하신 것으로 이해했다.

'이것만 있다면'의 소원 목록이 다 이뤄지지 않는 것에도, '이것만 없다면'의 기도 목록이 다 응답을 얻지 못하는 데도 뜻이 있나 보다. 나의 소원이 다 이뤄지고 나의 기도가 다 응답받는다는 이야기는 누군가의 소원과 기도가 실현되지 않는다는 것과 같다. 세계 최고 부자의 소원과 기도 중에도 이뤄지지 않은 것이 있는가 하면, 노숙자의 소원과 기도 중에도 실현되는 것이 있기 마련이다. 결국 인생은 공평한 것이다. '주부의 흔적'인 주부습진의 의미를 묵상하는 중에 떠오르는 단상(斷想)이다.

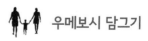 우메보시 담그기

내가 손수 담근 우메보시(梅干, 매실 장아찌) 한 알을 공깃밥

위에 올려놓는다. 밥 한 숟갈 뜨고 우메보시 한 입 베어 물고 또 한 술 뜨고 한 입 베어 물고……. 노르스름하면서 불그스름한 우메보시 한 알을 족히 열 번은 베어 먹는다. 그때마다 특유의 시큼 짭짤한 매실 맛에 온몸이 전율하면서 졸음이 싹 달아난다. 밥을 다 먹고 났는데도 입안에 시큼한 여운이 맴돈다. 요즘 나의 식탁 풍경이다.

여수에 사는 지인이 섬진강 매실 한 상자를 보내줄까 묻기에 "좋다"고 답하고 나서 고민에 빠졌다. 매실은 섬진강 매실이 최고라지만, 이놈을 처치하기가 만만치 않다. 술을 즐기지 않으니 매실주를 담글 수도 없다. 설탕에 재어 매실액을 만들면 음료도 되고 양념도 된다지만, 썩 내키지 않았다. 그때 일식집에서 먹던 우메보시가 떠올랐다. 그래, 우메보시를 담그자! 매실 장아찌! 일본 사람들이 그놈 한 알로 밥 한 공기를 단참에 해치운다는 그 우메보시 말이다!

매실 선물 상자를 택배로 받고 보니 상상 이상으로 무거웠다. 10킬로그램이나 되었다. 청매실 수백 개가 커다란 종이 박스 안에 빼곡히 들어차 있었다. 이놈들을 한꺼번에 다 우메보시로 담그기에는 너무 많다 싶었지만, 다른 선택지가 없었다. 인터넷 검색으로 담그는 법을 알아놓은 것은 우메보시뿐이었다. 게다가 시간이 없었다. 여름 방학인데도 나는 한국어 교육 능력 검정 시험을 앞두고 있는 데다가 다른 여러 일로 인해 눈코 뜰 새가 없었다.

아내와 상의도 하지 않고 다짜고짜 우메보시 담그기에 착수했다. 그 많은 매실을 하나하나 씻고 바구니 여러 개에 나눠 담아 아파트 베란다에 널었다. 7월의 작열하는 햇빛을 받아 청매실의 한쪽 귀퉁이가 금세 노르스름해지면서 불그스름해졌다. 지금은 하늘로 이사 가버린 우리 또또가 그놈을 먹으리라고는 상상도 못했는데, 두 개를 갉아 먹고 서너 개는 잇자국을 내놓았다. 그 바람에 매실 전부를 다시 씻어 말렸다.

우메보시 담그기의 핵심은 두 가지다. 하나는 소금의 비율을 정확히 맞추는 것이다. 일본에서는 18퍼센트라고 하는데, 한국의 어느 여류 시인은 다년간의 경험으로 터득한 노하우라며 15퍼센트를 제안한다. 매실이 10킬로그램이니까 소금은 1.5 내지 1.8킬로그램을 넣어야 하는 것이다. 그리고 3킬로그램 정도의 김칫돌로 눌러놓는 것이다.

항아리가 없어 김치냉장고용 김치 통 두 개에 매실 한 켜 깔고 소금 뿌리고 또 깔고 또 뿌리고를 반복했다. 그런 다음에 김칫돌도 없어 무거운 접시를 쌓아 눌렀다. 랩으로 밀봉해 뚜껑을 덮고 열흘을 숙성시킨 후 중간에 한 번 열어 누르는 무게를 절반쯤으로 줄인 뒤 다시 보름을 숙성시켰다. 적자소라는 빨간 깻잎을 첨가하면 우메보시의 색깔이 빨갛게 되어 가장 먹음직스러워진다지만, 그것은 내년 여름 방학 숙제로 남겨두었다.

어설프기 짝이 없는 첫 경험이었다. 그런데도 내가 보기에는 거의 완벽한 우메보시가 만들어졌다. 기적이었다. 소금에 절여진 매실 알맹이만 따로 건져 사흘을 건조시킨 다음에 다시 김치 통에 담아 김치냉장고에 보관하고, 유리병에 담은 한 병만 일반 냉장고에 넣어두고는 끼니때마다 김치처럼 꺼내 먹는다. 매실에서 우러나온 원액은 따로 담아 양념으로 사용한다.

급한 마음에 중간 숙성 단계의 놈을 몇 개 꺼내 먹었는데도 그 맛이 기가 막히다. 마치 김장철에 김장을 넉넉히 담근 것처럼 갑자기 부자가 된 느낌이다. 그래서 반찬 통에 놈들을 차곡차곡 담아 모임에 가서 아주머니 회원들에게 선물했는데, 의외로 우메보시를 잘 모른다. 그러면서도 남자인 내가 감행한 '우메보시 거사'에는 다들 놀란다. 내 기분은 흡사 어려운 숙제를 혼자서 해낸 소년의 기분과 같다.

나의 첫 우메보시 담그기의 점수는 과연 몇 점일까. 매실의 색깔, 사용한 소금의 질 같은 것을 곰곰이 따져보니 썩 높은 점수는 받지 못할 것 같다. 그래도 70점은 되지 않겠느냐고 자위해본다. 내년에 한 번 더 담근다면 그때는 80점을 훌쩍 넘길 수 있을 것이다.

『김치와 우메보시』라는 책을 보면 죽기 전에 우메보시를 간절히 먹고 싶어 하는 일본인 어머니의 이야기가 나온다. 한국에 시집와서 쉰 살이 넘을 때까지 살았지만, 죽을 때는 수구초

심(首丘初心)이라고 고향 음식인 우메보시를 몹시도 그리워했다는 것이다. 그러니까 일본인에게는 우메보시가 한국의 김치격이다.

매실에 첨가한 것이라고는 단지 소금밖에 없는데도 우메보시가 지니는 그 독특한 맛을 과연 뭐라고 설명할 수 있을까. 매실이라는 열매를 만든 조물주의 신비가 아니고 그 무엇이겠는가. 음식은 가공한 정도가 덜할수록 오히려 더 깊은 맛을 잘 드러내는지도 모른다. 좋은 고기는 소금만 솔솔 뿌려 구워도 그 향이며 입안에 살살 녹는 맛이 그만인 것처럼 말이다.

사람도 그런 것 아닐까. 젊은이들을 보면 남녀 불문하고 다 아름답다. 꾸미지 않아도 멋지고, 살짝만 꾸며도 화려해진다. 각 사람에게는 저마다 매실 향 같은, 또 우메보시의 맛 같은 개성미가 있다. 외모는 외모대로, 마음은 마음대로 독특한 멋이 있다. 저마다의 삶에서도 특유의 향기가 풍긴다.

우메보시를 담그면서 나 자신도 좀 더 성숙해진 것 같다. 요리는 사람을 철들게도 하는가 보다. 우메보시는 입맛이 없을 때 더욱 제격이다. 우메보시를 한 입 베어 물면 없던 입맛도 살아난다. 나는 오늘도 우메보시 한 알을 베어 물 때 행복도 함께 베어 문다. 나도 누군가의 우메보시가 되고 싶다.

셋째 마당

___

취미가 된 가사

반찬 전쟁

행복한 가정은 행복한 식탁에서 시작된다. 온 가족이 식탁에 둘러앉아 정겹게 식사하는 광경을 상상해보라. 그보다 더 아름다운 풍경이 세상 어디에 또 있겠는가. 아침 식사만 같이 하는 것이 아니라 저녁 식사도 가족이 함께한다면 금상첨화일 것이다. '행복 밥상'을 위하여 충분한 시간 여유를 가지고 요리를 할 수 있다면 더욱 좋을 것이다.

현실은 어떠한가. 우선 한국의 기성세대 남자들 사이에는 저녁에 일찍 집에 들어가면 졸장부인 것처럼 생각하는 경향이 엄존한다. 졸장부가 되지 않기 위해 일부러 저녁 모임을 만들곤 한다. 아내는 아내대로 저녁 준비하는 것이 귀찮아서 남편이 밖에서 밥을 먹고 들어오는 것을 선호하는 경우도 적지 않다.

산둥 성이나 상하이 같은 중국 남부 지방에서는 남자가 퇴근 후에 요리도 하고 아이들도 돌보는 것과는 너무나 대조적이다.

물론 신세대는 다른 것 같다. 아내도 남편이 저녁에 일찍 들어와서 같이 식사하기를 바라고, 남편도 직장 회식보다는 일찍 귀가하는 것을 더 좋아한단다. 맞벌이라면 한 사람은 어린이집에 맡긴 아이를 찾아 데려가고, 다른 한 사람은 저녁상을 차려야 할 것이다. 도시의 광역화와 점점 길어지는 출퇴근 시간을 고려하면 퇴근 후 젊은 부부의 발걸음은 종종걸음이 될 수밖에 없다. 어린 자녀를 둔 젊은 맞벌이 부부는 출근 시간에도 허둥지둥, 퇴근 시간에도 허둥지둥한다. 아빠가 협조하지 않으면 젊은 엄마 혼자서 이리 뛰고 저리 뛰고 하는 전쟁의 연속이 된다.

밥상을 차리려면 밥만 있어서는 안 되고 반찬이 있어야 한다. 서양 요리와 달리 한국 밥상에는 국이나 찌개가 있어야 하는 데다가 반찬 한 가지를 하려고 해도 조리 과정이 복잡하다. 오늘날과 같이 바쁜 현대 한국 사회의 맞벌이 부부에게는 도무지 어울리지 않는(?) 음식 문화인 셈이다. 한국 사람들도 서양 사람들처럼 주된 요리(main dish) 한두 가지만 하고 나머지는 밑반찬으로 식사하면 좋을 것 같다.

나처럼 국을 안 먹는 사람을 만난 아내는 운이 좋은 경우인지도 모른다. 며칠 전에 서울대학교 학생회관 구내식당에서 아침 식사를 한 적이 있는데, 그 식당을 맡아 운영하는 대형 급식 업체에서 일주일에 하루는 '국 없는 날'로 삼겠다고 써 붙여 놓은 것을 보았다. 저염식(低鹽食)을 권장하는 ≪조선일보≫ 캠페인에 부응한 조치로 보였다. 한국인의 염분 과다 섭취의 제일 주범이 '국'이라는 것이다. 이참에 한국 밥상에서 국을 추방함으로써 식단을 간소화해 맞벌이 부부의 부담 한 가지를 줄여주면 좋을 것 같다. 국을 끓이지 않고 고기를 굽거나 생선을 구워서 밑반찬과 더불어 밥상을 차린다면 요리 시간의 절반은 줄어든다.

요리든 반찬이든 그 맛은 만드는 사람의 정성에 달렸다. '엄마손 식당'이나 '시골 밥상' 같은 식당 이름 자체가 그런 정성을 상징한다. 가정의 모든 밥상도 그런 정성 어린 밥상이어야 하는 것이 이상(理想)이다. 그 이상을 포기하지 말고 추구해야 한다. 그래야 '웰빙(well-being)' 밥상을 마주할 수 있고 삶의 질이 높아진다.

문제는 현실이다. 한국에서도 맞벌이 가구가 점점 늘어나서 이제 배우자가 있는 유배우 가구의 43.5퍼센트에 이른다. 전업주부가 없기는 '한 부모 가구'도 맞벌이 가구와 마찬가지다. 맞벌이 가구에 한 부모 가구를 합치면 57퍼센트가 넘는다. 절반을 훨씬 넘는 가정의 부모가 직장 근무와 가사의 이중 부담을 지고 살아간다. 그중 젊은 부모들은 육아의 부담도 져야 하므로 삼중고에 시달린다.

이들에게 요리를 손수 하고 반찬을 직접 만들라고 강요할 수 없다. 남성 전업주부를 자처하는 나도 요즘 친환경 식품 매장인 한살림과 전문 반찬 가게를 오가며 반찬을 사 나르고, 아내도 가끔 대형 할인 마트에서 즉석 매운탕거리 같은 것을 사다가 바로 끓이곤 한다. 이런 부부를 과연 탓할 수 있는가. 끓이기만 하는 되는 즉석 탕이나 찌갯거리를 사다가 끓이고 반찬 가게를 들락거리는 부모를 심판대에 올린다면, 나는 단연코 '무죄'를 선고하고 싶다. 반찬 쇼핑이나마 정성껏 한다면 부모로서의 기본 의무는 다한 셈이다. 채무 의식이 남는다면 주말에 시간을 내어 온 가족이 함께 맛있는 요리를 하는 것으로 갚을 수 있다고 생각한다.

바야흐로 반찬 가게의 전성시대요, 식품 회사들의 반찬 상품 아이디어가 폭발하고 있는 시대다. 인터넷에서 즉석 탕이나 찌갯거리를 검색하다 보니 아예 회사 이름을 '아빠가 차린 밥상'이라고 지어놓고 각종 덮밥 소스, 찌개 소스, 볶음밥, 그리고 탕이나 찌개류 서른 가지를 팔고 있는 회사도 있다. 전화를 걸어서 그 볶음밥에 밥이 들어 있느냐고 물어보았다. 그랬더니 "덮밥 소스에는 밥이 없지만 볶음밥에는 밥도 들어 있기 때문에 전자레인지에 데우거나 프라이팬에 살짝 볶아 드시면 된다"라고 한다. 그런가 하면 어떤 기사에서는 캠핑족을 겨냥한 반(半)

조리 식품을 소개하면서, 요리를 잘 못하는 사람들에게는 즉석 캠핑 요리가 '가정식'으로도 활용될 수 있다고 주장한다. 그른 말은 아니지만 이러한 세태 변화의 속도에는 환경 적응성에 뒤처지지 않는다고 자부하는 나도 충격을 받는다. 심지어는 편의점에서도 30대와 40대 주부들을 대상으로 시장 조사를 실시한 후에 그 결과를 바탕으로 많게는 서른 종류의 반찬을 팔기 시작했다는 보도가 있다. 주부들은 반찬 확보 전쟁, 회사들은 반찬 판매 전쟁에 돌입한 것이다.

신혼 초에 아내가 해준 요리 중에서 가장 맛있었던 것은 참치 김치찌개였다. 나중에 생각해보니 직장 일과 아들 키우기로 바쁜 아내가 가장 빨리 쉽게 할 수 있는 요리가 냄비에 김치와 두부를 썰어 담고 참치 캔을 따서 넣고 물을 부어 끓이면 되는 참치 김치찌개였던 것이다. 세상만사는 상대적이다. 잘잘못을 따지지 말고 사랑하는 마음으로 감사하게 먹으면 그것이 행복 밥상이요, 행복 가정이 아닌가 싶다. 여보, 사랑해요!

모든 쇼핑은 인터넷에서

낮에 집에 있다 보면 택배 차가 한 시간이 멀다 하고 아파트 단지를 들락거린다. 어쩌다 경비실에 택배 물건을 찾으러 가보면 경비실이 비좁을 정도로 택배 물건이 쌓여 있다. 10년 전만 해도 택배업이 이렇게까지 성행할 줄 몰랐다.

2000년에 어느 대학교수의 특강에서 아마존이라는 인터넷 서점이 미국에 생겼고 앞으로 인터넷이 세상을 온통 바꾸어놓을 것이라는 이야기를 들을 때만 해도 한 편의 동화처럼 다가왔다. 나중에 알고 보니 아마존은 책만이 아니라 갖가지 물건을 파는 세계적으로 손꼽히는 인터넷 쇼핑몰이었다. 2013년에는 마침내 아마존의 제프 베조스가 《워싱턴포스트》를 인수했다는 소식이 들려왔다. 바야흐로 온라인상의 가상 세계(virtual world)가 실제 세계(real world)를 지배하고야 만 것일까.

이제 안방에서 컴퓨터로 인터넷에 접속해 마우스로 클릭 몇 번 하면 웬만한 물건은 다 살 수 있다. 시간이 돈인 세상에서, 그리고 이동하는 데 만만찮은 돈이 소요되는 오늘날과 같이 복잡한 도시 생활에서 굳이 물건을 사러 시장이나 점포를 찾아갈 필요는 없다. 어쩌다 오프라인 가게에 들러도 쭉 훑어본 후에 마음에 드는 물건이 있으면 기록해두었다가 집에 와서 인터넷으로 구입한다. 무겁게 들고 왔다 갔다 할 이유가 없는 것이다. 텔레비전을 '안방극장'이라고 한다면 인터넷 쇼핑몰은 '안방장터'인 셈이다.

경제학에서는 물건을 사고파는 과정에 들어가는 돈을 '거래비용'이라고 한다. 옛날 물물 교환 시절에는 거래비용이 매우 비쌌지만, 요즘 같은 인터넷 천국에서는 거래비용이 극히 저

렴하거나 아예 존재하지 않는다. 그래서 경제학 교과서를 보면 "지식 기반 사회에서는 거래비용이 거의 없게 되어 낮은 인플레이션을 유지할 수 있다"라고 한다. 인터넷 거래가 물가를 낮추어주었다는 이야기다. 그야말로 디지털 혁명인 것이다.

주중에 직장 생활로 바쁜 아내는 주로 주말에 집 근처에 있는 대형 할인 마트에 가서 한 주일분 먹을거리를 사 온다. 서울에 사는 처형과 함께 양재동 코스트코에 가서 질 좋은 생필품을 싼값에 대량으로 구매해 오기도 한다. 가끔은 농협에서 운영하는 하나로 매장에서 과일류를 한꺼번에 많이 사 오거나, 동네에 있는 중형 마트의 광고지를 보고 쇼핑하러 가기도 한다. 일요일에 교회에 갔다 오면서도 중간에 백화점이 있는 지하철역에 내려 식료품을 사 온다. 내가 가사에 이래저래 많이 간여함에도 불구하고 여전히 곳간 열쇠를 내놓지 않는 아내이니만큼, 이러한 쇼핑 패턴에는 지금도 큰 변화가 없다.

그러나 아내가 구입하는 물건의 양은 점점 줄어들어 이제는 예전의 절반 정도에 그치지 않을까 싶다. 왜냐하면 내가 집에 앉아 인터넷으로 많은 것을 쇼핑하기 때문이다. 아내로서는 일석삼조(一石三鳥)이다. 우선 시간을 절약할 수 있다. 다음으로 무거운 것들을 끙끙대며 들고 올 필요가 없다. 게다가 자기 지갑에서 나가는 돈을 줄일 수 있다. 비록 내가 많은 돈을 벌지는 못하지만, 내 호주머니에서 나가는 돈으로 인터넷 쇼핑을 하니 아내로서는 씀씀이를 크게 줄일 수 있게 되었다. 이제는 당연하다는 듯이 나에게 "이거 다 먹었어요", "저거 사주세요"라고 말한다. 아내가 부탁하면 나는 군말 없이 응한다. 그러다 보니 나의 월간 신용 카드 지출 규모가 상당하다. 수십 만 원을 훌쩍 넘어갈 때도 없지 않다.

도대체 무엇을 사는 것일까? 사람이 먹는 식료품에서부터 우리 집 꽃미남 견공 또또의 밥과 간식, 미용제품과 욕실용품, 주방용품, 가전제품, 컴퓨터, 서적까지 망라한다. 식료품만 해도 멥쌀, 현미, 찹쌀, 율무, 빵, 감자, 고구마, 사과, 감귤, 오렌지, 오렌지 주스, 캡슐 커피, 비타민 세 종류와 유산균 한 가지, 각종 반찬류에 이르기까지 실로 다양하다. 또또를 위해서도 사료, 순살 치킨 캔, 참치 쇠고기 캔, 올리고당 비스킷, 먼치 껌, 치즈 햄 스틱을 떨어지지 않게 제때제때 조달해야 한다. 미용제품과 욕실용품으로는 보디오일, 보디로션, 핸드크림, 풋크림, 치약, 샴푸, 린스, 헤어 에센스 같은 것들이 있다.

식기세척기 세제와 린스, 그리고 부엌용 고무장갑 대용으로 내가 즐겨 사용하는 실험용 고무장갑도 온라인 쇼핑몰에서 구입한다. 새 컴퓨터와 선풍기, 난로 대용 라디에이터도 마찬가지다. 집 안의 각종 조명도 전기를 덜 소비하면서 밝기는 더 밝은 LED 제품으로 하나씩 교체하고 있는데, 그에 따라 LED 스탠드와 전구와 형광등도 인터넷에서 구입한다.

나는 아직도 미디어 중에서 책을 제일 좋아하다 보니 도서 구입비가 만만찮다. 한 주일에 최소한 한 번은 인터넷 서점에서 책을 구입하곤 한다. 2013년 9월 1일 자로 나는 인터넷 서점 예스24의 회원 등급 중 최고인 플래티넘 회원이 되었는데, 3개월 이내 순수 주문 금액이 30만 원 이상인 회원이다. 나는 또한 엉덩이가 무거운 데다가 한 가지 일에 집중하면 다른 일을 못하는 성격으로 인해 경조비조차도 인터넷 우체국을 통해 배달하곤 한다. 또또를 포함해서 네 식구, 그나마도 학기 중에는 재현이가 기숙사에 들어가므로 세 식구밖에 안 되는 데도 사야 할 것은 언제나 많고, 상용(常用) 물품의 구입 주기도 매우매우 빨리 돌아온다. 그만큼 바쁘게 살아간다는 증거일까? 먹는 것만 해도 참 많이 구입한다. 들고 가라면 못 들고 가도 먹고 갈 수는 있다는 이야기가 떠오를 정도다. 그리 크지 않은 사람 배에 들어가는 것이 참 많다는 느낌이 든다.

문득 내가 과소비하고 있는 것은 아닌가 하고 생각해본다. 혹은 나 스스로 쇼핑 중독을 의심해보기도 한다. 어려운 국가 경제에 기여하고 있는 것은 틀림없지만, 집에서 마우스 클릭 한 번만으로 온갖 물건을 다 사다 보니 필요 이상의 지출을 하는 것도 같다.

그럼에도 불구하고 인터넷 쇼핑은 매력적이다. 무엇보다도 시간을 아낄 수 있어 좋다. 현대인들에게는 그야말로 시간이 곧 돈 아닌가? 그뿐 아니라 인터넷 쇼핑몰 판매상들 간의 경쟁으로 오프라인 매장에서보다 싼값에 필요한 물건을 구입할 때도 적지 않다. 각종 할인 쿠폰과 포인트 적립에 따른 혜택도 쏠쏠하다. 택배비가 들 때가 적지 않지만, 득실을 종합하면 그래도 득이 많은 것 같다.

물건을 직접 보지 않고 사는 데다가 속전속결 쇼핑 스타일과 덜렁덜렁하는 성격으로 인해 엉뚱한 것을 사게 되어 반품하는 소동도 더러 벌어진다. 그럴 때 반품 쿠폰이 없으면 가욋돈이 들어간다. 아내에게도 혼(?)이 난다. 한번은 가정용이 아닌 업소용 청소기를 샀다가 거의 굉음 수준의 소음 때문에 온 동네를 시끄럽게 한 적도 있다.

내게 주부 생활은 아직 초보이니만큼 그런 실수들은 어쩌면 당연한 학습 과정일지도 모른다. 이런저런 시행착오를 거치는 동안 인터넷에서 짧은 시간에 가격과 택배비 유무를 비교하고, 질이 좋으면서도 값은 싼 물건을 찾는 안목이 조금씩 형성되고 있다. 쿠폰 다운로드와 포인트 적립을 통한 절약 노하우도 시간과 더불어 쌓여간다. 업체에서 돈을 받고 사용 후기를 그럴듯하게 올리는 '순수하지 못한' 블로거들도 이제는 한눈에 식별할 수 있다. 그래도 백전노장 '줌마들'을 따라가려면 한참 멀었다. 그러니 이래저래 나는 아직도 좌충우돌형 '남성 전업주부'인 셈이다.

오늘은 내가 사는 아파트의 쓰레기 분리수거일이다. 나는 일찌감치 재활용 쓰레기를 카트에 싣고 현관문을 나선다. 엘리베이터를 타면 나처럼 쓰레기를 내놓으러 나가거나 이미 쓰레기를 내놓고 들어오는 이웃을 만난다. 모양새가 별로 예쁘지는 않지만, 그래도 "안녕하세요?" 하고 인사를 건넨다.

쓰레기를 들고 나가는 모양도 갖가지다. 나처럼 모든 종류의 재활용 쓰레기를 카트에 차곡차곡 실은 뒤 묶어서 떨어지지 않게 한 사람도 있지만, 대충 두세 개의 종이 상자에 담아서는 안기도 하고 들기도 하여 가는 사람이 있다. 혼자서 다 못 들기 때문에 자녀나 다른 식구를 동원하는 경우도 보인다. 종이 상자나 기타 포장 용기를 잘 해체해 정리하지 않으면 부피가 커지기 때문에 옮기는 도중에 굴러떨어지거나 깨지기도 한다. 나도 어쩌다가 카트가 넘어져 쓰레기를 쏟은 적이 있다.

쓰레기를 분리해 배출하는 일만큼 나의 존재(being)와 행위(doing)가 이웃에 드러나는 일도 아마 없을 것이다. 평소에 집 안에서는 아이도 돌보고 요리도 하고 설거지도 하고 강아지 목욕과 미용도 하지만, 다른 이웃에게 드러나지는 않는다. 그러나 재활용 쓰레기를 분리 배출하는 일은 한눈에 드러난다. 더욱이 나는 남자이기 때문에 더 눈에 띈다. 요즘은 남자들도 쓰레기 분리수거에 점점 더 많이 동참하기는 하지만, 아직도 다수는 여자이기 때문이다.

일주일에 한 번 재활용 쓰레기를 배출하는 일은 여러 가지 집안일 중에서도 매우 중요한 일에 속한다. 정해진 날짜와 시간을 놓치면 한 주일을 기다려야 하기 때문에 더욱 그렇다. 어쩌다가 명절이나 공휴일이 겹쳐 한 주를 거르고 두 주일 만에 재활용 쓰레기를 배출해보면 그 늘어난 양에 깜짝 놀라곤 한다. 그런 날이면 아파트 단지 전체의 재활용 쓰레기 물량이 폭증해 산더미처럼 높다랗게 쌓이는 것을 볼 수 있다.

재활용 쓰레기 분리 배출은 내 집에서는 온전히 내 몫이다. 쓰레기 배출일이 내가 출근하는 날이면 새벽에 배출하고 출근한다. 지금 사는 아파트에서는 전날 밤부터 다음 날 아침까지 배출할 수 있기 때문에 밤에 쓰레기를 내놓는다. 장기간 해외 여행을 떠날 때를 제외하고는 쓰레기 분리 배출은 내가 도맡아서 한다.

쓰레기 분리수거일은 아마도 매주 한 번 아파트에서 벌어지는 가장 요란하고도 시끌벅적한 행사(event)가 아닌가 싶다. 온 동네 사람들이 거의 한 집도 빼놓지 않고 참여하는 행사가 이것 말고 또 있을까. '알뜰 장터'라는 미명하에 외부 상인들이 한 주에 한 번꼴로 아파트 단지에 와서 물건을 파는 날이 있지만, 모든 주민이 그곳에서 물건을 사지는 않는다. 아파트 경로당에서 경로잔치가 열려도 역시 참석자는 제한돼 있다. 하지만 쓰레기 분리수거만은 열외자(列外者)가 있을 수도 없고, 실제로도 존재하지 않는다. 전에 살던 아파트 단지에서는 아침에만 쓰레기를 분리 배출할 수 있었는데, 아파트 단지 전체의 경비 아저씨들이 새벽 4시부터 모두 모여 준비하는 것을 보았다. 한겨울이면 모닥불까지 피워놓고 분리수거 작업을 한다. 이런 식으로 온 나라의 아파트 단지마다 주 일 회 쓰레기 분리수거 작업을 한다고 보면, 쓰레기 분리수거는 '한국의 국민 축제(National Recycling Festival)'라고 해도 과언이 아닐 것이다.

한국의 재활용 쓰레기 분리 배출은 복잡하고 까다롭기로 유명하다. 재활용 쓰레기 중에서도 종이류와 플라스틱, 스티로폼, 비닐, 병, 철, 사기 그릇, 형광등, 건전지까지 구별한다. 한국은 음식물 찌꺼기도 모아 재활용하는데, 이런 나라는 많지 않을 것이다. 미국에서 2년간 사는 동안 쓰레기는 재활용과 비재활용 두 종류 또는 그것 이외에 정원 쓰레기(yard waste)를 분류해 세 종류로 버렸지, 한국처럼 갖가지로 구분해서 버린 적은 없다. 음식물 찌꺼기도 미국에서는 싱크대에서 갈아 내려보내 버렸다. 아마 미국 사람들 보고 한국 사람들처럼 재활용 쓰레기를 종류별로 구분해 버리라고 하면 헷갈려서 제대로 하지 못할지도 모른다. 한국은 이제 초등학생도 그 복잡한 쓰레기 분리 배출을 척척 잘 해낸다. 후진국을 여행하다 보면 아직도 쓰레기를 동네에서 태우는 원시적 풍경을 보게 된다. 좀 귀찮지만 오늘날 한국처럼 세련되게(?) 쓰레기를 분리 처리하는 것이 얼마나 감사한 일인가라는 생각이 든다.

물론 가끔은 이렇게 까다롭게 재활용 쓰레기를 분류하는 것이 귀찮고 성가시게 느껴진다. 음식물 찌꺼기에서 생선 가시를 골라내라는 지침이 나왔을 때는 화가 난 적도 있다. 하지만 가만히 생각해보면 한국처럼 좁은 땅에 많은 사람이 복작거리며 사는데, 쓰레기를 제대로 처리하지 않으면 안 되겠구나 하고 깨닫는다. 그래서 이제는 종이 상자에 붙은 테이프도 떼어내어 따로 버린다. 가급적이면 재활용 운동에 적극 호응하려고 한다. 그것이 자연을 사랑하고 이웃을 사랑하는 한 가지 길이라고 생각한다.

쓰레기는 정직하다. 내가 먹은 만큼, 쓴 만큼, 즐긴 만큼 배출된다. 속일 수가 없다. 쓰레기는 지저분하지만 사람이 사는 동안에는 그것을 회피할 방법이 없다. 재활용 운동은 1990년대 어느 신문에 의해 시작되어 범국민운동으로 발전했는데, 그때 구호도 "쓰레기를 없앱시다"가 아니라 "쓰레기를 줄입시다"였다. 쓰레기는 추방의 대상이 아니다. 쓰레기는 삶의 일부다. 재활용 쓰레기를 보면서, 반환점을 돌아선 내 인생도 재활용될 길이 있겠지 하고 기대해본다. 나도, 쓰레기도, 크게 보면 생명의 거대한 순환 체계 안에서 돌고 있는지 모른다. 쓰레기 분리수거는 그래서 거룩한 일이다.

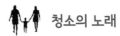 **청소의 노래**

　청소는 노래다. 온 가족이 같이 부르는 노래다. 부모와 자녀의 합창곡이다. 몸의 움직임이 마음의 즐거움을 가져다주는 소나타다. 서로 다른 악기와 소리가 한데 어울리는 관현악이다. 높낮이와 빠르기가 변하며 신명을 자아내는 교향곡이다. 아름다운 음악과 이야기가 하나로 어우러지는 오페라다. 지휘자의 지휘에 따라 함께 울리며 일치의 화음을 발하는 오케스트라다.

　내 집 대청소의 지휘자는 내 아내다. 주말이면 아내는 나와 아들 재현이에게 '청소 실시'를 명한다. 그러면 재현이는 진공 청소기를 돌리고, 나는 스팀 청소기로 걸레질을 한다. 아내는 욕실 같은 곳을 담당한다. 마치 오케스트라의 단원처럼 우리 세 식구는 각자의 위치에서 각자의 도구를 들고 자신의 음악을 연주하고, 그 음악은 합쳐져서 하나의 교향악을 이룬다. 그것은 평화의 음악이고, 청결과 위생의 음악이고, 건강의 음악이다. 우리 세 식구는 청소로 하나가 된다. 우리 집 사랑의 청소 합주곡은 이웃으로, 동네로 바이러스처럼 퍼져 나간다.

　일자리가 줄어들면서 지금은 관공서 소속의 미화원 되기가 쉽지 않지만, '청소부'라는 말 대신에 '미화원', '가사 도우미' 같은 말을 쓰는 것만 봐도 청소는 한국 사회에서 아직 천한 일이다. 설거지와 마찬가지로 청소도 몸에 익지 않으면 귀찮다. 설거지는 이제 완전한 내 일이 되었고 아내가 뭐라고 말하지 않아도 내가 시작하는 반면에, 청소는 아직도 아내가 발동을 걸어야만 움직인다. 집 안이 더러우면 아내는 스트레스를 받지만 남편은 무신경하다는 이야기를 인터넷에서도 읽었다.

나는 먼저 재현이가 진공청소기를 돌리기 좋도록 거실과 각 방의 물건들을 정리한다. 그러고는 스팀 청소기를 돌릴 준비를 한다. 재현이가 진공청소기를 윙윙 돌리면 강아지 또또는 화들짝 놀라서 소파 위로 피신하고, 스팀 청소기에서는 벌써 뜨거운 김이 쉭쉭 소리를 내며 뿜어 나온다. 나는 재현이가 청소한 곳을 뒤따라가며 걸레질을 한다. 어린 시절 재현이는 진공청소기 돌리기를 끝내자마자 컴퓨터 게임을 하러 자기 방으로 달려 들어갔다. 나는 침대 밑이나 현관 신발장 앞, 베란다 같은 곳을 돌아다니며 진공청소기를 마저 돌린다. 걸레질에 이어 구석구석 샅샅이 먼지를 빨아들이고 나면 허리가 아파 펴지 못한다. 겨울에도 땀이 쏟아진다. 머리만 쓰다가 모처럼 몸을 쓰니 몸이 「놀람 교향곡」의 비명을 지르는 것이다.

미국에 연수 가서 2년간 살 때도 집 안 청소 방식은 비슷했지만, 미국 집은 온돌이 아니라는 점에 차이가 있었다. 바닥이 카펫이다 보니 걸레질이 필요 없어 내가 진공청소기를 돌렸다. 재현이는 할 일이 없어졌다. 미국인들은 신발을 신고 바로 거실이나 침실로 들어가지만, 한인 교포들은 대부분이 문 입구에 신발을 벗어놓고 들어간다. 아파트 관리 사무소의 미국인 직원들도 한인들의 이런 습관을 알고서 한인 가정을 방문할 때는 비닐 신발 싸개를 가지고 와서 그것을 신고 들어간다. 한인 2세들은 집 안에 들어설 때 신발을 벗는 것에서부터 자신의 인종적 정체성을 확인한다. 신발을 신고 들어가는 것이 편리하기는 하겠지만, 그리 위생적이지는 못하다고 생각한다.

세 식구 사는 집이지만 아내가 너른 집을 선호하는 까닭에 집은 넓고 청소는 단숨에 끝낼 수가 없다. 부엌 딸린 방 한 칸에서 자취생활을 할 때와는 다르다. 특히 아내는 거실 바닥의 먼지나 흙에 민감하기 때문에 주중에도 진공청소기를 한 번 더 돌려야 한다. 언젠가부터 아내는 청소 도우미를 부르기로 했고, 이제는 도우미 아주머니가 일주일에 한 번 한나절 동안 와서 집 안 청소를 해주고 간다.

여전히 크고 작은 청소할 거리는 늘 생기는 법이다. 한국에 살 때나 미국에 살 때나 또 한 가지 손 많이 가는 청소는 또또의 똥오줌을 치우는 것이다. 또또는 대개 화장실에서 용변을 보지만, 제 기분에 따라서는 거실 바닥이나 방바닥에도 똥오줌을 갈긴다. 화장실 바깥에다가 용변을 봤을 때가 복잡하다.

그나마 똥은 보통 단단한 덩어리여서 치우기가 수월하다. 오줌은 키친타월 같은 두꺼운 휴지로 흡수한 다음에 세정제로 닦아내야 한다. 겨울철 난방으로 인해 똥오줌이 금세 말라버리거나 또또가 묽은 똥을 지려놓을 때도 치우기가 쉽지 않다. 미국 아파트에 살 때는 화장실 바닥에 배수구가 없어 오줌을 마른 수건으로 흡수한 다음에 바닥을 세정제로 닦았고, 카펫에 오줌을 누었을 때는 오줌이 카펫 속으로 스며들어 버려 퍽 난감했다. 요즘은 '애완견'이라고 하지 않고 '반려견(伴侶犬)'이라고 하지만, 개를 키우다 보면 똥오줌과의 전쟁은 일상이 된다. 아내는 내가 강아지 돌보는 것에 그다지 큰 점수를 부여하지 않지만, 실상 강아지 한 마리 키우는 것은 아이 하나 키우는 것이나 마찬가지라고 아는 사람들은 입을 모은다.

요즘 '섬기는 지도력(servant leadership)'이 일종의 패러다임이 되었는데, 청소야말로 섬김의 모범을 보일 수 있는 가장 좋은 일거리다. 교회에서도 목사나 장로가 화장실 청소의 모범을 보일 때 화목한 교회가 된다. 미국의 여성 사회학자가 쓴 『돈 잘 버는 여자 밥 잘 하는 남자』라는 책을 봐도 청소는 요리, 설거지, 세탁, 애완동물 돌보기와 더불어 5대 가사의 하나로 꼽힌다. 한국에서 남자가 가장 많이 하는 가사가 청소이기도 하다. 한국에서도 어느덧 여남 평등 시대가 활짝 꽃피었지만, 아직도 청소 외에는 가사를 분담하지 않는 남편도 많고 청소마저도 하지 않는 남편조차 없지 않다. 시쳇말로 간이 큰 남편이든 지, 운이 좋은 남편이든지 둘 중 하나일 것이다. 나부터 청소를 즐기는 남자로 속히 진화해야겠다. 그리하여 내 집에서부터 신나고 아름다운 청소의 노래가 더욱더 우렁차게 울려 퍼지도 록 해야겠다.

 **빨래의 미학**

학창 시절에 자취 생활을 꽤 오래 했다. 아마도 여섯 해 정도 는 한 것 같다. 혼자 밥해 먹고 빨래하는 것에는 이골이 났다. 그 런데도 그 모든 것이 지금은 아련한 추억으로 남았을 뿐 기억 이 가물가물하다. 라면을 끓여 후배들과 맛있게 먹은 것만 또 렷하게 떠오른다. 세탁기도 없던 시절에 빨래는 어떻게 했는지 모르겠다. 군대 시절에는 손빨래 후 '짤순이' 덕에 빨래 짜는 고 생을 안 했던 것이 생각난다. 맏형에게 얹혀살 때는 여름철에 날마다 속옷 윗도리를 벗어 내놓다가 형수에게 혼이 난 적도 있다.

스물아홉 살에 결혼했는데 천국이 따로 없었다. 당시 나는 직장에 다녔고 아내는 대학원을 다녔는데, 가사는 아내가 전 담했다. 그렇게 편할 수가 없었다. 무엇보다 양말이랑 속옷이 랑 제때제때 빨아서 착착 개켜서 챙겨주는 것이 참으로 신기하고 고마웠다. 내가 거드는 집안일이라고는 그저 주말에 아들과 집 안 청소를 하는 것이 고작이었다.

그렇게 십몇 년을 살다가 아내와 내가 하는 일이 역전됐다. 아내가 직장을 다니고 나는 만학으로 대학원을 다니며 시간제로 일하게 된 것이다. 그러면서 나는 뒤늦게 집안일에 본격적으로 가담하기 시작했다. 처음에는 설거지를 하다가 나중에는 밥도 하고 빨래도 했다. 옛날 자취 경험 덕분인지 그런 일이 전혀 어색하지 않았다. 오히려 '적성'에 맞는 것 같았다. 처음에는 의무감에서 시작했지만, 그것은 곧 즐거움으로 바뀌었다.

아내는 내게 집안일을 해달라고 잘 부탁하지 않는다. 전업 직장인이면서도 가사와 육아를 전부 자신이 책임져야 한다는 '슈퍼우먼' 콤플렉스를 가지고 있는지도 모른다. 상수도가 생겨서 우물이나 냇가로 나가지 않아도 되고, 세탁기가 나와서 손빨래를 하지 않아도 되니 빨래의 어려움이 예전 같지는 않지만, 그래도 빨래는 수고로운 일거리다. 세 식구밖에 안 되는데도 빨랫거리는 금방 수북하게 쌓인다. 여름에는 냄새도 난다. 게다가 아이들의 운동화는 금세 더러워지는데, 그것을 운동화 빨래방에 맡기지 않고 직접 빤다고 생각해보라. 전업 직장인으로 일하는 여성들에게는 결코 가볍지 않은 숙제다. 그런데도 아내는 내게 빨래를 도와달라고 한 적이 별로 없다. 그러다 보니 세탁기 돌리는 법, 그리고 기계 세탁을 하면 안 되는 옷감을 구별하는 법도 나는 아내에게서 배우지 못했다.

세탁기 돌리는 것은 극히 간단하다. 세탁기에 옷을 하나씩 차곡차곡 넣은 다음에 세제 통에 세제를 넣고, 전원을 켜고 세탁 단추를 누르기만 하면 된다. 옷을 세탁기에 넣을 때 호주머니를 다 뒤집어서 한 번 털어주는 것 외에는 신경 쓸 것이 없다. 요즘은 세제 외에 정전기를 줄이고 옷감을 부드럽게 해주는 섬유 유연제도 넣어준다. 세제나 섬유 유연제의 분량은 그 포장지에 잘 나와 있다.

세탁기 돌리는 데는 한 시간 정도 걸릴 뿐 어려움이 없다. 오히려 빨래를 널고 개키는 데 시간이 더 걸린다. 양말짝까지 포함하면 수십 개가 되는 빨래를 하나하나 털어서 널고, 마르면 걷어서 쫙쫙 편 다음에 깔끔하게 개키는 데는 상당한 노력과 정성이 들어간다. 그야말로 단순 반복 작업인데, 그 일에 집중하다 보면 어느새 잡념이 사라진다. 인도의 성자 간디가 물레질을 하고, 초대 교회 시절의 사도 바울이 천막 깁는 일을 했던 것과 비슷하다고나 할까?

"빨래 이웃은 안 한다"라는 속담이 있다. 빨래할 때 가까이 있으면 구정물이나 튀지 좋은 일은 없다는 말이다. 세제로 잿물을 쓰며 빨랫방망이로 두들겨 빨던 시절, 혹은 비누로 손빨래를 하던 시절에나 실감할 말이기는 하지만, 빨래가 궂은일인 것은 옛날이나 지금이나 다름없다.

역설적으로 말하자면 그렇기에 빨래는 신성한 일이다. 흙이 묻고, 때가 타고, 땀 냄새와 발 냄새가 나며, 눅눅하기까지 한 옷가지를 깨끗하고 보송보송한 입을거리로 바꾸는 작업이 얼마나 귀한 일인가. 그것은 각박한 바깥세상에서는 느낄 수 없는 일상의 기쁨이요, 가정의 행복을 일구는 노래다. 깔끔하게 세탁된 옷을 입고 출근하는 아내와 등교하는 아들을 보는 기쁨을 다른 무엇에 비유할 수 있을까. 빨래를 하면서 우리는 '사랑'을 빨고 사랑을 널며 사랑을 개킨다. 지금은 하늘에 있는 내 어머니는 나와 다른 가족을 위해 얼마나 많은 '사랑'을 빨고 널고 개켰을까를 생각하면 금세 코끝이 찡해진다. 사랑은 입으로 고백하는 것이기도 하지만, 시간과 노력을 들이는 수고로운 과정이기도 하다. 빨래를 널고 개키는, 작고 보잘것없는 손놀림 속에 가족의 사랑과 평화는 익어간다. 간단한 다림질까지 할 수 있다면 금상첨화이리라.

빨래는 한낱 주부의 허드렛일이 아니다. 어느 스님의 표현대로 빨래는 정갈하고 단정하다. 빨래는 깨끗함이다. 내가 오늘 입는 깨끗한 옷은 보는 사람을 기쁘게 한다. 내가 한 '작은 수고'가 사회를 밝게 한다. 아름다운 말과 미소가 선순환을 일으키면 맑고 밝은 사회가 되듯이, 깨끗한 옷차림은 행복의 연쇄 효과를 낳는다.

빨래는 아름다움이다. 시인이 노래하고, 화가가 그리며, 사진작가가 촬영하고, 뮤지컬이 찬양하는 소재요, 대상이다. 빨래 속에 전통이 깃들고, 문화가 쌓이며, 역사가 배어 있다. 빨랫줄에 널려 바람에 날리는 빨래는 '춤추는 가족'이다. 화가 박수근의 <빨래터>는 상수도와 세탁기가 없고 남녀 간의 가사 분담이 이야기되기 전의 것이지만, 거기에서도 아름다움은 진하게 묻어난다.

작년에 미국에서 한 해 동안 살면서 한 가지 우스꽝스러운 일을 겪었다. 아파트 베란다에 빨랫줄을 걸고 수건 몇 개를 널어놨는데 관리 사무소에서 규칙 위반이라며 즉각 철거를 명하는 경고장을 보내왔다. 아파트 계약 당시에 그런 조항이 있었던 것 같은데 주의를 기울이지 않아 생긴 일이었다. 미국의 많은 아파트에서 빨래를 집 밖에 널지 못하게 하는 것은 미관을 해칠 뿐 아니라 집값을 떨어뜨리기 때문이라고 한다. '빨래가 있는 풍경'은 아름다움이 아니라 빈민가의 상징으로 취급되고 있는 것이다. 빨래를 집 밖에 널지 못하다 보니 건조기를 사용하게 되어 전력 소비가 많다. 최근 들어서는 미국에서도 환경 운동가들의 노력으로 빨랫줄을 사용하는 지역이 늘고 있다고 한다.

빨래는 생명이다. 빨래가 먹을거리는 아니지만, 인간이 생명을 유지하고 삶을 더 윤택하게 하는 데 빨래는 없어서는 안 될 요소다. 입고 벗고 빠는 것, 그것은 바로 생명의 순환이다. 이렇게 귀중한 작업을 전업주부만 독점하게 놔둘 일이 아니다. 남편도, 아들도, 딸도 당연히 동참할 일이다. 한 사람의 희생을 강요하지 않고 서로 돕는 가정에는 평안이 넘친다. 빨래의 낭만 혹은 단순함을 추구하기 위해 손빨래를 자주 해보자고 권하지는 않겠다. 오늘날처럼 극히 편리해진 빨래 작업을 통해서나마 진정한 '사랑'과 '아름다움'을 발견했으면 한다.

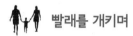 빨래를 개키며

5월의 황금연휴가 끝난 수요일 아침에 아내를 출근시키고 나서 오늘 아침 할 일 중에서 무엇을 먼저 할까 잠시 고민한다. 우체국에 먼저 갈까, 아니면 세탁소 아저씨가 드라이클리닝 맡긴 옷을 가지고 올 텐데 그것부터 받아놓을까.

우체국이 문 여는 시각에 맞춰 얼른 우체국부터 갈까 하다가 그만 생각을 바꾸고 만다. 군에 입대한 아들 재현이에게 써놓은 편지를 부치기 위해 우체국에 가는 것인데, 일단 집을 나서는 김에 다른 볼일도 보고 들어와야 하기 때문이다. 새로 생긴 동네 반찬 가게에 들러 반찬도 몇 가지 사야 하고, 화원에 가서 가지꽂이(꺾꽂이)용 흙도 좀 사 와야 한다.

세탁소 아저씨는 오전 10시 가까이 되어야 온다. 그 쯤에 빨래를 개키기로 했다. 베란다로 나가니 빨래 건조대 위에 물빨래한 오리털 파카 두 개가 널려 있고 그 아래와 좌우에 이런저런 빨래가 널렸는데, 어제 날씨가 좋아서인지 다 잘 말랐다.

재현이를 군에 보내고 아내와 단둘이, 또또를 합쳐도 세 식구만이 사는 살림이라서 빨래도 많지 않다. 아내의 것으로는 겨울옷 윗도리가 두 개, 속옷 상의가 둘, 그리고 양말 네 켤레가 전부다. 겨울옷 중에는 세탁소에 드라이클리닝 맡겨야 할 것이 대부분이지만, 더러는 물빨래해도 좋은 것이 있다. 그러고 보니 춘래불사춘(春來不似春)이라고 봄 같지 않던 날들도 가고, 이제야 완연한 봄이 됨과 동시에 벌써 여름이 머지않았음을 새삼 실감한다.

아내는 속옷 하의나 손수건 같은 것은 세탁기에 돌리지 않고 욕실에서 샤워할 때 간단히 빨고 만다. 아내의 속옷 상의를 개면서 아내의 체구가 유난히 작음을 재확인한다. 저 작은 몸에서 저렇게 큰 아들이 어떻게 나왔을까 생각하면 신기하다. 한동안은 실밥 터진 낡은 속옷 상의를 버리지 않고 입더니 얼마 전부터 그 옷은 보이지 않는다. 그저께 아침에 빨래를 개키면서 발견한 것도 아내가 집에서 입는 카디건이나 잠옷 같은 것들이 다 값싼, 그래서 좀 후줄근한 것들이라는 점이다. 잠옷 상의 대신에 입는 티셔츠 두 개는 숫제 학교 행사 때 만든 저가품(低價品)인 데다가 오래 입은 티가 확연한 것들이다.

사반세기가 넘는 시간을 함께 사는 동안에 아내가 미울 때도 있었지만, 이런 아내를 만난 것이 복이라는 것을 이제는 안다. 결혼 후에는 내 앞에서 여자 티를 너무 안 내어서 아쉬운 적도 있지만, 사치를 부리지 않는 사람을 만난 것이 얼마나 다행인가. 아내는 내가 어떤 옷이 필요하다고 해도 할인 상품이 나올 때까지 사주지 않는다. 그런 아내가 원망스러웠던 때도 있지만, 지금은 아내의 마음이 이해가 되고 감사하게 된다.

재현이 옷으로는 청바지 하나가 있어 재현이의 빈방 옷걸이에 갖다 걸었다. 그저께 아침에 빨래를 개켰을 때는 군에 간 재현이의 트레이닝 바지와 반팔 티셔츠, 긴팔 셔츠, 팬티가 있어서 잠시 헷갈렸다. 군 입대한 지 열 흘도 넘은 재현이 옷이 왜 있지? 아하, 그저께인가 재현이가 훈련소에서 편지와 함께 부쳐온 사물(私物)이지! 편지를 보니 훈련소 입소 직후에 감기와 비염으로 목이 아프고 숨이 막혀 두 번이나 외래 진료를 받았고, 한번은 편도선염 고열로 응급실에까지 실려 갔다는 내용도 있어 마음이 짠했다. 부모가 가라고 하기 전에 자기가 알아서 군에 간다고 해서 좋았지만, 막상 집을 떠나보내고 나니 재현이의 빈자리가 생각보다 크다. 앞으로 거의 스무 달 동안은 재현이 옷을 개킬 일이 없을 것이라고 생각하니, 순간 가슴에 뚫린 구멍으로 바람이 휙 하고 지나간다.

재현이가 훈련소에서 부쳐온 사진을 들여다본다. 세련된 얼룩무늬 신형 군복에 검은 베레모를 쓰고 차렷 자세로 거수경례를 하는 사진인데, 얼굴색이 약간 창백해 보이기는 하지만 활짝 웃는 표정은 백만 불짜리다. 나도 어쩔 수 없는 '고슴도치 아빠'인가? 때로는 부모의 속을 썩이기도 했지만, 재현이가 있음으로 인해서 우리 가족의 삶이 얼마나 풍성했던가. 재현이가 군 생활을 잘 마치고 '진짜 사나이'가 되어 돌아오기를 기도한다.

나머지 빨래 중에는 수건이 여덟 개나 되었다. 욕실용이 다섯 개, 욕실 앞 깔판 위에 까는 수건 두 개, 그리고 주방용이 하나였다. 욕실 앞 깔판 위에 수건을 또 까는 것은 화장실에서 용변을 보고 나오는 또또가 발을 닦도록 하기 위함이다. 수건을 다 접어 주방용은 주방에, 나머지는 욕실 앞 수납장에 갖다 넣었다.

역시 내 옷이 가장 많다. 겨울 바지 하나, 청색 바탕에 흰색 줄무늬가 있는 와이셔츠 하나, 와이셔츠 밑에 받쳐 입는 흰색 라운드 티셔츠 네 개, 얇은 잠옷 한 벌, 목이 긴 양말 세 켤레, 목이 중간쯤 되는 양말 두 켤레, 팬티 여섯 개, 손수건 하나, 그리고 흰색 면장갑 네 켤레. 아내와 달리 나는 손수건도 세탁기에 돌린다. 흰색 면장갑은 주부습진 때문에 집에 있을 때나 외출할 때나 항상 끼는 것이다. 내가 파마머리에다가 늘 흰 장갑까지 끼고 있으니까 어떤 사람은 내가 오케스트라 지휘자인 줄 알았단다. 장갑을 끼면 손이 보호되기도 하고, 무엇보다도 습진으로 일어난 손거스러미를 뜯다가 더 큰 '참화'를 부르는 일이 없어 좋다. 면장갑과 손수건만 내 책상 서랍에 넣고 나머지 내 옷가지는 전부 안방 욕실 앞 화장대 밑에 있는 옷장에 갖다 넣었다.

이렇게 빨래를 한 번 개키는 데는 20분이 채 걸리지 않는다. 힘도 안 든다. 그런데도 그것이 내 일이라는 인식이 약하다 보니 자주 잊어버린다. 아내는 늘 군말 없이 빨래를 개키지만, 그 장면을 보고서야 나는 내 잘못을 깨닫곤 한다. 내가 아내에게 사랑한다고 말하면 아내는 "당신은 늘 말로만 그러잖아"라고 한다. 맞다. 빨래 하나도 자주 개키지 않는 사람의 사랑 타령이 먹힐 리가 만무하다. 사랑은 수고니까. 사랑은 시간을 들이는 것이니까.

 화초 가꾸기

나는 화초에 관한 한 문외한이었다. 화초에 그다지 관심도 없었다. 집 안의 화초 가꾸기는 고스란히 아내의 몫이었다. 그러던 내가 수년 전부터 화초에 관심을 기울이게 되었다.

우선은 아내를 돕고 싶었다. 가정과 직장을 왔다 갔다 하느라 1년 365일 쉴 겨를이 없는 아내의 가사 부담을 조금이라도 덜어주고 싶었다. 내가 남성 전업주부를 자처하면서 이것저것 가사를 돌보아도 아내는 여전히 가사와 육아는 자신의 책임이라고 여기며 사는 사람이다. 어느 날 갑자기 "오늘부터 내가 화초를 키우겠다"라고 선언했을 때도 아내의 첫 반응은 시큰둥

하다 못해 부정적이었다. 자신의 '유일한' 낙(樂)을 앗아간다는 것이었다.

다음으로는 화초라도 돌보지 않고는 연약한 '나'를 다스릴 길이 없었다고나 할까. 물론 나는 하나님을 믿으며 오늘 밤 죽더라도 천국에 간다는 확신을 가지고 있지만, 온갖 욕망으로 가득 찬 나의 마음과 육신은 그 무엇으로도 통제하기가 어렵다. 나는 그야말로 '레 미제라블(Les Misérables)', 즉 '불쌍한 사람들' 중 하나인 것이다. 이제 나도 나이가 지천명을 넘어 인생 경주의 반환점을 통과한 지 오래지만, 아직도 젊은 날의 꺾인 야망에 대한 미련은 고래 힘줄보다 질길 만큼 강하게 남아 있다.

내가 아는 어느 재미 교포 남성 과학자는 밤마다 지하 차고(garage)에 내려가서 목공예에 정력을 쏟아붓는다. 일요일 아침마다 교회 가는 길에 서울 지하철 2호선 사당역 6번 출구를 지나치다 보면 울긋불긋 남녀 등산객들로 인도가 비좁을 지경이다. 언뜻 보기에 나보다 나이가 한 살이라도 더 많은 사람들이 주류를 이룬다. 지푸라기라도 붙잡아 보려는 인생 후반전의 안쓰러움이 느껴진다. 사람들은 누구나 자신이 몰두하는 한 가지 일, 그것이야말로 자신을 구원해주는 것이라고 착각(?)하면서 살아가는 것일까?

그와 마찬가지로 화초를 가꾸는 것이 결코 한 인간을 욕망의 바다에서 건져 올릴 수는 없다. 그럼에도 불구하고 나는 화초라도 돌봄으로써 '나'를 다스리려고 오늘도 애를 쓴다. 화초 가꾸기는 '구원'을 얻으려고 하는 나의 여러 가지 가련한 몸짓 가운데 하나인 셈이다. 나는 탈북자 교회를 다니는데, 따지고 보면 그것도 탈북자를 돕기 위함이라기보다는 내가 살기 위한 몸부림이다. 일요일마다 탈북자들을 만나 친구로 지내는 것이 그나마 나의 죽어가는 영혼을 살리는 것이다. 가난한 나라에 봉사 활동 갔다 온 사람들이 한결같이 "도와주러 갔다가 오히려 도움을 받고 왔다"라고 실토하는 것과 같은 이치다. 저명 작가이면서 미국 하버드 대학교 교수였던 헨리 나우웬이 어느 날 교수직을 그만두고 캐나다 장애인 공동체에 들어가 생의 마지막 10년을 보냈다는 이야기가 이제야 조금 이해가 된다.

인터넷에서 화초 가꾸기에 관한 수필과 기사를 검색해보면 화초 가꾸기의 유익함을 다양하게 설파하고 있다. 단순히 실내가 화사해진다고 말하는가 하면 심신의 안정을 가져다준다고도 한다. 혹자는 공기의 정화를 강조하고 혹자는 화초의 치료 효과를 부각시킨다. 나는 화초 전문가도 아니고 화초를 직접 기른 지도 몇 해 되지 않았기 때문에 어떤 효과도 체감하기는 쉽지가 않다. 다만 나는 앞에서도 말했듯이 화초와 함께 시간을 보냄으로써 '나'를 달랠 수 있어서 좋고, 짙푸른 화초들을 바라보기만 해도 눈이 시원해서 좋다. 어느 시인의 노래처럼, 컴퓨터 앞에 앉아 있는 나의 곁에는 강아지가 졸고 있고, 눈을

창 쪽으로 돌리면 초록의 열 친구가 나를 위로해준다. '콘크리트 감옥'으로도 불리는 삭막한 고층 아파트의 주거 환경이지만, 나와 기꺼이 공존해주는 반려자들이 있어서 나의 메마른 정서에 조금은 윤기가 공급되는지도 모른다. 무릇 한 생명은 각기 한 우주를 떠받치고 있기에 '공생(共生)'의 가치는 계산할 수가 없는 것이다.

나의 초록 친구 열 명의 이름은 녹보수, 산호수, 벵갈 고무나무, 홍콩 야자, 가랑코에, 긴기아난, 동백, 꽃기린, 군자란이다. 홍콩 야자는 같은 크기와 색깔의 빈 화분 두 개가 집에 있기에 화원에 가서 쌍둥이로 담아 왔는데, 잔병치레 없이 잘 큰다. 아내와의 결혼 23주년을 맞아 들여놓았던 긴기아난은 그 향기가 온 집 안에 진동했는데, 그만 병충해가 들어 몇 달 동안 병원에 입원해 치료를 받은 후에 돌아왔다. 화초의 병충해를 치료해주는 병원이 있을 수는 없으니, 내 집 근처에 있는 단골 화원에 맡긴 것이다. 가랑코에는 꽃이 시들어도 끝을 잘라주면 또 꽃이 피었는데, 그만 물을 너무 많이 주는 바람에 절반이나 죽어버리고 절반만 남아 회생의 안간힘을 쓰고 있다. 동백은 어느 해 늦겨울 빨간 꽃을 피웠지만 반가운 마음은 잠시뿐이었고, 바쁘게 지내다 보니 언제 지는 줄도 몰랐다. 산호수는 납작한 이파리 사이에 보일락 말락 숨은 작은 빨간 열매가 예쁘다.

지금까지 난(蘭) 화분은 여러 사람에게서 숱하게 얻어 왔지만, 하나도 살아남은 것이 없다. 작년 봄에도 아내의 생일을 맞아 죽은 난 화분을 분갈이하여 새 난을 가져왔지만, 얼마 못 가서 또다시 죽고 말았다. 난에 물을 줄 때는 위에서 뿌리거나 붓지 말고 양동이 같은 것에 물을 담은 다음에 그 속에 난 화분을 넣어 난의 뿌리가 물을 빨아올리게 해야 한다고 해서 그렇게도 해보았지만 허사였다. 난은 그 기품이 고고한 만큼이나 키우기가 까다롭다는 것이리라. 그에 비하면 군자란은 난과 식물이 아닌지 너무나도 씩씩하게 잘 자라고 꽃까지 화려하게 피우기에, 다음 글로 「군자란에 부치는 편지」를 썼다.

나는 화초들에게 위로받으려고 아내의 화초 가꾸는 즐거움을 빼앗았는데, 과연 나의 화초 농사는 성공했는가. '절반 실패, 절반 성공'인 듯하다. 그나마 '절반 성공'의 비결은 물론 홍콩 야자와 벵갈 고무나무같이 잘 죽지 않고 키우기 쉬운 화초들을 주로 들여놓은 나만의 '전략'이다. 화초를 잘 키우려는 욕심만큼 내가 섬세하지는 못한 것 같다. 단골 화원 주인에게 "화초를 키울 때 제일 중요한 게 뭐냐"라고 물었더니 "통풍"이라고 했다. 내 경우에는 더워서 문을 열어놓기는 하지만, 화초를 생각해서 아파트 베란다의 문을 열어본 적이 없는 것 같다. 내가 하는 일이라고는 화초별로 물 주는 주기에 맞춰 물을 주고, 녹보수나 산호수의 줄기가 엉키고 이파리가 우거지면 전지(剪枝)하고, 한겨울이면 화초를 베란다에서 거실로 들여놓는 것밖에 없다. 다행히 베란다는 넓은 편이지만, 화초를 배치하는 나의 공간 감각이 조화와 균형의 미를 얼마나 살렸는지는 의문이다. 화초마다의 개성을 고려하고 화초의 마음을 헤아리며 대화하고 화초와의 사랑에까지 이르자면 길은 아직 멀고도 멀었다.

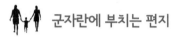 군자란에 부치는 편지

군자란아, 우선 미안하다는 말부터 해야겠구나.

내가 집 안 화초를 관리하기 전에는 네 이름조차 몰랐단다.

그런데 그건 완전히 내 책임이라고만 할 수도 없지 않을까.

왜냐하면 너는 이름은 난이지만, 얼굴은 도무지 난(蘭)처럼 생기지 않았잖아.

글쎄, 서양란 중에도 너를 닮은 녀석은 별로 없지만, 보통 사람들이 '난' 하면 떠올리는 동양란과 너는 너무나 다르거든.

밤나무가 아닌데 밤나무로 쳐주는 나무를 '너도밤나무'라고 하니, 너의 이름을 '너도란'이라고 한다면 너는 아마도 몹시 불쾌해하겠지?

'군자란'이라는 이름을 갖게 되어 이른바 사군자(四君子)의 반열에 들게 된 너를 그렇게 부를 수야 없지.

암, 없고말고.

그런데 내가 보기에 너는 이파리가 넓적하고 두껍기 때문에, 매란국죽(梅蘭菊竹)의 고결한 기품보다는 씩씩한 기상이 더 어울려.

군자(君子)라는 말에는 "예전에, 높은 벼슬에 있던 사람을 이르던 말"이라는 뜻도 있구나.

너의 외모에 비추어보자면 너는 문관(文官)이 아니라 무관(武官)의 '높은 벼슬'인 것 같다.

너처럼 튼튼하고 용맹해 보이는 초록 친구는 지금까지 못 본 것 같으니까 말이야.

나는 지천명을 넘은 나이인데도 불구하고 아직도 군자의 성품을 지니지 못했는데, 그런 나의 친구가 되어주어서 정말 고마워.

너의 이파리를 사람의 신체에 비유해서 팔이라고 해보자.

너의 이파리 중에는 아기들 팔 길이만큼 긴 것도 있으니, 팔이라고 해도 전혀 어색하지가 않구나.

너는 팔이 현재 열한 개인데 새로 돋아난 팔 세 개는 하늘을 향해 뻗어 있지만, 나머지는 좌우로 두 장씩 갈라져서 대칭을 이루며 가지런하게 펼쳐져 있어.

마치 발레리나가 공연을 마친 뒤에 사뿐히 몸을 굽히면서 두 팔을 벌려 인사하는 것처럼 말이야.

너의 꽃도 다른 난과는 딴판이지.

동양란은 꽃이 있는지조차 모를 정도로 은근한 꽃을 피우고 서양란의 꽃은 각양각색의 우아한 자태를 뽐내지만, 너처럼 꽃이 주황색의 강렬한 색채를 뿜어내는 난은 없어.

나중에 알고 보니 넌 난과 식물이 아니라 수선화과에 속해 있고, 원산지도 남아프리카이더구나.

지금은 네가 큰 백자 화분에 살면서 다른 친구들과 어깨를 나란히 하고 있지만, 이렇게 이사를 하기 전만 해도 너의 덩치와는 전혀 어울리지 않는 앉은뱅이 작은 화분에서 살았지.

그동안 집이 좁아서 많이 불편했지?

네가 그동안 좁은 집에서 고생하고 있었는데도 아빠인 나는 둔해서인지 알아채지 못하고 있었는데, 네 엄마가 너를 큰 집으로 이사 보내야 한다고 하더구나.

그러고 보니 네가 작년엔가 꽃을 피웠을 때가 생각나는구나.

어느 날 아침 네 엄마가 기뻐 소리치며 "여기 와봐요"라고 해서 달려갔더니, 언제 올라왔는지 이파리 사이를 뚫고 솟아난 꽃대 위에 주황색 꽃잎이 고고성(呱呱聲)을 지르고 있었지.

가만히 너를 바라보고 있노라니 어느덧 듬직한 대학생으로 자란 내 아들 재현이가 생각나면서, 네가 마치 재현이 동생처럼 느껴지는구나.

재현이가 '일하는 엄마'에게서 태어나 모성의 온기와 숨결을 많이 받지 못하고도 저 혼자 컸듯이, 너도 나의 손길을 별로 받지 않고도 잘 컸거든.

그래서 너와 함께 지내는 열 명의 초록 친구 중에서 나는 너를 가장 좋아하고, 지금 이렇게 너를 제재(題材)로 삼아 너에게 쓰는 편지 형식으로 수필을 쓰고 있는 거야.

인터넷에서 너를 주제로 쓴 수필과 블로그 글을 읽어보면, 어떤 사람들은 네가 '군자란'이라는 이름에 걸맞게 아주 기품이 당당해서 좋다고 하고 또 다른 사람들은 네가 피우는 꽃이 멋져서 좋다고 하는데, 나는 생각이 다르단다.

솔직히 난이라고 하면 뭐니 뭐니 해도 동양란의 그 고결함을 으뜸으로 꼽아야 할 것이고, 꽃으로 따져도 서양란의 지나치게 화려하지 않은 아름다움이 나로서는 마음에 들거든.

그런데도 내가 널 가장 좋아하는 것은 네가 장소나 여타 조건을 가리지 않고, 또 특별한 보살핌을 받지 않으면서도 스스로 쑥쑥 커주기 때문이야.

난(蘭) 키우는 것을 '자식 농사'에 비유하자면 동양란을 키우는 것은 딸을 키우는 것처럼 까다롭고, 군자란을 키우는 것은 사내 녀석을 키우는 것에 비유할 수 있을지도 모르겠다.

너 혹시 「메밀꽃 필 무렵」이라는 소설을 쓰고 또 「낙엽을 태우면서」라는 수필을 쓴 이효석 작가를 알고 있니?

오늘 아침에 그의 시와 수필에 관한 평론을 읽으면서 큰 깨달음을 얻었단다.

그는 "초록은 흙빛보다 찬란하고 눈빛보다 복잡하다"라고 선언했는데, 내가 그 의미를 다 이해하지는 못하지만 '초록이 찬란하다'는 것만은 너의 그 짙푸른 이파리를 봐도 알 수 있지.

그는 또 인간사에 지쳤을 때 돌아갈 곳은 자연뿐이라면서 초목과 사는 기쁨을 노래했구나.

너를 비롯해서 녹색 친구들과 더불어 사는 것은 값으로 따질 수 없는 마음의 비타민을 공급받는 것이고, 나아가서는 여유로움의 상징일 수도 있으며, 경우에 따라서는 사치일 수도 있다고 생각해.

왜냐하면 많은 사람들이 다람쥐 쳇바퀴 돌듯 반복되는 '맞벌이' 생존경쟁의 중압감 때문에 화초를 기를 엄두를 내지 못하거나 기왕에 있던 화초도 방치하게 되거든.

너와 같은 '찬란한' 빛깔의 친구들을 열 명이나 가진 나야말로 이 세상에서 제일로 호강하고 사는 것이라고 생각해본다.

낙원은 멀리 있는 것이 아니라 너희들과 서 있는 이곳이 바로 낙원인 게지.

2013년 5월 1일 야탑동 집에서

초보 화초지기 씀

넷째 마당
—
미남 강아지 또또와 함께

♟ '작지만 큰일' 강아지 목욕시키기

　내 강아지의 이름은 '또또'다. 다른 사람이 키우던 것을 동물병원에서 유가(有價)로 입양했는데, 원래 이름이 '또또'라기에 바꾸지 않았다. 이름에서 짐작하듯이 수컷이다. 강아지의 생식 기능을 제거하는 중성화 수술도 입양과 동시에 했던 것으로 기억한다. 그런데도 자위행위 습관이 남아 인형이나 방석 같은 것을 보면 지금도 올라타곤 한다.

　내 집에 올 때가 세 살이었는데 벌써 열두 살이 되었다. 기껏해야 15년 정도를 산다는 몰티즈(Maltese) 종의 수명을 생각하면 이 녀석은 벌써 할아버지인 셈이다. 그런 녀석을 여전히 '강아지'라고 부르는 것도 이상하지만, 달리 부를 마땅한 표현도 없다. 털의 윤기가 많이 사라졌을 뿐 할아버지치고는 여전히 유쾌하고 힘이 넘친다. 철저하게 강아지 밥만 먹이고 운동을 많이 시켜서인지 잔병치레가 거의 없다. 또또의 체중은 5킬로그램이다.

집집마다 아이들 성화에 못 이겨 애완견을 사주지만 그 관리는 고스란히 부모, 그중에서도 주로 어머니들 몫이다. 내 경우도 자녀가 아들 재현이 하나밖에 없어 동생 대신에 강아지를 입양했다. 재현이에게 강아지 관리를 맡기려고 여러 번 시도했지만, 결국 실패했다. 재현이는 강아지에게 밥을 몇 번 주다가는 그만둬 버렸다. 목욕도 처음에는 재현이가 샴푸질까지는 해주다가, 그것마저도 재현이의 대학 입시가 가까워오면서 고스란히 내 몫으로 돌아왔다.

강아지 목욕은 쓰레기 분리 배출과 함께 내가 매주 한 차례씩 행하는 주요 집안일이다. 오늘도 아침에 샤워를 하다가 문득 강아지 목욕을 잊고 있었다는 것을 깨달았다. 강아지는 사람과 달리 일주일에 한 번만 목욕시키면 되기 때문에 보통은 주말에 내가 손톱을 깎고 나서 강아지 목욕도 시키곤 하는데, 그만 깜빡한 것이다. 좀 더 일찍 생각났더라면 강아지 목욕부터 시키고 나서 샤워를 했겠지만, 그 순서가 중요한 것은 아니다.

우선 강아지 전용 샴푸와 목욕 수건을 챙긴다. 목욕 후 손질에 필요한 도구들을 넣어둔 비닐봉지도 미리 선풍기와 드라이기 옆에 갖다놓는다. 고무장갑을 낀 다음에 소파 위 방석에서 졸고 있는 또또를 번쩍 들고서 목욕탕으로 갔다. 지금 쓰고 있는 샴푸는 거품이 잘 나서 단 두 번만 짜서 강아지의 얼굴부터 목, 등, 배, 다리, 발, 생식기와 항문, 꼬리까지 문지르고 나면 끝이다.

또또가 목욕을 즐기는 것 같지는 않지만, 그렇다고 큰 저항도 없다. 머리 부분을 헹굴 때만 제 딴에는 잡히지 않으려고 도리질을 치기 때문에 힘이 들지만, 나머지 부분은 금방 끝난다. 강아지 전용 목욕 수건이란 따로 구입한 것이 아니다. 사람이 쓰는 수건 중에서 가장 쉽게 구분할 수 있는 빨간색 수건을 강아지 전용으로 쓰는 것이다. 그 수건으로 물기를 닦아준 다음에 달랑 안고서는 선풍기와 드라이어가 있는 방으로 옮긴다. 영락없이 물에 빠진 생쥐 꼴이다. 선풍기를 틀어놓은 채 드라이어로 털을 말린다. 더운 바람이 싫은지 내 다리 밑으로 머리를 쑤셔 박은 채 파고드는 녀석의 털을 손으로 문지르면서 말린다. 나는 요즘 머리를 감은 후에 드라이어를 쓰지 않고 자연건조시키는데, 강아지는 꼭 드라이어를 사용한다. 드라이어로 말려야 피부병을 막을 수 있다고 아내가 말하기에 '순종'하는 것이다. 인터넷에 찾아보아도 잘 말리지 않으면 곰팡이나 습진이 생긴다고 나와 있다. 노령기에 접어든 때문인지 털의 윤기가 이전만 못하다. 또또의 털에서도 세월의 무상함을 느끼는 것이다.

털이 말랐으면 빗으로 귀 털과 꼬리털을 잘 빗어주고 쇠 솔로 몸통의 털도 한 번 빗질해준다. 또또는 몰티즈 종으로 귀 털과 꼬리털이 긴 편이어서 잘 엉키기 때문에 목욕 때마다 빗겨야 한다. 너무 심하게 엉켜서 빗질이 안 될 때는 가위로 잘라준다. 그다음에는 귀 세정제를 귓속에 몇 방을 떨어뜨린 다음에 잘 문질러준다. 귀 청소를 게을리하면 금방 귀에 염증이 생기기 때문에 일주일에 최소한 한 번은 꼭 해주어야 한다.

그다음에는 항문낭을 짜준다. 항문 아래 좌우에 있는 작은 주머니를 항문낭이라고 하고 거기에는 경계 표시용 액체가 들어 있어 배설할 때 섞여 나오는데, 배설량이 적어 고이면 파열될 수 있기 때문에 매번 짜주는 것이 좋다. 그 액체는 냄새가 고약한 데다가 어떻게 짤 줄을 몰라 흔히들 동물병원에 맡기기도 하지만, 그 짜는 법은 극히 간단하다. 꼬리를 완전히 위로 젖혀 꼬리 밑부분을 한 손으로 거꾸로 꽉 붙잡은 다음에, 액체가 튀지 않도록 두꺼운 휴지로 항문을 가린 상태에서 항문 좌우를 문지르며 짜주면 된다. 강아지를 처음 키울 때 그것을 모르고 안 짜줬는데, 어느 날 강아지의 항문 주위가 파열되어 피가 흐르기에 동물병원에 데려간 적이 있다. 항문낭을 짜주지 않으면 항문이 두 개가 된다고 동물병원 사람이 말했다. 그 후로는 목욕시킬 때마다 항문낭을 짜준다.

마지막 남은 것은 이 닦기다. 치석이 생기기 때문에 일주일에 두세 번은 닦아줘야 한다고 하지만, 그렇게까지는 못하고 목욕시킬 때만 닦아준다. 전에 한동안은 귀찮아서 목욕 때도 이를 닦아주지 않았다. 그러다가 재작년에 미국으로 1년 연수를 갈 때 동물병원에서 치석을 제거했는데, 사람 치아 스케일링 값보다 네 배쯤 줬던 것 같다. 그 후 2년 반도 더 지났기 때문인지 벌써 치석이 많이 끼었다. 최근에는 애완견용 치석 제거기(scaler)를 구입해서 수시로 치석도 제거해준다. 처음에는 굉장히 조심스러웠으나 이젠 어느 정도 숙달되었고, 두꺼운 치석 덩어리가 떨어져 나올 때는 나름의 성취감을 느끼기도 한다. 목욕 후 손질이 다 끝나면 강아지에게 간식거리를 하나 던져준다. 반 시간 정도 씻고 말리고 하는 동안에 잘 참아준 데 대한 보상이다.

때로는 강아지 목욕시키는 것도 귀찮을 때가 있다. 현대인은 모든 것이 자동으로 되고 온갖 문명의 이기(利器)를 활용하는 시대에 살면서도 늘 바쁘다. 내 경우는 '남성 전업주부'를 자처하며 시간제로 일하는 비정규직 노동자인데도 불구하고 항상 시간에 쫓긴다. 결국 시간 배분은 우선순위의 문제다. 또또 목욕이 중요하다고 생각하면 시간은 충분히 낼 수 있다.

또또 목욕은 작은 듯 보이지만 실은 큰일이다. 내가 손톱 깎고 샤워하고 이발할 때 또또를 한 번 떠올릴 마음의 여유만 있으면 된다. 목욕탕에서 서로 등을 밀어주면 친근감을 느끼듯이 목욕은 나와 또또의 사이를 더 친밀하게 해준다. 일본의 어느 심리학자는 『애무, 만지지 않으면 사랑이 아니다』라는 제목의 책을 썼는데, 맞는 말인 것 같다. 그뿐 아니다. 또또를 목욕시킨 날에는 아내와 아들의 표정과 기분도 달라진다. 내가 행한 한 가지 작은 선한 행동이 나비효과(butterfly effect)를 일으키는 것이다. 집 바깥에서 키우는 개와 달리 집 안에서 키우는 애완견은 침대에서 잠도 같이 자기 때문에 청결은 선택이 아니라 필수다. 일주일 내내 머리만 쓰고 몸 쓸 일이 별로 없는 나 같은 사람에게 이렇게 또또를 목욕시키며 몸 쓸 기회를 주니, 그 또한 얼마나 감사한 일인가.

 ## 강아지 미용 중에 생각하는 애견 문화

강아지 '미용' 이야기로 글을 쓰려고 강아지 '목욕'부터 쓰기 시작하다가, 그만 '목욕' 이야기로 한 편 분량이 차버렸다. 강아지 '미용' 이야기는 별도로 한 편을 쓸 수밖에 없게 되었다. 전에 '화장하는 남자' 이야기를 쓰면서 헤어스타일부터 언급하다가 그 이야기만으로 한 편을 채우고, 남자 화장에 대해서는 따로 한 편을 썼던 것과 비슷하다.

나는 6년간이나 집에서 강아지 털을 손수 밀고 잘랐다. 그러나 나의 강아지 미용은 실용적 범주를 벗어나지 못한다. 털이 길면 청결하지 못하기 때문에 깎을 뿐이다. 내 실력으로 견공 특유의 멋과 아름다움을 창출하기에는 역부족이다. 내 강아지 또또는 몰티즈종인데 하얀 털 사이에 있는 까만 눈과 코가 정말 귀엽다. 이런 깜찍함을 유지하려면 눈과 코, 입 주변의 털을 잘 살려야 한다. 나는 수년 동안 또또의 귀 털과 꼬리털을 제외하고는 싹 밀거나 깎아버렸다. 강아지의 입장이 아니라 사람의 입장에서 하는 미용이었다. 그러다가 최근에 와서야 또또 입 주변의 수염만 제거하고 얼굴의 나머지 털은 남겨두어 몰티즈 특유의 귀여움을 살리려고 하지만, 아직은 여의치 않다.

애견 전문 미용사는 사용하는 용어부터가 나와 다르다. '강아지'라고 하지 않고 '아가'라고 부른다. 강아지의 주인은 당연히 '엄마', '아빠'가 된다. '발톱'이라고 하지 않고 '손톱'이라고 한다.

내가 강아지 미용을 애견 센터에 맡기지 않고 손수 하게 된 것은 2009년 미국에서 1년간 생활하면서부터다. 미국 애견 센터에 맡겼더니 미용비도 40달러 수준으로 만만치 않은 데다가 한국처럼 바싹 밀어주지 않고 듬성듬성 가위질만 해줘서 마음에 들지 않았다. 그때부터 애견 미용 기기를 구입해서 내가 집에서 강아지 털을 깎고 잘랐다.

강아지 미용비는 한국이 미국에 비해 싸다. 애견 센터에서 몰티즈의 몸 전체를 이발기(clipper)로 미는, 소위 애견 전신미용의 경우 목욕비를 포함해 2만 5000원 내지 3만 원을 받는다. 물론 미용사가 집에 와서 해주는 출장 미용의 경우 4만 5000원까지 받는다. 거기다가 다리털을 길러 솜방망이처럼 만들어놓은 아톰 다리, 발 부분의 털만 길러 꼭 장화를 신겨놓은 것처럼 보이는 부츠 컷, 나팔 모양의 판탈롱으로 멋을 내게 되면 또 1만 원 내지 1만 5000원이 추가된다. 미용비가 만만치 않은 것은 사실이지만, 전문 미용사가 기능성과 심미성을 잘 조화해 미용해주는 것을 생각하면 애견 센터에 맡기는 것이 더 좋을 수도 있다. 더욱이 나는 애완견 미용 기기 중에서도 비싼 것을 장만했기 때문에 아직도 본전조차 뽑지 못했다.

아내가 내게 "또또 미용은 애견 센터에 맡겨요"라고 하면, 나는 "집에서 하는 게 또또 고생 덜 시켜요"라고 하면서 내가 미용하곤 했다. 집에서 하는 것이 강아지로서도 편안한 점이 분명히 있다. 그러나 비전문가인 내가 미용하다 보면 목욕 시간을 빼고도 시간이 두 시간은 족히 걸린다. 강아지가 미용 스트레스를 받는 시간이 긴 셈이다. 미용을 하는 나도 땀이 나고 허리가 아프다. 한여름에는 에어컨을 세게 틀어놓고 미용을 한다.

솔직히 나의 강아지 미용은 다분히 자족적(自足的)이다. 분업화와 전문화의 시대 풍조에 역행해 작은 것 하나라도 내가 직접 한다는 데서 의미를 찾는다. 생산성이나 효율성만 따진다면 나의 강아지 미용은 시간 낭비일 수 있다. 그 시간에 나의 전문 분야인 두뇌 노동을 한다면 훨씬 더 큰 성과를 낼 수 있을 것이다. 하지만 많은 도시인이 주말농장에서 채소를 수확하고 보람을 찾는 것과 마찬가지로 나도 강아지 미용에서 남모르는 위안을 얻는다. 비록 가위질이 서툴러 층이 지고 때로는 강아지 몸에 상처를 내기도 하지만, '내가 직접 하는 것'의 가치는 그 모든 것을 상쇄하고도 남음이 있다.

애견 관리에는 미용 외에도 상당한 돈이 들어간다. 사람 의료비보다 애완견 의료비가 훨씬 더 비싸다. 강아지 옷도 갖가지여서 계절마다 신상품이 출시된다. 어느 인터넷 포털 사이트의 강아지 사랑 카페는 회원 수가 53만 명을 넘는다. 이러한 애견 문화의 급속한 확산에 "가난한 이웃은 생각지 않고 엉뚱한 데 돈을 쏟아붓는다"라는 비난도 심심찮게 제기된다. 심지어는 강아지 혐오증마저 감지되기도 한다.

개 키우는 것이 과연 사치인가? 애견 문화와 기부 문화는 별개로 생각할 필요가 있다. 부자만 강아지를 키우는 것도 아니다. 가난한 사람이 버려진 개를 여러 마리 데려다 키우기도 한다. 애견 문화가 일부 계층적 위화감을 형성한 것은 사실이지만 사람이 동물과 공존하는 것 자체는 극히 자연스럽고도 바람직한 일이다. 도시의 동네마다 몇 개씩 생겨나는 애견 센터나 동물병원을 나쁘게 볼 까닭이 없다. 부동산 중개소가 많은 것은 괜찮고 동물병원 많은 것은 안 된다는 법은 그 어디에도 없다. 애견 센터나 동물병원이 많이 생긴다는 것은 그만큼 일자리가 늘어나고 내수(內需)가 증가한다는 이야기다.

동물과 더불어 사는 것이 공동체의 덕이 되기 위해서는 반드시 지켜야 할 규칙이 있다. 목줄도 매지 않고 채변 봉투도 구비하지 않은 채 집 밖으로 개를 데리고 나오는 일은 없어져야 한다. 그런 '몰염치족'도 과거에 비하면 많이 줄었다.

예전에는 아파트 같은 공동주택에서는 애완견을 키울 수 없다고 생각했으나, 요즘은 애견 문화의 확산으로 그런 생각도 바뀌었다. 아파트 규약에도 애완견 금지 규정은 없고, 다만 애완견으로 인해 이웃에 피해를 주어서는 안 된다고만 돼 있다. 미국에서는 아파트에서 애완견을 키울 경우 200~300달러의 보증금에 매달 5달러 정도의 관리비를 더 내게 한다. 보증금은 애완견으로 인해 피해가 발생할 경우에 사용한다. 미국에는 호텔 중에도 애완견 반입을 허용하는 호텔이 많고, 개의 목줄을 풀어놓아 개들이 맘껏 뛰놀 수 있는 '자유 공원'도 있다. 혹시라도 한국 사람 중에서 아직도 애완견이나 애완견 가진 사람을 미워하는 사람이 있다면, 이 기회에 생각을 바꿔보는 것이 어떨까.

요즘 또또는 밥 먹을 때와 용변 볼 때를 제외하면 거의 하루 종일 잠만 잔다. 마치 겨울잠을 자는 짐승 같아 보이기도 한다. 식욕도 반감했다. 번쩍 들어 안아보면 이렇게 가벼웠나 싶다. 그런 또또가 딱해 보여 가끔 재현이가 또또를 데리고 밖으로 나가 집 주변에서 산책을 시킬 때도 있다. 나도 날씨가 따뜻한 계절이면 한 주일에 한두 번 정도 또또와 함께 산책한다.

내가 예전 같지 않듯이 또또도 예전 같지 않다. 반려견과 주인이 나란히 늙어간다. 또또는 세 살 때 우리 집에 입양되었는데 그때 우리는 서울 대치동에 살았기 때문에 나는 또또와 함께 양재천을 자주 걸었다. 아니, 걸은 것이 아니라 마구 뛰었다. 내 얼굴에 땀이 송골송골 맺힐 정도로 달렸다.

그 후 수원 영통 신도시로 이사하고서도 수시로 또또와 함께 나지막한 집 뒷산을 올랐다. 계단이 백 개가 넘었지만 또또는 잘 뛰어올랐고 또 잘 뛰어내렸다. 병원에 가거나 대형 할인마트에 갈 때도 또또를 데리고 다녔다. 늘 또또가 앞장섰고 내가 잡은 줄(leash)은 언제나 팽팽하게 당겨졌다. 어떤 날은 또또를 트레드밀(treadmill, 속칭 러닝머신)에 묶어서 올려놓아 보기도 했는데, 역시 잘 뛰었다. 또또와 함께 산책하면서 동시에 '읽을거리'들을 읽는 재미는 언제나 쏠쏠했다.

또또의 신분증이자 사용 설명서 격인 '애견 건강 수첩'을 꺼내어 보니 또또의 생일은 1999년 7월 20일이다. 재현이보다 여섯 살 적다. 이 수첩의 뒤표지 안쪽을 보니 '사람과 개의 연령 비교'가 나와 있는데, 열다섯 살 개는 여든일곱 살 사람과 같다고 되어 있다. 이 나이에도 또또가 잔병치레조차 하지 않고 건강한 것은 사람 먹는 음식을 거의 주지 않았기 때문이기도 하지만, 젊은 날에 열심히 운동을 했기 때문일 것이다.

그런데 이삼 년 전부터 또또를 밖으로 데리고 나가면 걷기 싫어하는 기색이 완연하다. 젊은 엄마들이 아기를 유모차에 태워 밀며 산책하듯이 나도 또또를 가방에 넣어 메고 걸어보기도 했다. 다행히 다리가 아픈 것은 아니어서 느리긴 하지만 걷는다. 다만 내가 앞장서서 끌어야만 마지못해 따라 걷는 눈치다. 젊을 때는 내가 저를 데리고 나갈 낌새만 보이면 콧김을 뿜고 꼬리를 흔들며 반색하던 녀석이 어느덧 '외출'을 즐기지 않게 된 것이다. 한창때는 꼬리를 곧추세우고 고개도 치켜든 채 보무도 당당하게 걷던 '꽃미남 견공'이 아니었던가. 행인들에게 "귀엽다"라는 말을 들을라치면 금방 우쭐해하고, 다른 강아지를 만나면 그 체취를 열심히 탐색하던 또또가 아니었던가.

4년 전에 분당으로 이사 와서는 또또를 탄천 산책로로 가끔 데리고 나가는데, 거기에 애견 운동장이 있다. 비록 철조망 안에서이기는 하지만, 다종다양한 반려견들이 줄을 매지 않은 채 자유롭게 뛰어논다. 반려견들의 사교장인 셈이다. 원래 성남시는 분당 중앙공원 잔디밭에 반려견 놀이 공원(leash free dog park)을 만들려고 했으나, 시의회의 반대에 부딪혀 천변 운동장으로 밀려났다고 한다. 미국에 비하면 한국에는 아직도 애완동물을 좋아하지 않는 사람들이 꽤 많다.

가장 안타까운 것은 또또가 이제는 다른 '친구'들과 어울리려고 하지 않는다는 것이다. 길을 가다가 친구를 만나도 무덤덤하다. 애견 운동장에 풀어놓아도 가만히 서서 벌벌 떨 뿐이다. 다른 친구들은 신나게 달리기 시합을 하거나 공 받는 묘기를 연출하는데, 또또는 그런 것에서 전혀 흥을 느끼지 못하는 듯하다.

어느 날 신문의 서평란을 펼쳤더니 문학 평론가 한 사람이 추천 도서 서평을 써놓았는데, 그 책 이름이 『또또』였다. 중견 여류 시인이 '또또'라는 이름의 반려견과 함께했던 열일곱 해 동안의 이야기를 기록한 책이라고 했다. 이 책을 인터넷 서점에서 바로 구입해두었다가 겨울방학을 맞아 읽어보았다. 독신의 시인이 '또또'와 오랜 세월 고락을 같이했는데 마지막에 병이 너무 심해져 안락사시켰다고 했다. 서울 사직동에 사는 시인은 하루 두 번 하루도 빠짐없이 광화문 일대와 인왕산에서 '또또'와 산책했다는 대목도 있었다. 죽기 몇 년 전부터는 '또또'가 잘 걷지 못했지만, 그래도 산책을 멈추지 않았단다. 이 책을 읽고 용기를 얻어 선뜻 걸으려고 하지 않는 또또를 데리고 오늘도 나는 산책길에 나선다.

개를 걸리면 좋은 점이 뭔지 인터넷에서 영문(英文)으로 검색해보니, 친절하게도 열 가지 유익한 점을 설명해놓은 웹 페이지가 맨 먼저 나왔다. 단순히 바깥에서 용변을 보게 하려고 개를 바깥으로 데리고 나가는 사람도 있지만, 개를 걸리는 것(dog walking)의 이점은 그 이상이라고 했다. 행동이 민첩해지는 것은 물론이고 체중이 줄며, 소화에 도움이 되고, 아무것이나 물어뜯는 행동을 하지 않고, 차분해지며, 답답해하지 않고, 덜 낑낑대며, 주인과의 연대감이 강해지고, 다른 개나 사람과 잘 어울리고, 주인의 건강도 좋아진다고 했다. 굳이 이렇게 열 가지를 나열하지 않더라도 또또와 산책하는 것이 나로서는 즐겁다. 또또의 젊은 시절만 하지는 않지만, 또또와 걸을 때 우울했던 기분이 조금은 화창해지기도 한다.

2008년 미국 시애틀에서 살 때 지역 신문 ≪시애틀 타임스≫를 날마다 읽었는데, 직업으로서 '개를 걸리는 사람(dog-walker)'의 연봉이 한국 돈으로 1억 원이 넘기도 한다는 기사를 보았다. 머지않아 한국에서도 이 직업이 꽤 유망한 직업의 하나로 떠오르리라는 생각을 해본다. 왜냐하면 반려견을 키우는 사람들은 점점 많아지는데 맞벌이 부부를 비롯해 사람들의 삶은 더욱더 바빠지기 때문에 반려견을 걸리고 싶어도 시간을 내지 못하는 사람이 많다. 전 세계에서 가장 일을 많이 하고 또 바쁜 사람들이 바로 한국 사람들 아닌가. 당장 나부터도 또또와 산책하는 데 시간을 투자하기가 여간 어렵지 않다.

이제 또또와 함께할 날도 많지 않다. 바쁜 일상 가운데에서도 일의 우선순위를 잘 분별해 또또와의 산책에 시간을 내야겠다. 나중에 후회하지 않으려면.

반려견과 함께한 사계

소형견 몰티즈 또또는 세 살 때 우리 집에 입양되었다. 그 후 열두 해를 동고동락한 이야기를 써보려고 하는데, 무얼 써야 할지 모르겠다. 앞에서 말했듯이 반려견과 함께한 시간을 한 권의 책에 담은 여류 시인도 있지만, 나는 한 편의 글로 정리하기도 벅차다.

지난달 군에 입대한 아들 재현이는 집으로 쓴 편지에서 "내가 제대할 때까지 또또가 살아 있었으면 좋겠어요"라고 했다. 그러나 눈에 보이는 모든 것은 결국 사라진다. 또또도 떠날 것이다. 하지만 또또와 함께했던 나날의 기쁨과 감동은 내 안에 계속 있을 것이다.

또또와 함께한 열두 해의 세월은 마치 조물주의 섭리 속에 바뀌는 사계절과 같았다. 또또가 처음 우리 집에 와서 여섯 살이 될 때까지의 첫 3년은 그야말로 봄이었다. 그때 재현이는 열 살이었고, 재현이의 할머니도 함께 살았다. 삼대(三代)가 반려 견과 함께 한지붕 아래에서 살아가는 풍경은 마치 새싹이 돋 고 꽃이 만발하는 봄과 같았다. 또또를 포함한 우리 다섯 식구 간의 사랑은 봄볕처럼 따사로웠다.

물론 나는 또또를 잘 몰랐다. 개에 관한 책이라고는 도서관 에서 딱 한 권 빌려 읽었을 뿐이다. 고양이는 인간과 수평적 관 계를 유지하려고 하는 반면에, 개는 인간과 수직적 관계를 유 지하며 순종한다는 것이 내가 아는 전부였다. 원래 아내는 겁 이 많은 사람이라 개를 좋아하지 않았다. 그러나 재현이에게 동생을 낳아주지 못한 벌(罰)로 또또를 대신 선물할 수밖에 없 었다. 엄마들이 첫아이를 키우면서 실수를 많이 하듯이 우리 도 또또를 돌보면서 좌충우돌했다.

개는 두 살만 되면 성년이다. 성년기의 또또는 봄의 신록(新 綠)처럼 생기가 넘쳤다. 말도 잘 들었다. 오라면 오고 서라면 서 고 오줌똥도 잘 가렸다. 중성화 수술을 했는데도 또또는 마치 춘정(春情)을 이기지 못하는 여인처럼 행동했다.

계절은 금방 바뀌었다. 어느새 또또가 일곱 살이 되었다. 여 름이 계절의 여왕이듯이 또또의 생애에서도 이때가 한여름이 었다. 절정기의 또또는 여름의 작열하는 태양처럼 빛나는 청 춘을 구가했다. 그래서인지 또또의 가장 친한 친구였던 할머니가 돌아가셨지만, 또또는 그다지 외로움을 타지 않았다. 그 대신에 또또는 재현이와 장난을 많이 쳤다. 재현이가 팬티를 또또 머리에 뒤집어씌운다든지 하면 또또는 특유의 방귀 세례로 보복했다.

낮에 또또는 주로 나와 지냈다. 또또가 우리 집에 오던 해에 우리는 서울 대치동에서 수원 영통으로 이사해 여섯 해 동안을 살았기 때문에 또또는 생(生)의 하절기를 거의 수원에서 보낸 셈이다. 수원은 확실히 서울에 비하면 덜 복잡하고 공기도 좋았다. 나는 산에 갈 때도, 도서관에 갈 때도, 병원에 갈 때도, 쇼핑 갈 때도 또또를 데리고 갔다. 당시만 해도 애완견이 요즘처럼 많지 않아 또또는 동네 아이들의 사랑을 독차지했다. 열정으로 충만한 또또의 성하(盛夏)는 언제까지나 지속될 것 같았다.

그러나 그에게도 가을은 어김없이 찾아왔다. 또또는 열 살 때 우리 가족을 따라 미국 연숫길에 올랐다. 또또는 시애틀 근교의 아파트 단지에서 1년간 미국 친구들을 많이 사귀었다. 그러면서 영어도 배웠다. 미국 친구들이 또또에게 "하이(Hi)" 하고 인사하면 또또도 "하이"라고 인사했다. 한번은 미국 친구의 집에서 며칠 동안 지내기도 했다. 아내와 재현이와 내가 장거리 여행을 가면서 또또를 미국인 가정에 맡긴 것이다. 그때 또또는 영어 실력이 확 늘었을 뿐 아니라 미국 견공들의 문화와 사고방식도 배웠다. 말하자면 그해는 또또의 '미국 어학 연수 기간'이었다.

일본의 수의학자 사사키 후미히코에 의하면 소형견은 열두 살 때부터 노년기에 접어든다고 한다. 또또도 결코 예외가 아니었다. 가을 나무에 단풍이 들며 잎이 땅에 떨어지듯이 또또의 털도 빛과 탄력을 잃어갔다. 또또는 밥도 노견(senior)용을 먹게 되었다. 젊을 때는 신나게 물어뜯어 먹던 뼈다귀 스틱 껌을 어느 순간부터 멀리하게 되었다. 시력도 조금 약해졌다. 똥오줌도 잘 가리지 못한다. 또또를 돌보는 것이 점점 힘들어졌지만, 또또를 돌보는 나와 또또의 사이는 더 가까워진 느낌이다.

지금 또또는 추운 겨울을 보내고 있다. 열세 살이 넘어서면서 모든 것이 예전 같지 않다. 우선 산책하는 것도 힘이 든다. 그 사이 집은 경기도 분당으로 이사했는데 가족 모두가 외출하고 나면 또또는 텅 빈 집에서 홀로 종일 잠을 잔다. 아픈 데는 없지만 나이는 속일 수가 없다. 이제 시력뿐 아니라 청력도 약해졌다. 밥도 딱딱한 사료보다는 통조림이나 애견용 소시지같이 부드러운 것을 좋아한다. 질기지 않고 잘 부서지는 먼치 껌도 이제는 먹지 않는다. 후각만은 여전하다. 사사키는 "개의 코 평면은 냄새 수집 장치"라고 했는데, 과연 그런 것 같다. 고령의 또또가 나의 열린 가방 속을 뒤져 떡이나 사탕을 훔쳐 먹는다.

하지만 또또는 명랑하다. 청소 도우미 아주머니를 비롯해 집을 방문하는 모든 사람을 반긴다. 콧김을 내뿜으며 주변을

뱅글뱅글 돈다. 붙임성이 좋은 또또다. 화장실에 데려다가 오줌을 뉘고 나면 신나게 응접실로 달려가다가 제풀에 미끄러지기도 한다. 또또가 열다섯 살일 때 같은 몰티즈 종이면서 또또보다 세 살 어린 사촌 동생 재돌이가 먼저 죽었다.

자연의 사계(四季)가 그러하듯이 또또와 함께한 우리 가족의 사계도 희로애락(喜怒哀樂)이 교차했다. 부부가 오래 살면 서로 닮듯이 개도 사람을 닮는다고 한다. 기쁠 때 같이 기뻐하고 슬플 때 같이 슬퍼하는 감정의 공유를 반복하는 사이에 서로 닮게 된다는 것이다. 그러고 보면 또또도 나를 닮은 것 같다.

'반려(伴侶)'란 '짝이 되는 동무'라는 뜻이다. 인생의 사계를 함께할 반려로서 사람만은 못하지만, 그래도 반려견이 함께한다면 그 인생의 사계는 훨씬 더 풍성해질 것이다. 인간은 특별한 존재이기도 하지만 그와 동시에 개 목줄의 다른 한쪽 끝을 잡고 있는 또 다른 동물에 불과하다고 동물행동학자 패트리샤 맥도넬은 말한다. 개를 키우면서 이러한 깨달음을 얻는다면 사람이 겸손해질 수 있을 것 같다. 또또와 열두 해를 살면서 내가 조금이라도 겸손해졌다면 그것은 상당 부분 또또 덕이 아닐까 싶다.

무릇 치매를 비롯한 난치성 노환에는 조짐이 있다. 다만 주변 사람들이 눈치 채기가 어려울 뿐이다. 죽음에 앞서 오는 신호는 사람에게만 있는 것도 아닌 모양이다. 나의 꽃미남 견공 열다섯 살 또또가 최근 중증 신부전증으로 천국에 갔을 때 아내가 한 말도 "우리가 너무 둔감했던 것 같다"였다. 생물학자인 아내가 개의 급격한 노화 징후를 감지하지 못했다는 고백이었다.

또또가 노령견용 사료도 잘 먹지 않아 통조림을 먹이기 시작한 것이 지금으로부터 2년 반 전쯤이다. 노령견이 되면 어느 집 개를 막론하고 잘 안 먹는다. 그래서 아내와 나도 또또의 식성 변화를 대수로이 여기지 않았다. 통조림은 비스킷과 더불어 곧잘 먹던 또또가 석 달 전부터는 그마저도 잘 안 먹기 시작했다. 이번에는 애완견 육포를 이것저것 사다주어 보았다. 그것도 처음에 좀 먹더니 곧 시들해졌다. 겨우 먹는 것이라고는 아내와 내가 아침 식사 중에 떨어뜨려 주는 식빵과 구운 감자 조각뿐이었다. 요구르트도 먹여보고 애완견용 우유도 먹여봤지만, 억지로 먹여야 넘길 뿐이었다.

천국으로 가기 3주 전부터 보인 증상은 머리 경련이었는데, 나는 그것이 경련인 줄 몰랐다. 산책 갔을 때 벌레에 물린 줄 알았다. 그래서 가려워서 발로 머리를 마구 긁는가 생각했다. 그다음 조짐은 옷장 안으로 숨어드는 행동이었다. 여름이라서 옷장을 활짝 열어놓았는데, 옷걸이에 빼곡하게 걸린 옷 밑으로 기어들었다. 전에는 하지 않던 짓이었다. 어느 날 저녁 늦게 귀가한 아내는 또또가 없어진 줄 알고 놀라서 이곳저곳을 기웃거렸는데, 옷장에서 나오더란다. 그 후에 나도 두 번이나 옷장에 숨은 또또를 목격했다.

아내는 또또가 워낙 먹지 않으니 병원에 데려가서 수액 주사라도 맞혀야겠다고 생각했다. 그러던 중 아내가 때마침 또또의 경련을 직접 보고는 바로 병원에 데려갔다. 콩팥 기능이 10퍼센트밖에 남지 않은 신부전증(고질소혈증)이라고 했다. 신부전으로 인해 체외로 배출되지 못하고 핏속을 돌아다니는 요독 때문에 머리 경련이 일어난다는 것이었다. 옷장에 숨는 것도 너무 아프기 때문이라고 했다.

그로부터 여드레 만에 또또는 하늘나라로 갔다. 처음에는 서너 달이라던 시한부 생존 예상 기간이 금방 열흘로 단축되더니 급기야는 오늘이나 내일로까지 짧아졌다. 경제학 교과서를 보면 경기가 상승할 때는 장기간에 걸쳐 서서히 상승하다가 하강할 때는 순식간에 곤두박질친다는 이야기가 나오는데, 또또의 최후가 바로 그런 식이었다.

또또가 이렇게 급작스럽게 떠날 줄 모르고 나는 석 달 전쯤부터 노령견 연구에 본격적으로 착수했다. 일본 수의학자가 쓴『개는 무엇이 다를까』, 또 다른 일본 수의사가 쓴『노령견과 행복하게 살아가기』, 그리고 MBC 스페셜이라는 프로그램에서 다뤘던 것을 책으로 엮어낸『노견만세』를 구입해 읽었다. 두 권을 읽고 나서 마지막으로『개는 무엇이 다를까』를 읽는 중에 또또와 영영 이별하는 시간을 맞이했다.

유감스럽게도 일본 수의사가 쓴 책에는 개의 노환 수십 가지가 나와 있지만, 그중에 신부전증은 없었다. 당뇨병에 걸리면 백내장이 심해진다는 대목은 있어서 또또도 그런 것 아닐까 걱정했는데 그건 아니었다. 백내장 초기일 뿐이고 당뇨는 없다는 것이 의사의 이야기였다. 나는 매주 또또를 목욕시켜주면서 그때마다 치아 스케일링을 해주었다. 그랬더니 의사가 "치아만 봐서는 한참을 더 살 것 같다"라고 했다.

수년 전에 문득 애완견 보험 생각이 나서 보험사에 전화했더니 여섯 살 이하만 가능하다고 해서 들지 못했다. 화분을 가꾸면서는 동네 화원 한 곳을 정해놓고 문제가 생길 때마다 의논하면서, 왜 또또를 위해서는 주치의를 두지 못했을까. 또또를 마지막으로 보내면서 갖가지 후회의 감정이 밀물처럼 밀려왔다. 또또한테 "미안해. 아빠가 잘못했어"라고 했으니 알아들었겠지?

외동아들 재현이가 외로울 것 같아 세 살 때 입양했던 또또와 열두 해를 함께했다. 늘 집에 있는 내가 또또를 돌봤고, 그래서 나와 가장 많이 지냈다. 또또는 나의 짝이 되는 동무, 즉 반려였다. 또또와 함께했던 시간 속의 모든 기쁨과 감동은 지금도 내 안에 고스란히 남아 있다.

개는 지능이 높다. 과장하면 좀 모자라는 사람과 비슷하다. 그래서 주인의 감정 변화를 살펴 행동한다. 거실에 오줌을 싸놓고는 미안해서 슬슬 피하는 식이다. 눈치 없는 사람보다 더 눈치가 있는 셈이다. 그에 비하면 나는 눈치가 없었다. 또또가 그렇게 아픈데도 몰랐다. 요컨대 또또가 나보다 나았다.

10년 전에 신부전으로 돌아가신 어머니가 생각났다. 막내이지만 아버지가 돌아가시고 나서는 내가 몇 해 동안 어머니를 모셨기 때문에 신부전의 고통을 안다. 또또가 신부전으로 죽었다고 하면 개한테도 그런 것이 있느냐고 묻는 사람들이 많다. 무관심이 무지를 낳는다. 내가 바로 그 경우다. 이제야 개에 관한 책을 읽고 있는 나야말로 소 잃고 외양간 고치는 한심한 농부가 아닌가.

아들 재현이와 함께

야영의 추억

   나는 텐트도 칠 줄 몰랐다. 그랬던 내가 야영을, 그것도 미국과 캐나다 땅에서 야영을 하게 되었다. 그 계기는 아주 우연하게 찾아왔다. 2001년 미국 시애틀에서 1년간 연수하면서 집을 구했는데, 그 집에 살다 한국으로 돌아간 분이 남기고 간 짐 중에 마침 텐트가 있었다. 당시 초등학교 2학년이던 아들 재현이의 여름방학을 앞두고 여행 계획을 세울 때 나는 용기를 내어 야영을 해보기로 했다. 여행지인 미국 옐로스톤 국립공원 안팎의 호텔을 예약하려는데, 이미 방이 없거나 가격이 비싸 야영으로 눈을 돌렸던 것 같다. 야영지는 국립공원 안에 있어, 넓디넓은 공원을 돌아보기에 외부 호텔보다 편리하다. 가격은 호텔의 최소 4분의 1 수준이었다.

문제는 나 혼자서 텐트를 쳐본 적이 없다는 점이었다. 텐트가 들어 있는 가방을 꺼내 먼지를 털고 펴보니 설치법이 그림과 함께 나와 있었다. 집 뒤뜰의 잔디밭 위에 텐트를 설치하니 구형이어서 볼품은 없었지만, 세 식구가 들어가서 자는 데는 문제가 없어 보였다. 땅에서 올라오는 한기를 막아줄 에어베드를 사서 공기를 불어넣어 탱탱하게 한 다음에 그것을 깔고, 그 위에다 슬리핑백을 두 개 갖다 놓고 재현이와 야영 리허설을 겸해 하룻밤을 자보았다. 재현이는 매우 재미있어했고, 나는 이 정도면 야영을 할 만하다고 결론을 내렸다.

시애틀에서 옐로스톤 국립공원까지는 하루에 운전해서 갈수 없을 정도로 멀다. 오가면서 각각 하루씩 중간 지점에서 자야 했다. 중간 지점에서도 야영을 하려면 할 수 있었지만 아내의 입장을 고려해 호텔에 투숙하고, 야영은 옐로스톤에서만 사흘 동안 하기로 했다. "무릇 여자는 여왕으로 대접받고 싶어 한다"라는 아내의 엄중한(?) 선언에 따라 호텔은 중급의 수준 있는 것으로 골랐다. 그러니까 5박 6일의 여행 기간 중 사흘 밤을 옐로스톤 야영장에서 보내기로 한 것이다.

옐로스톤은 미국과 캐나다의 수많은 관광지 중에서도 내가 가장 좋아하는 곳이다. 곰과 사슴, 들소를 비롯한 각종 짐승을 가까이서 볼 수 있는 데다가 핫 스프링(hot spring) 또는 가이저(geyser)라는 이름의 각양각색 노천 온천을 볼 수 있다. 공원 입구를 지나 야영장에 도착하기도 전에 유황 냄새가 코를 찔렀고, 사슴과 들소도 실컷 볼 수 있었다. 야영장도 맘에 들었다. 해발 1000미터가 넘어 여름인데도 기온이 섭씨 4도까지 내려갔고, 텐트 하나, 차 한 대가 딱 들어가도록 화덕과 함께 삼위일체 세트로 되어 있어 무척 편리했다. 음식물은 텐트나 자동차에 두면 안 되고 곰이 열 수 없는 공용 저장소에 두어야 했다. 쓰레기통도 곰이 뒤질 수 없게 만들어졌다. 바로 옆자리의 나 홀로 여행객인 백인 청년은 컴퓨터 엔지니어인데 여름 한 달 내내 여행을 다닌다고 했다. 밤 아홉 시도 되기 전에 다들 취침에 들어갔는지 그 넓은 야영장 어디에서도 음주가무하는 모습이나 고성방가의 소음이 들려오지 않았다. 나도 아내, 재현이와 함께 얼른 공동 샤워장에서 씻고 잠자리에 들었다.

그 후 다른 곳에서도 여러 번 야영을 했다. 미국 북서부의 고래 구경(whale watching)으로 유명한 산후안(San Juan) 섬, 서부 캐나다의 로키 산맥과 빅토리아 섬을 여행할 때도 캠핑장에서 텐트를 치고 잤다. 2009년 다시 1년간 시애틀로 연수 갔을 때는 요세미티를 비롯해 캘리포니아와 오리건 주의 국립공원과 주립공원 네댓 곳에서 캠핑을 했다. 산후안 섬에서 리조트 안에 있는 사설 야영장을 이용했던 것을 제외하면 나머지는 다 국립공원 혹은 주립공원 야영장이었다.

초등학교 2학년 시절의 재현이는 숲 속 텐트에서 잔다는 것 자체를 신기해하는 듯했다. 비가 내리는 텐트 안에서도 재현이는 깔깔댔다. 깜깜한 밤에 빨간 모닥불을 피워놓고 하얀 마시멜로를 나무 꼬챙이 끝에 꽂아 구워 먹는 소년을 그려보라. 캠핑장에는 뼈를 보고 동물 이름을 맞추는 것과 같은 청소년용 야간 교육 프로그램도 있었다. 그야말로 산교육의 현장이었다. 나는 두메산골 출신이어서 장작을 패고 땔감을 주워 오고 불을 피우는 데는 이골이 나 있었기 때문에 야영이 불편하지 않았다. 아내는 아무래도 불편했던 것 같다. 두 남자를 위해 한 여자가 희생한 셈이다. 이 기회를 빌려 아내에게 감사하고 싶다.

어스름 녘 캐나다 로키 산맥의 국립공원 캠프장에서 말만 한 키의 사슴들(elks)을 조우했던 때가 생각난다. 야영장에 가기 전에 이곳저곳을 구경하다보면 어느덧 해가 서산에 걸리고, 야영장에 도착하면 벌써 깜깜했다. 어두운데 플래시를 비춰가며 재현이와 나는 텐트를 치고 불을 피우고, 아내는 밥을 하느라 손놀림이 재발라졌다. 일종의 협업이요 분업이며, 생존을 위한 투쟁이었다. 해는 졌는데 산속 캠핑장을 찾지 못해 헤맨 적도 있고, 해가 진 후 캠핑장에 도착해보니 엉뚱한 사람들이 내 자리를 차지하고 있어 내쫓고 들어간 적도 있다. 내 자리가 허허벌판에 있어 자리바꿈을 결단하고 새 자리를 허락받아 들어가기도 했다. 오리건 주 해안의 캠핑장에서는 비가 추적거리는 어두운 밤에 도착해 주차장에 차를 세운 뒤, 외바퀴 손수레(wheelbarrow)로 짐을 싣고 비탈길을 내려가 텐트를 치고 밥을 해야 했다.

여행은 언제나 예기치 못한 사태를 동반한다. 매 순간 기지가 필요하다. 그래도 허둥지둥 저녁밥을 먹고 나면 야간 캠핑장의 고요함과 함께 평화의 시간이 내려앉는다. 끝이 안 보일 정도로 높이 치솟은 나무 밑에서 별이 총총한 이국의 밤하늘을 보노라면, 문명의 현대를 떠나 원시의 태초로 돌아간다. 대자연과 하나가 된다. 온 우주를 지탱하는 절대자에게 한결 가까이 다가간다.

야영은 내가 고집하고 아내와 재현이가 동의해서 이루어졌다. 나는 야영을 후회하지 않는다. 아니, 내 생애에서 가장 행복했던 순간으로 간직하고 싶다. 언제 다시 재현이와 함께 이런 시간을 가질 수 있겠는가. 언제 다시 세 식구가 하나가 되어 좁은 텐트 안에서 살을 맞대고 잘 수 있겠는가. 다시는 돌아갈 수 없는 영원한 시간 속의 추억이 바로 야영의 추억이다. 그것은 생명이요, 아름다움이다.

 **바짓바람 2년**

치맛바람이란 여인의 긴 치맛자락이 불러일으키는 바람이

다. 이 말 자체에는 어떤 편견도 들어 있지 않다. 그러던 것이 언제부터인가 부정적 뉘앙스를 가진 말로 자주 쓰인다. 여성에 대한 일종의 반감 내지 비하 의식이 스며든 것이다.

한국에서는 자녀 교육을 위해 학교에서 열심히 움직이는 여성을 부정적으로 가리킬 때 그 말을 많이 쓴다. 지나칠 정도로 교육열이 높은 한국 사회이고, 한국 사회에서 자녀 교육은 어머니들의 손에 주로 맡겨져 있으니 그럴 법도 하다. 학교 전체의 발전과 모든 아이의 성공을 위해 뛴다면 그렇게 비꼬지 않을 텐데 자기 아이만 챙기기 때문에, 심지어는 자기 아이를 위해 다른 아이를 희생시키기 때문에 그런 힐난을 받을 것이다.

나는 미국 시애틀에서 2년간 연수하면서 아들 재현이의 학교에서 '바짓바람'을 불러일으켰다. 직장 생활을 하는 아내는 안식년을 맞아 미국에 가서도 자신이 방문학자로 있는 대학에 날마다 출근했기 때문에 재현이를 돌보는 것은 고스란히 내 몫이었다. 재현이가 초등학교 2학년, 그리고 고등학교 1학년 때 각각 1년간씩 시애틀에서 연수했는데, 특히 재현이가 초등학생이었을 때가 바빴다. 거의 사흘이 멀다 하고 나는 재현이 학교를 드나들었다. 그리하여 재현이가 다니던 초등학교의 '이달의 자원봉사자'로도 뽑혔고, 인터내셔널 페스티벌 준비위원장을 맡기도 했다. 나중에는 교육구 학부모회의 한 분과위원회에서도 활동하고, 교육세주민투표통과운동본부의 유일한 유색 인종 위원으로 위촉되기도 했다.

미국에서도 물론 아버지들보다는 어머니들의 참여도가 높다. 그러나 한국처럼 어머니 일색의 참여 분위기는 아니다. 이른바 체면 문화 때문에 아버지가 학교에 드나들지 못하는 일은 없다. 적지 않은 아버지들이 낮이든 밤이든 시간을 내어 참여하고 봉사한다. 어떤 아버지는 수학 시간에 교실에 들어가 교사의 수업을 도와주고, 어떤 아버지는 도서관에서 자료 정리 봉사를 하며, 또 다른 아버지는 학부모회 임원으로 활동한다.

나는 우선 영어가 모국어가 아닌 아이들에게 따로 영어를 가르치는 ESL(English as a Second Language)반에서 봉사했다. <흥부전> 연극 연습을 도와주고, 추수감사절 음식 만들기에도 참여한 것이다. 학부모회 모임에도 빠짐없이 참석하고, 학부모회가 주관하는 크고 작은 행사에서 일역을 맡았다. 봄철 가족의 밤 행사가 끝난 뒤 책걸상을 정리하고, 모금을 위한 걷기 대회에서는 물 당번을 맡았고, 가을철 가족의 밤 행사 때는 호박 조각 작품 심사위원 노릇을 하고, 교장이 주재하는 놀이터 리모델링 회의에도 참여했다. 이런 봉사 체험과 미국 학교 이야기를 내가 운영하는 국내 인터넷 커뮤니티에 자주 소개했고, 그 이야기는 2003년에 『미국 초등학교 확실하게 알고 가자』라는 단행본으로 출간되었는데, 지금도 꾸준히 팔리는 스테디셀러다.

재현이가 고등학교 1학년이 되어 다시 시애틀로 갔을 때는 학교 일에 관여할 것이 그다지 많지 않았다. 그런 중에도 나는 졸업생 댄스파티인 시니어 프롬(senior prom)과 거교적 행사인 홈커밍 댄스파티에 봉사자(chaperon)로 참여했다. 그때 내가 한 일은 아이들이 건물 내 후미진 곳으로 '새지' 못하도록 파티장 곳곳의 출입문을 감시하는 일이었다. 학부모회에도 매달 참여했다. 교육 시민 단체가 주관하는 기금 모금 조찬에도 참석했다. 교육위원회 월례 회의도 참관했다. 재현이는 드러머로서 0교시 밴드 과목 수업을 들었기 때문에 한 학기 내내 7시도 되기 전에 재현이를 학교에 데려다 주기도 했다.

　초등학생 재현이의 방과 후 활동과 여름 캠프 프로그램도 내가 짰다. 월요일 오후에는 아이스스케이팅 레슨, 화요일 저녁에는 실내 축구, 수요일 오후에는 롤러스케이트, 금요일 오후에는 시립 수영장, 토요일 오전에는 실내 축구 시합에 데리고 다녔다. 실내 축구는 가을 종목이었고, 겨울에는 농구로 바뀌었다. 여름 캠프도 농구 교실, 수영장, YMCA에서 각각 주관하는 '노는 프로그램'에 주로 보냈다. 미국에서는 이 모든 곳을 자동차로 다녀야 하므로, 한 주일 내내 아이를 차에 싣고 바쁘게 돌아다녔다. 초등학생 재현이의 전 과목 숙제도 내가 지도했다. 읽기 숙제를 위해 영어 동화책을 매일 밤 읽어주었다. 동네도서관은 재현이와 내가 가장 자주 가는 곳이었다.

미국에도 자녀를 차에 태워 운동 시합을 비롯한 각종 과외 활동에 데리고 다니는 중산층 어머니를 가리키는 '사커 맘'이라는 말이 있다. 자신보다 가족, 특히 자녀를 위해 힘에 부칠 정도로 바쁘게 움직이는 여성으로 매스컴에 비친다는 점에서 한국의 치맛바람과 비슷한 면이 있다. 하지만 미국 학교는 치맛바람도, 바짓바람도 환영한다. 부모가 참여하지 못할 때 아이가 잘못될 수 있다고 본다. ESL반의 학부모를 비롯한 소수 민족 학부모의 참여를 유도하는 것이 미국 학교의 공통 과제다.

재미 한인 사회의 교육열은 한국 사회의 교육열 못지않다. 하지만 한국 학교에서 보는 것과 같은 치맛바람은 거의 찾아볼 수 없다. 영어에 자신감이 없는 것이 한 가지 이유라면, 이민살이가 빠듯한 것이 다른 이유인 듯하다. 그래서 일시 방문자로 온 나의 바짓바람은 재현이의 학교에서 퍽 두드러졌다. 그리고 대환영을 받았다. 그런 환대를 떠나 아이와 함께하는 동안 나 자신이 참으로 기쁘고 즐거웠다. 아마도 그때가 내 인생 최고의 황금기였던 것 같다.

나의 바짓바람 2년은 재현이의 인생에도 적잖은 영향을 미쳤으리라. 아버지의 관심과 사고방식은 어머니의 그것과 다르다. 아버지와 함께 놀며 자란 아이는 어머니와만 지내며 자란 아이와 다를 것이다. 컴퓨터 황제 빌 게이츠는 어린 시절 아버지와의 식탁 대화가 자신의 인생을 빚었노라고 고백한 적이 있다.

『아이의 잠재력을 깨워라』의 저자 래리 곽 박사의 사례도 육아에 참여하는 아버지가 얼마나 중요한지 깨닫게 해준다. 그는 고된 레지던트 시절에도 퇴근하자마자 집으로 달려와 아이의 기저귀를 갈아주고, 목욕시키고, 침대맡에서 책을 읽어주고, 아이의 숙제와 악기 연습을 돕고, 아이의 운동 팀 코치를 맡고, 소풍을 함께 가고, 악기 연습을 지도하고, 시간을 내 함께 여행을 떠났다. 아버지가 한 자녀와만 오붓한 시간을 갖는 일대일 데이트도 했다. 그러면 단지 평소에 해보지 않았던 놀이를 하거나 집에서 마음껏 마실 수 없는 청량음료 한 잔을 사서 마시게 해줬을 뿐인데도 아이들은 크게 즐거워한단다. 그는 "지금 당신의 자녀보다 더 중요한 일이 무엇인가"라고 묻는다. 그는 아이들의 처음 10년 습관이 평생을 좌우하며 부모, 특히 아버지가 이 시기에 자녀의 신체적·정신적·감정적·영적·학문적 잠재력을 깨워주어야 한다고 말한다.

유럽과 미국의 연구 결과에도 아버지가 양육에 참여함으로써 자녀의 행동 장애가 감소하고, 사회연대성이 강화되며, 심리적 건강과 인지 능력이 향상되고, 비행 행동이 줄어들 뿐 아니라 더 적은 소득으로도 더 즐거운 가정생활을 할 수 있게 하는 것으로 나타났다. 이탈리아 시에나 대학의 프란체스카 베티오 교수는 이렇게 말한다.

아빠의 접근법은 아이에게 자율성을 키워준다. 아이가 넘어지든, 놀이공원에서 낯선 아이들과 놀든, 친구 집에서 자고 온다고 하든, 엄마보다 느긋해서 아이가 낯선 세계를 탐험하도록 허용하기 때문이다. 아빠의 스타일이 아이가 세상에서 위기를 맞았을 때 더 잘 대응하게 도와준다.

나의 바짓바람은 한국 귀국 후에는 계속 이어지지 못했다. 몇 차례 학부모 회의에 청일점으로 참석한 적이 있고, 한 학기 정도 재현이 학습을 밀착 지도해보기도 했지만, 곧 중단되고 말았다. 치맛바람이 드센 곳에서 바짓바람을 일으키기가 아직도 부자연스러운 면이 있는데다가 아내가 미국에서처럼 나에게 전권을 맡기지 않았다. 스웨덴 스톡홀름 대학의 아니타 뉘베리 교수는 "가정에서 아빠의 양육 참여를 방해하는 것은 아이러니하게도 엄마인 경우가 많다"라고 말했다. 아이를 좋은 대학에 보내는 몇 가지 조건 중에 '아빠의 무관심'이 들어 있을 정도로 아버지의 육아 참여를 가로막는 진입 장벽이 여전히 한국 사회에서는 드높다.

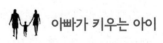 **아빠가 키우는 아이**

일전에 대학 후배 부부를 만났다. 초등학교 4학년과 1학년

아들딸을 둔 엄마와 아빠였다. 나는 기자 출신이어서인지 꼬치꼬치 캐묻기를 좋아해서 이날도 그 부부에게 질문 공세를 펼쳤다. 문답의 핵심 주제는 육아였고, 대화는 그와 나 두 남자 사이에서 주로 오갔다.

그의 아내는 초등학교 교사이기 때문에 낮에는 그가 아이들을 돌본다고 했다. 그는 체육 교육 전공자로서 체육 과목 교원 임용 고시 준비생들을 돕는 학원을 경영하는데, 수업이 저녁에 있기 때문에 낮에 시간을 낼 수 있다는 것이다.

그러다 보니 아이 학교의 학부모 모임 같은 데도 그가 참석하는데 거의 청일점이란다. 그렇게 말하는 그의 태도에는 전혀 어색함이 없었다. 마땅히 해야 할 일을 하고 있고, 비록 아줌마들의 소굴에 아저씨 혼자 들어가는 것이지만, 아무런 문제가 없다는 뜻으로 들렸다.

그런 이야기를 들으면서 그도 참 좋은 아빠이지만, 그의 아내는 더 훌륭한 엄마라는 생각이 들었다. 왜냐하면 대개의 엄마들은 아빠가 낮에 시간이 있어도 그런 데 나가는 것을 썩 반기지 않기 때문이다. 나는 '일하는 엄마들'의 그런 생각이 잘못되었다고 생각한다. 아빠의 육아 참여를 막을 것이 아니라 오히려 적극 장려해야 한다는 것이 내 지론이다. '치맛바람'은 좀 잦아들고 '바짓바람'이 새롭고 거세게 일어나야 한다고 본다.

한국도 이제는 점점 맞벌이 부부가 대세인 사회로 진화하고 있다. 그렇다면 학교 운영 방식도 달라져야 할 텐데, 여전히 학부모 모임이나 학예회 같은 많은 행사를 낮에 하고 있는 것은 왜인가? 교장, 교감, 혹은 평교사들의 생각이 구시대의 패러다임에 계속 갇혀 있기 때문인가? 아니면 맞벌이 엄마가 아니면서 '치맛바람'만 불러일으키는 '기득권' 엄마들의 편의 위주로 학교가 돌아가기 때문인가?

낮에 하는 행사에 일하는 엄마는 시간이 없어 못 가고, 아빠는 시간이 있어도 '학부모=엄마'라는 기존 등식이 지배하는 분위기 때문에 가지 못한다면, 그 피해는 일하는 엄마의 자녀들에게 고스란히 돌아가고 만다. 그러니까 청일점으로도 낮에 하는 학교 행사에 과감히 쳐들어가는 내 후배가 훌륭하고, 그렇게 하도록 허용하는 그의 아내는 더 멋쟁이 엄마인 것이다.

오늘날과 같은 맞벌이 시대에는 육아 문화도 당연히 바뀌어야 하고, 실제로도 바뀌고 있다. 육아가 더는 '엄마만의 일'일 수 없는 것이다. 아빠의 육아 참여가 늘어나야 한다. 다행히도 아이 보는 아빠, 아이 키우는 아빠가 늘고 있다. 아예 육아를 도맡아 하는 아빠도 있다.

인터넷을 검색해보니 정우열이라는 정신과 의사는 만 한 살짜리 딸을 키우기 위해 일을 그만두고 육아에 투신하고 있단다. 기저귀를 갈고 분유를 먹이고 하루 종일 같이 놀다 보면 체력 좋은 아빠도 지치게 된다. 어떤 날은 우울해지기도 하는데 그런 날에 하필이면 아내가 직장 회식으로 늦는다는 것이다. 밤에 아이를 재워도 쉽게 잠들지 않는 날에는 수면 부족에 시달리기도 한다. 그러나 다음 날이면 또 밝은 기분으로 아이와 놀게 된다. 육아는 즐거우면서도 힘든 일이다. 그런 가운데서도 그는 '육아빠의 정신있는 블59'라는 인터넷 블로그를 운영하면서 '아빠 육아 시대'를 선창(先唱, advocating)하고 있다.

나의 지난날을 돌이켜보면 왜 진작에 '아빠 육아'의 중요성에 눈을 뜨지 못했을까 하는 생각이 든다. 한국에서 가장 큰 신문사의 일선 취재 기자로 뛰던 때는 그렇다고 치자. 재현이가 세 살 되던 해부터는 기자를 그만두었기 때문에 육아에 참여할 마음만 먹었으면 웬만큼은 할 수 있었는데도 별로 하지 않았다. 그러다가 재현이가 초등학교 2학년이었을 때 미국에 1년간 연수를 가서 비로소 육아에 뛰어들었다. "늦게 배운 도둑이 날 새는 줄 모른다"라는 속담을 이런 경우에 쓰는 것이 적당한지는 의문이지만, 그 정도로 나는 육아에 적극적이었다. 그해 미국에서는 내가 육아를 전담하다시피 했다. 미국의 초등 교육에 관한 책도 출간했다. 그에 앞서 '송알송알'이라는 어린이 글쓰기 커뮤니티도 개설했다. 그 이듬해 한국으로 돌아와서는 미국에서처럼 할 수 없었고, 그 후 나의 육아 참여는 상황에 따라 심한 기복을 보였지만, 나의 마음 한편에는 늘 아이를 키우는 일에 대한 관심이 자리하고 있었다.

재현이를 여기저기 참 많이 데리고 다녔다. 중학생일 때까지도 그랬다. 오페라, 어린이 영어 뮤지컬, 음악회, 박물관, 도서관, 소방서, 각종 만들기 교실, 수영장, 롤러스케이트장, 아이스스케이트장....... 이론적으로는 세 살 이전에 한 경험은 기억하지 못한다고 한다. 세 살 이후의 경험이라고 해서 다 기억에 남는 것도 아니다. 그러나 눈에 보이지 않는 '영향'은 대단히 클 뿐만 아니라 오래 지속되기도 한다. 그런 다양한 경험은 인간이 노력만으로는 가질 수 없는 어떤 '감각'을 갖게 한다고 전문가들은 말한다.

교육학자이자 부모 교육 전문가인 임영주 박사는 "공부 잘하는 아이보다 사회성 좋은 아이가 행복한 삶을 영위할 수 있다"라고 말한다. 그렇게 말하는 그의 책 제목이 『아이의 사회성 아빠가 키운다』이다. 아이들의 사회성은 어릴 때 아빠와 놀면서 자란다는 것이다. 논리학의 삼단논법을 여기에 적용하면 "아빠와 놀며 자란 아이가 행복한 삶을 영위한다"라는 명제를 도출할 수 있다. 아빠가 키운 아이가 더 행복해질 가능성이 있는 것이다.

그렇다면 아빠의 육아 참여는 아이의 행복을 위한 희생인가. 아니다. 아빠의 육아 참여는 아빠 자신의 행복을 위해 필요하다. 내 경우 언제가 가장 행복했을까 돌아보면 재현이와 함께했을 때가 가장 행복했다. 재현이에게 밤늦도록 책을 읽어줄 때가 제일 행복했고, 재현이와 함께 세 식구가 캠핑 여행을 다녔을 때가 가장 행복했다.

남편들이여, 아빠들이여! 그대는 행복해지기를 원하는가? 그렇다면 오늘부터 당장 육아의 바다에 풍덩 다이빙하라고 권하고 싶다.

 **아버지와 아들**

어느 중앙 일간지의 인터뷰 기사를 보면, 대한성공회 대주교를 지낸 김성수 주교는 팔순이 넘었는데, 그런 그가 불혹(不惑)의 아들과 3년 전부터 말을 하지 않고 지낸다고 한다. 직장을 옮겨 다니는 것이 못마땅하다는 것이다. 성인이 되어 독립된 가정을 이룬 아들에게 지나치게 간섭하는 것 아닌가. 그러나 여기서 나의 관심은 옳고 그름이 아니다. 왜 그럴까 하는 것이다.

그렇다면 딸이 직장을 옮겨 다닌다고 해서 팔순의 아버지가 말도 안 하고 지낼까? 아마 아닐 것이다. 마찬가지로 자식이 직장을 옮겨 다닌다고 해서 말을 안 하고 지내는 어머니가 있을까? 역시 없을 것이다. 김 주교의 사례는 아버지와 아들 사이에서만 있을 수 있는 일이라고 나는 생각한다.

아버지는 아들이 자신을 닮거나 자신이 이루지 못한 일을 이루어주기를 기대한다. 그러한 기대가 어긋날 때 실망감으로 나타난다. 아버지의 아들에 대한 기대는 매우 독특해서 아들이 사춘기를 넘어서까지 지속된다. 딸은 출가하면 그만이지만, 아들은 결혼하고 나서도 아버지의 관심의 안테나를 벗어나지 못한다. 이 점은 아버지의 딸에 대한 기대나 혹은 어머니의 자식에 대한 기대에서는 발견할 수 없는 그야말로 특수한 것이다.

　아버지와 아들의 갈등은, 역설적이지만 아버지의 아들에 대한 사랑과 기대가 지나치기 때문에 생기는 듯하다. 아들만큼 아버지에게 큰 자랑과 만족은 없을 것이다. 심지어는 북한의 김정일과 같은 포악한(?) 자에게도 마찬가지였다. 영화배우이자 남의 아내였던 성혜림과의 사이에서 태어난 첫아이이자 첫아들인 정남(正男)이 얼마나 사랑스러웠던지 "저 엉덩이 좀 보라. 엉덩이가 등짝에 짝 달라붙었지 않아?"라고 탄성을 질렀다고 한다. 그런가 하면 대한민국의 목사들 중에서 가장 존경받는 분 중 한 사람인 고 옥한흠 목사는 장남이 학급에서 '일등'이 아니고 늘 '십일등'을 하는 것이 못마땅했지만, "널 위해서라면 내가 사랑의교회를 그만둘 수 있다"라고 했다. 필생의 업으로 일궈놓은 수만 명 규모의 대형 교회도 아들에 비하면 아무것도 아니라는 것이다. 고 정주영 현대 그룹 회장의 아들 욕심은 특히 유명하다. 혼외 관계에서 생겨난 아이들 중에서 유독 아들들만 집으로 데려왔던 것이다. 모든 자식이 '분신(分身)'이지만 남자의 '분신 의식'은 아들에게서 유난히 강하게 나타

나는지도 모른다.

아버지의 지나친 사랑과 기대가 아들에게는 부담으로 다가올 수 있다. 아들로서는 그 부담에서 벗어나고 싶어 할 터이다. 다시 말하면 아들은 아버지를 극복하고 어른이 되려고 한다. 부자(父子)의 갈등은 아들이 성인으로 변화하는 과정에서 불가피한 통과의례인 것이다. 부자 갈등은 변증법에서 말하는 정반합(正反合)의 삼 단계에서 '반(反)'의 단계에 해당한다. 그러니까 아버지에 대한 아들의 반발은 성장과 발전을 위한 몸부림이요, 진통인 셈이다. 그러한 과정을 거침으로써 아들도 점차 아버지가 되어가는 것이 아니겠는가.

프로이트의 정신분석 이론에서는 부자간의 갈등을 '아버지 죽이기' 혹은 '부친 살해'로 설명한다. 아버지에 대한 아들의 반항은 인간의 가장 근원적인 욕망이요, 심리라는 것이다. 남자와 남자의 극히 원초적인 권력 욕구가 맞부딪치는 측면도 있다. 부자간의 갈등이 곧잘 주먹질이나 칼부림으로 비화하는 것도 바로 그 때문이다.

처음에는 아들의 '영웅'이었던 아버지가 어느 단계부터 죽이고 싶을 만큼 미움의 대상이 된다. '아버지 죽이기'라는 표현이 지나치게 자극적인 것도 같지만, 현실은 그보다도 더 자극적이라는 것이 내 생각이다. 가정 폭력을 일삼는 아버지가 아님에도 불구하고 많은 아들이 아버지에 대해 '살기'를 느끼곤 한다. 내 경우에도 청소년기를 지나는 동안에 '살기'까지는 아니었지만 아버지에 대한 원망이 하늘을 찔렀고, 내 아들 재현이의 나에 대한 감정 역시 불과 얼마 전까지만 해도 '최악'의 수준이었던 것 같다.

아들 재현이의 대학 입시 재수 문제로 한바탕 부자간·부부간 충돌을 경험한 후에 새삼 아버지와 아들의 관계에 관심을 갖게 되었다. 관심을 기울여 자료를 찾아보며 곰곰이 생각하면 할수록 참으로 미묘하고도 신비로운 것이 부자 관계라는 것도 깨달았다. 쉽게 답을 찾을 수 없는 주제이기에 더욱 매력을 느끼며 그 의미를 꾸준히 천착하고 있기도 하다. 한마디로 인류사의 미스터리 중 미스터리가 바로 아버지와 아들의 관계가 아닌가 싶다.

아버지와의 화해 혹은 아들과의 화해는 동서고금의 역사를 통틀어 난제 중 난제다. 소설 『오두막』의 저자인 50대 후반의 윌리엄 폴 영도 "아직도 아버지와 온전히 화해하지 못했다"고 한다. 내 경우도 아버지와의 화해는 했다고 생각하는데, 아들과의 화해는 아직 미완성인 듯하다. 아마도 내가 아들 재현이에게 정식으로 사과해야 할 것 같다. 나의 잘못은 사랑의 관계라는 토대의 구축 없이 옳고 그름만을 따진 데 있다. 정의 없는 사랑은 위선이나 감상에 불과할 수 있고, 사랑 없는 정의는 폭력일 수 있기 때문이다. 어느 기독인의 블로그에 나와 있듯이 절제된 사랑의 훈계만이 아이들을 바른길로 인도한다. 물론 부모는 스스로 부족해도 자녀를 훈육할 권리가 있는 것이지만, '나는 옳은데 너는 왜 그러느냐?'는 독선(self-righteousness)의 덫에 걸리면 안 된다.

부자간의 화해를 돕는 프로그램이 늘어나면서 다양해지고 있는 것은 참으로 다행스러운 일이다. 나도 참여하고 수료했지만, '아빠와의 캠프'와 '아버지 학교'도 그런 프로그램에 속한다. 부자 관계, 부녀 관계, 모자 관계, 모녀 관계는 부모와 자녀 간의 네 가지 양자(兩者) 관계다. 이 중에서 부자 관계는 가장 중요하면서도 가장 문제가 많다. 부자 관계만 개선되어도 사회가 훨씬 더 밝아지지 않을까 싶다. 문예 창작 분야에서도 아버지와 아들을 소재로 한 작품이 더 많이 생산되기를 바란다. '힐링'은 어쩌면 글로써 제일 잘 이루어지는 법이니까.

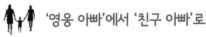 '영웅 아빠'에서 '친구 아빠'로

어린 아들에게 아버지는 영웅이다. 아들은 아버지를 닮고 싶어 하고, 아버지에게 인정받으려고 한다. 아버지의 말도 잘 듣는다.

그러나 아들은 크면서 아버지에게 실망한다. 출세 가도를 달리던 아버지가 어느 날 갑자기 추락하면서 영웅의 반열에서

탈락한다. 나도 예외가 아니다.

　내 책꽂이에는 작은 사진 액자 하나가 놓여 있다. 세 살쯤 된 재현이를 목말 태우고서 두 손을 맞잡아 하늘 높이 쳐들고 있는 사진이다. 내 나이 마흔이 채 안 되었을 때인 것 같다. 내 얼굴에 윤기가 흐르고 머리칼도 까맣다. 그때 이미 내 인생의 날개는 한쪽이 부러졌지만, 그래도 재현이가 아주 어렸기 때문에 여전히 나는 재현이의 영웅이었다. 가끔은 텔레비전 뉴스에도 등장하던 아빠였다.

　재현이가 꼬마였을 때는 내가 어디로 데려가든지 좋아했고 또 잘 따라다녔다. 몇 번은 내가 근무하던 정당의 휴일 당직이었을 때도 재현이를 데려갔는데, 그때마다 재현이에게 그 당사 옆 소방서 구경을 시켜주었다. 큰 사다리차도 있었다. 재현이는 여러 번 보면서도 그때마다 신기해했다. 한번은 내가 편입해 다니던 방송통신대학교에도 재현이를 데리고 간 적이 있다. 그 정당이 제3당이고, 방송통신대학교가 모든 세대에게 개방된 평생 교육 성격의 학교에 불과하다는 것은 전혀 문제가 되지 않았다. 아빠가 일하는 곳은 좋은 곳이었고, 아빠가 다니는 대학은 좋은 학교였다. 페르시아의 13세기 수피즘 시인 사디는 「고아의 슬픔」이라는 시에서 "내가 아빠와 매트에 잘 때는 내가 왕자인 줄 알았네"라고 노래했다. 잘나고 못나고를 떠나 모든 아빠는 아이에게 '왕'인 것이다.

지금 재현이는 여름 방학을 맞아 뉴질랜드로 한 달간 나가 있다. 재현이는 평소에 집에 있을 때면 늘 자기 방 문을 닫아걸고 지내는데 지금은 문이 열려 있다. 한번 들어가 보았다. 벽걸이 미니 게시판에 내가 써준 카드가 하나 꽂혀 있다. 두 해 전 설날에 쓴 카드인데 카드치고는 양면에 걸쳐 글의 양이 많은 편이다. 재현이가 '고3 수험생'이 되는 해여서, 설 명절 가족 모임에도 가지 않았던 날에 격려차 썼던 것 같다.

공부하느라 많이 힘들지?
네가 지치지 않고 네게 주어진 경주를
완주하도록 기도할게.
......
네가 올해 주어진 마라톤 경주를
잘 완주하길 진심으로 기원한다.
하나님이 너와 함께 뛰고 있다.
그 한참 뒤에서 네 엄마와 나와 또또도
뛰고 있고.
사랑한다, 정말로!

이때만 해도 재현이와 나의 관계에 특별한 문제는 없었다. 그런데 왠지 그해에 나는 재현이에게서 마음이 틀어져 버렸다.

가을에 수능 시험 후 재현이가 재수를 하겠다고 했을 때 나는 그만 폭발하고 말았다. 아내는 내게 '다이너마이트'라는 별명을 지어주었는데, 그 별명대로 폭발해버린 것이다. 그 후 아내와 재현이에게 여러 차례 카드와 문자 메시지로 사과했다. 이제는 부자 관계가 거의 회복된 듯하다. 아내와 내가 사소한 언쟁을 할 때면 이제 재현이는 가끔 내 편을 들기도 한다.

그러나 여전히 재현이와 나 사이에 대화는 별로 없다. 대화 없는 부자 관계를 이상하게 여길 수도 있겠으나 크게 걱정할 것은 아니라고 생각한다. 나도 재현이를 대하는 것이 조심스러워 말수가 줄었고, 어쩌다 내가 질문을 던져도 재현이는 "예", "아니요"의 단답식으로 답한다. 사내들끼리라서 그런가?

재현이가 뉴질랜드로 가기 전날, 저녁 약속이 있었는데 취소하고 재현이와 단둘이 밥을 먹었다. 아내는 늦는다고 해서 내가 집에서 저녁상을 차렸다. 냉동고에서 조기 네 마리를 꺼내 그릴에 구워서 재현이보고 두 마리를 먹으라고 했더니, 너무 많다며 한 마리만 먹었다. 사흘 전 휴일 저녁에도 세 식구가 함께 외식했다. 사랑은 시간을 내는 것이라는 이야기가 새삼 실감 났다.

나의 아버지도 내가 아주 어렸을 적에는 틀림없이 나의 영웅이었을 것이다. 그러나 '영웅 아버지'의 기억은 전혀 없다. 그저 '무능한 아버지'의 기억만 있다. 아버지는 시골 동네 아이들에게 가장 인기 있는 '이야기꾼'이었고, 삼대독자 한량(閑良)으로서 농사일을 잘 못했고 열심히 하지도 않았다. 나는 늘 아버지를 원망하는 어머니의 잔소리를 듣고 자랐다. '부자 관계 개선에는 어머니의 역할도 중요'하다는 미주 ≪중앙일보≫의 기사를 읽으며 잠시 어머니를 떠올렸다. 나는 고등학생이 되고 나서야 아버지를 이해할 수 있었다. 나는 죽어도 아버지처럼 되지는 않을 것이라고 다짐하고 또 다짐했지만, 점점 아버지를 닮아가고 있다.

나는 재현이에게 '일그러진 영웅'이지만, 이 모습 이대로 인정받고 싶다. 아버지가 꼭 영웅일 필요는 없다. 영웅인 척할 필요는 더더욱 없다. 내가 그랬듯이 재현이도 언젠가는 나를 이해하리라고 믿는다. 부자간에 서로의 장점을 볼 필요가 있다는 전문가의 조언은 귀 기울일 만하다.

나부터 재현이에게 '영웅'이 아니라 '친구'가 되어야겠다. 한국에서 건설업을 하는 사람들은 아직도 리무진 승용차를 타고 다니며 허세를 부리지만, 아버지는 그럴 필요가 없다. 지금 나에게 주어진 작은 일을 천직이요 소명으로 알고 헌신한다면, 비록 출세하지는 못했지만 충분히 재현이의 롤 모델이 되고 멘토가 될 수 있지 않을까. 이제 아버지라는 이름에 덧씌워진 체면의 굴레를 벗어던져 자유로워지고 싶다.

영국의 한 언론 발표에 의하면 죽기 전에 가장 후회하는 일

중 하나가 "일을 너무 열심히 했다"라는 것이라고 한다. "한 살이라도 더 젊을 때 아내를 위해, 그리고 자식을 위해 무엇이든지 노력해보세요"라는 어느 생명보험 회사 블로그의 조언이 설득력 있게 다가온다.

아버지가 꼭 영웅이어야 할 필요가 없듯이 아들 역시 꼭 영웅이 될 필요가 없다. 재현이가 '성공'한 사람보다는 '성숙'한 사람이 되기를 바란다. 나라고 해서 자식에 대한 '로망'이 없는 것은 아니다. 서양화가 신수희와 피아니스트 신수정 자매와 같은 예술가가 내 가문에서도 배출되었으면 하는 바람이 있다. 그것을 이루는 것도 사람의 노력은 아닐 것이다. 신의 섭리가 있어야겠지?

아버지와 아들, 그 수수께끼 풀기

'아버지와 아들'은 문학작품이나 영화, 드라마, 코미디 프로그램의 단골 주제다. 일찍이 저 러시아의 대문호 투르게네프가 『아버지와 아들』이라는 소설을 썼고, 한국에서도 한승원이 '아버지와 아들'을 주제로 연작 소설을 썼다. 아버지와 아들을 주제로 삼은 텔레비전 드라마도 여러 번 방영되었다.

투르게네프의 1862년 장편 소설 『아버지와 아들』은 원제가 '아버지들과 아들들'이다. 부자간이 아니라 아버지 세대와 아들 세대 간의 이념 대립을 묘사했기 때문이다. 아버지 세대가 이상주의적 자유주의자들이었다면, 아들 세대는 혁명적 민주주의자들이었다. 작품 속의 아버지들은 19세기 초중반 유럽과 러시아를 풍미한 낭만주의 세대로서 귀족적이고 교양 있으며 변함없이 자녀를 사랑하는 아버지들인 반면에, 아들들은 농노제 폐지 후 러시아의 혁명적 사회 분위기 속에서 급진 개혁을 추구한다. 아들들은 '낭만'을 경멸한다. 아버지들이 중시하는 예술과 영혼의 단련에 코웃음을 친다. 이상보다 현실을 중시하는 현실론자들이요, 정신보다 물질을 우위에 두는 유물론자들인 것이다.

주인공인 의대 졸업생 바자로프는 자칭 니힐리스트다. 세상의 모든 가치와 권위를 부정하고, 심지어 인간의 사랑까지 부정한다. 정신의 고귀함을 추구하기보다는 차라리 개구리 해부를 더 좋아한다. 바자로프는 졸업 후 친구의 고향 마을에 잠시 머문다. 그 친구에게는 전형적인 귀족풍의 작은아버지 파벨이 있었다. 바자로프는 파벨과 다방면에 걸쳐 논쟁을 벌인다. 그러면서 파벨이 귀족주의에 젖어 아무런 생산 활동도 하지 않고 탁상공론만 일삼는 것을 혐오한다. 그 후 바자로프는 아버지가 사는 시골로 가서 티푸스 환자의 시체 해부에 입회했다가 실수로 얻은 상처가 악화되어 죽는다.

19세기 후반의 니힐리스트들은 당대를 지배하던 가치들을

'무(nihil)'로 돌리려고 했다. 소설 속의 아들들은 당시의 급진 개혁적 지식인들을 상징하지만, 소설 주인공 바자로프가 갑자기 죽듯이 러시아 사회의 급진 개혁 운동도 실패한다.

작품 속의 세대 갈등은 작가 자신의 집안 사정을 어느 정도 반영한다. 투르게네프는 농노제 폐지론자였다. 투르게네프의 아버지는 기병 장교 출신으로 방탕한 생활 끝에 재산을 노리고 여섯 살 연상의 여지주와 결혼해 투르게네프를 얻었다. 투르게네프의 어머니는 농노를 천 명이나 소유했지만, 추한 용모에 포악한 성격이라서 부부 갈등이 극심했다. 투르게네프는 농노제를 혐오했고, 부모가 죽자 바로 농노를 해방했다. 작가는 부모 세대를 증오했지만, 동시에 아들 세대인 니힐리스트들의 한계도 명확하게 알았던 것 같다.

한승원의 소설은 그보다 한 세기쯤 뒤에 나왔다. 1980년대 한국이 배경이지만, 일제의 침략과 식민지 지배, 그리고 6·25전쟁과 같은 한국 현대사의 비극은 주인공의 가문에 반영되어 나타난다. 1억 원짜리 과수원을 가졌고 출판사 간부이며 시인인 아버지(박주철)를 운동권 대학생 아들(박윤길)은 반동으로 단정한다. 역사의 진보를 위해 제거되어야 할 대상일 뿐이라는 것이다. 친일파나 지주의 아들들이 서로의 아버지를 대신 죽여주기 위해 '살부계(殺父契)'를 조직하는 이야기도 나온다. 작가는 서양 심리학자 프로이트의 '부친 살해' 혹은 '아버지 죽이기', 그리고 오이디푸스 콤플렉스라는 개념을 소설의 상징 장치로 도입했다. 한승원은 1995년에는 아버지를 실제로 죽인 어느 교수를 모델로 삼아『아버지를 위하여』라는 새로운 소설을 발표했다.

서양 문학에서 '아버지 죽이기'는 익숙한 주제다. 서양 문학의 모태인 그리스 신화에서 제우스는 아버지를 제거하고 왕위에 오르지만, 늘 아들의 반역을 의심하며 전전긍긍한다. 도스토옙스키의『카라마조프가의 형제들』에서는 맏아들 드미트리가 아버지를 죽인 범인으로 체포된다. 진범은 사생아인 스메르자코프로 밝혀진다.

그러나 한국의 전통적인 부자 관계를 보면 '아버지 죽이기'와는 정반대다.『한국민족문화대백과』에 나오는 이씨 노인과 아들 삼형제의 야담에서 아버지는 아들들의 출세를 위해 희생한다. 성공한 아들들이 가난한 이웃을 박대하자 엄하게 꾸짖기도 한다. 높은 교육열과 함께 윤리의식이 확고한 아버지다. 아버지에게 혼이 난 아들들도 착하게 살아간다. 부모는 자식에게 인자하고 자녀는 부모에게 존경과 섬김을 다하라[父子有親]는 삼강오륜의 가르침을 따르는 부자 관계인 것이다.

최근의 영화나 드라마에 나오는 부자 관계는 어떠할까. 한국 영화 <런닝맨>의 아버지가 못난 아버지의 전형이라면, 할리우드 영화 <다이하드> 5편 '굿 데이 투 다이'의 아버지는

성공했으나 아들과는 멀어졌던 아버지의 전형이다. 부자 관계
가 아니라 부녀 관계를 다룬 드라마이기는 하지만, <내 딸 서
영이>에서 서영이는 무능한 아버지에게 받은 상처 때문에 아
버지가 죽었다고 거짓말을 하고 결혼할 만큼 철저히 아버지를
부정한다.

　<런닝맨>의 주인공인 아버지(신하균 분)는 절도 전과 4범인
데, 이름 그대로 도주(running)에 능한 '런닝맨'이다. 이제 범죄
세계에서 손을 씻고 제대로 살아보려고 하지만, 세상은 결코
녹록지 않다. 그는 미혼부(未婚父)로서 낳은 고등학생 아들(이민
호 분)과 단칸방에서 둘이 사는데, 사회적으로도 패자(loser)인
그는 아들에게도 무시당한다. 부자는 사사건건 충돌하다가 아
버지가 살인 누명을 쓴다. 도주하면서도 아들에게만은 부끄럽
지 않은 아버지의 모습을 보여주기 위해 사건을 해결하는 과
정에서 아들도 아버지를 돕게 되면서 비로소 부자 관계를 회
복한다. 이 영화는 흥행에 성공했는데 아마도 '영웅'이 아닌
'보통 사람' 아버지의 이야기가 공감을 불러일으킨 것 같다.

　<다이하드> 5편의 주인공인 아버지(브루스 윌리스 분)는 뉴
욕 경찰이고 아들(제이 코트니 분)은 미국 중앙정보국(CIA) 요원
인데, 성장 과정에서의 소원했던 부자 관계로 인해 아들은 아
버지를 미워한다. 아들은 성공함으로써 아버지를 이겨보려고
하지만, 도리어 러시아에서 공작을 하던 중 위기에 처한다. 아

들을 구하기 위해 휴가를 얻어 모스크바까지 찾아간 아버지의 도움을 아들은 처음에는 거부한다. 심지어 자신의 일을 방해하면 쏘아 죽이겠다며 아버지에게 권총을 겨눈다. 부자 관계는 위기 극복 과정에서 회복된다.

한승원의 소설에서 부자간의 거리감이 좁혀지지 않은 채로 남는 것과 달리, <런닝맨>과 <다이하드> 5편에서는 무뚝뚝한 사내들이 결국 화해한다. <다이하드> 5편이 부자 관계의 회복이라는 해피엔드로 관객들의 가슴을 뜨겁게 하듯이, <런닝맨>도 '못난이 아버지'에서 '영웅 아버지'로의 극적인 반전만큼이나 관객들에게 흐뭇함을 선사한다.

<내 딸 서영이>의 아버지(천호진 분)는 '무능한 아버지' 혹은 '나쁜 아버지'다. 서영(이보영 분)의 아버지는 원래 자상하기 그지없었지만, 조기 실직 후 시도하는 일마다 실패하면서 여러 가지 힘든 일을 견디지 못하고 도박에 빠져 가정을 파탄시킨다. 경마장과 도박장을 출입하면서 딸과 아들의 등록금 통장마저 아내 몰래 들고 나가서 노름으로 날려버리고 아내마저 잃는다. 서영은 어머니의 갑작스러운 죽음도 아버지 때문이라고 단정한다. 종영 직전 아버지는 딸과 화해하면서 "나는 절대 내 아버지 같은 사람이 되지 말아야겠다고 결심했지만, 세상 일이 마음대로 안 되더라"라고 고백한다.

<내 딸 서영이>의 평균 시청률은 40퍼센트였다. <런닝

맨>이나 <다이하드> 5편의 인기를 훨씬 능가한다. 무엇이 그
토록 감동을 주었을까. 아마도 시청자들은 서영이 아버지가
바로 내 아버지(혹은 나 자신)이고, 서영이는 바로 나(혹은 내 딸)
라고 느끼지 않았을까? 시청자들의 가슴을 두드렸던 것은 극
중의 러브 스토리가 아니라 서영이와 아버지의 부녀 스토리였
다. 어떤 기사에 의하면 시청자들은 아버지를 부정한 서영이
를 비난하기보다는 공감했단다.

　<개그콘서트>에서는 '아빠와 아들'이라는 코너가 한동안
인기를 누렸다. 두 뚱보 개그맨(유민상과 김수영)의 식탐 개그가
인기를 끌었던 것은 비만을 걱정하지 않고 먹는 것을 즐기는
세태 역행적 풍자가 주는 쾌감도 있었지만, 친근한 부자 관계
를 보여주었기 때문이다. '요리하는 아빠', '엄마 같은 아빠'는
확실히 아버지의 새로운 모델이었다. 그런가 하면 <개그콘서
트>의 또 다른 코너였던 '대화가 필요해'를 보고 난 어느 중학교
2학년 남학생의 아버지는 자신과 아들의 관계가 그 프로그램
의 부자 관계와 비슷했으나 지금은 완전히 회복되었는데, 자신
이 '아버지 학교'를 다녀온 후 먼저 변화했기 때문이라고 썼다.

　『아버지 죽이기』를 쓴 벨기에 출신의 작가 아멜리 노통브는
"우리는 모두 존재하기 위해 아버지를 죽여야 한다"라고 말한
다. 물론 물리적 살인을 말하는 것은 아니지만, 그래도 표현이
지나친 것 아닐까. 젊은이들의 이상은 역사를 밀고 나아가는 힘

이기도 하지만, 거기에는 함정도 있고 위험도 따르고 부작용도 있다. 부자 관계에는 애증이 교차한다. 아들에게 아버지는 모방의 대상인 동시에 극복의 대상이기도 하다. 모방할 것은 모방하고 극복할 것은 극복하면 된다. 일방적 죽이기가 능사는 아니다. 부자 관계를 또 다른 숙명이라고도 한다. 세상의 종말이 오기 전까지는 숙명적인 아버지와 아들의 이야기도 계속되리라.

 ## 다시 아버지를 생각하며

나는 2000년에 수필로 문단에 데뷔하면서 「아버지」라는 제목의 글을 썼다. 그 전해에 돌아가신 아버지를 회상하며 나 자신이 아버지로 살아갈 길을 모색하는 글이었다. 당시 「아버지」 외에도 네 편의 글을 보냈는데 「아버지」와 또 다른 한 편이 당선작으로 선정되었다.

세 분 심사위원의 심사평을 보면 "수필의 기교와 문장의 진실에서 흥이 있었다. 깊이와 논리에서도 날렵하고 더러는 파격적 흥이 흘렀다"라고 칭찬했다. 그러나 행간(行間)을 읽으면 "흥이 있지만 부족하고, 파격적인 측면 역시 미흡하며, 직관보다 설명과 논리가 앞섰다"라는 비평이었다. 기자 출신으로 칼럼 형식의 글을 쓰는 나의 한계를 정확히 짚은 것이었다.

수필은 가장 쓰기 쉬운 문학 장르인 동시에 가장 쓰기 어려운 장르가 아닌가 싶다. 올봄에 서울 남산 '문학의 집'을 다녀왔다. 북한 출신 망명 작가들이 주최한 세미나 참석차 갔다가 행사 후 같은 장소에서 진행 중인 한국 주요 작가들의 초상화 전시회를 보게 되었다. 그중에 원로 수필가 원종성 선생의 초상화도 있었는데, 거기에 "풀 향기 십 리 수필 향기 천 리"라는 글귀가 자필로 쓰여 있었다. 나는 언제 천리향 풍기는 수필을 쓸 수 있을까 하는 자괴감도 일었지만, 동시에 그처럼 높은 경지에 도달하고 싶은 자극도 받았다.

다시 '아버지' 이야기로 돌아오면, 내 아버지는 삼대독자 한량이었다. 그러다 보니 가정 경제에 무관심했고, 그 바람에 어머니와 형들이 고생을 많이 했다. 내 아버지에게서 발견되는 무능 혹은 무책임은 양반 문화의 역기능인데, 그것은 비단 내 아버지에게서만 발견되는 것이 아니다. 북한에서는 지금도 많은 남자들이 집 안에서 체통만 지키고, 여자가 장마당에 나가 식구들의 세 끼 땟거리를 벌어 온다.

시대 변화와 더불어 바람직한 아버지의 모델도 바뀐다. "경제만 책임지면 다른 것은 문제될 것이 별로 없었던 아버지"에서 "돈 버는 것에 더해 가족들과 문화생활, 여가 생활을 잘해야 하는 것은 물론, 가사의 일부까지 분담해야 하는 아버지"로 말이다. 이런 시대에는 전통적인 가부장적 권위 대신에 "민주적이고 사랑받는 가장의 권위"를 추구해야 한다.

「아버지」라는 수필로 문학계에 입문한 지 14년 만에 다시 아버지를 생각해본다. 10년이면 강산도 변한다고 했다. 참으로 많은 것이 변했다. 당시 30대 후반이던 아내도 어느덧 50대에 접어들었다. 20대에는 성가시기 짝이 없다던 '월례 행사'가 이제는 조금이라도 더 지속되기를 바라는 현상으로 바뀌었다. 어쩌면 갱년기 여성의 남편으로 살아남는 법을 나도 배워야 할지 모르겠다.

초등학교 신입생이던 아들 재현이는 어엿한 대한민국의 '진짜 사나이'가 되었다. 대학 1년을 마치고 자진해 군에 입대한 것이다. 어린이의 아버지와 청년의 아버지가 같을 수 없다. 재현이에게 편지를 쓰고 면회를 가면서 전에 아버지로서 잃었던 점수를 만회하려고 안간힘을 써본다. 내가 아버지를 무시하고 원망하다가 아버지를 긍정하는 쪽으로 인식이 바뀌었듯이, 재현이도 나로 인한 상처를 딛고 조금씩 나와 가까워지고 있는 듯해서 여간 다행스럽지 않다. 군대라는 환경은 어쩌면 재현이와 나 사이를 좁힐 수 있는 최적의 환경인지도 모른다. 같은 남자로서 우리 부자는 비로소 새로운 신뢰의 끈을 찾은 느낌이다.

사람은 누군가를 미워하는 동안에 자신도 모르게 그 사람을 닮아간다는 말이 있다. 그와 닮지 않으려다가 반대편의 극단으로 치달음으로써 결국은 같아지고 마는 것이다. 나는 가정 경제에 무책임하고 무능한 아버지를 원망하며 성장했는데, 지금의 내 처지가 아버지와 닮은꼴이다. 정도의 차이는 있지만 나 역시 아내에 의존해 살아간다. 나의 이런 모습이 재현이에게 어떻게 비치고 해석될까. 재현이가 또 나를 닮을까 걱정이다.

14년 전에 나는 '민주적이고 사랑받는 가장의 권위'를 바람직한 아버지상(像)으로 제시했었는데, 지금의 나는 과연 그러한가. 이 질문에 "예"라고 즉답할 자신이 없다.

내 아버지는 무능했지만 권위주의적이지는 않았고 폭력도 행사하지 않았다. 아버지의 육아 방식은 무관심 속에 관심을 갖는 방식이었을까. 아니면 들판에 소를 풀어놓고 키우는 방목형이었을까.

그릇된 열심은 무관심만 못하다. 자칫 좋은 아빠가 되려는 열심이 지나쳐 나쁜 아빠가 될 수 있다. '좋은 아빠 콤플렉스'에서 벗어날 때 오히려 좋은 아빠가 되지 않을까. 어쩌면 내 아버지와 같은 적절한 무관심이 필요한지도 모른다.

늦었다고 생각하는 때가 언제나 가장 빠르다. 독일의 문호 괴테는 "끝이 좋으면 다 좋다(Ende gut, alles gut)"라고 했다. 나에게도 기회는 남았다. 재현이가 군대 생활을 마치고 대학을 졸업하고 장가갈 때까지 잘하는 것이 내 숙제다. 아내와도 남은 생애를 아름답게 살아가고 싶다. 신이여, 부디 나를 도우소서.

재현아, 네가 대학에 입학한 지도 어느덧 한 달이 지났구나.

부모 품을 떠나 멀리 지방에 내려가 불편한 기숙사 생활을 하면서도, 네가 선택한 대학에 만족하면서 즐겁게 캠퍼스 생활을 하고 있다니 나도 그저 기쁘고 감사할 뿐이다.

오늘 이렇게 네게 편지를 쓰게 된 것은 ≪시애틀 문학≫에 보낼 수필로 대안 학교 이야기를 쓰다가, 갑자기 네게 보내는 편지 형식으로 쓰고 싶다는 생각이 들었기 때문이야.

우선은 네가 초등학교, 중고등학교, 대학교를 다 기독교 학교에서 다니게 된 것이 참으로 놀랍다.

거의 모든 미션 스쿨(mission school)이 세상 문화에 압도되어 일반 학교와 별반 다를 게 없어지고만 현실에도 불구하고, 유독 네가 다녔거나 다니고 있는 학교들은 한결같이 근본주의에 가까울 정도로 기독학교의 정체성을 견지하고 있는 곳들이잖아.

나의 경우 서른다섯 살에 세례를 받았지만 '무늬만 크리스천'으로 살다가 세상살이에서 참담한 실패를 경험하고 마흔두 살에야 '거듭난(born again)' 늦깎이 기독교인에 불과하거든. 그런 나의 아들 재현이가 어떻게 '골수 기독학교'에서 거의 모든 학창 시절을 보내게 되었는지 나 자신도 이해가 잘되지 않는단다.

물론 네 엄마의 경우는 모태 신앙이지만, 사실 네 엄마도 사춘기 이후 교회를 떠났다가 결혼 후 임신이 되지 않자 교회로 복귀한 '돌아온 탕자(prodigal son)'라고 할 수 있지.

그러고 보니 너는 엄마의 기도에 하나님이 응답하여 선물로 주신 '기도의 아들'인 셈이다. 그리고 이런 부모 슬하에서 자란 네가 '기독학교 삼관왕'의 타이틀을 차지하게 된 데는 전적으로 하나님의 인도하심이 있었다고 믿는다.

자, 이제 본론으로 들어가서 너의 기독교 대안 학교 시절 이야기를 해보자.

기독교 대안 학교인 '독수리학교'에서 중고등학교 시절을 보낸 것을 너는 어떻게 생각하니?

나의 느낌부터 말하지.

다소간의 우여곡절은 있었지만, 나의 독수리학교 학부모로서의 6년은 행복했다.

네가 한동대학교에 최종 합격했다는 소식을 듣고 나는 바로 독수리학교 교장 선생님과 너의 고3 시절 담임 선생님에게 "잘 가르쳐주셔서 감사합니다", "재현이가 하나님이 세우신 최고의 대학에 입학하게 되어 기쁩니다"라고 이메일을 보냈다.

네가 독수리학교를 졸업하면서 단번에 꿈을 이루지 못하고 재수하게 되었을 때 네 엄마는 많이 슬퍼했는데, 그때도 나는 네 엄마에게 이렇게 말했다.

"여보, 지난 6년간 독수리학교 학부모로서 당신도 무척 행복해했잖아요? 그렇다면 지금은 슬퍼할 때가 아니라 감사할 때라고 생각해요."

독수리학교의 무엇이 나와 네 엄마를 '행복'하게 했는가?

부족하거나 아쉬운 점은 없었는가?

너를 기독교 대안 학교에 보낸 것이 과연 잘한 결정이었는지 돌아볼 때도 있었음을 솔직히 고백하지 않을 수 없구나.

너도 남들처럼 '특목고→명문대'의 코스를 밟을 수 있었는데 그 기회를 부모가 박탈한 것 아닌가.

그리고 너를 세상의 거친 문화 속에서 들풀처럼 강인한 사내로 자라도록 했어야 하는데, 그리하지 않고 기독교 대안 학교라는 '온실 속의 화초'로 키운 것은 아닌가.

졸업식 때 졸업생을 대표해 답사를 써서 읽었던 네 친구가 고백했듯이, '중산층 학교'인 독수리학교 안에서 위화감(違和感)을 느꼈던 아이들도 있었지.

이런 점들은 비단 나만 느꼈던 게 아니고 비기독교인뿐만 아니라 심지어는 적지 않은 동료 기독인들도 비판적으로 언급했던 것들이란다.

그럼에도 불구하고 나는 기독교 대안 학교 학부모로서 만족했다.

너를 그곳에 보내기로 한 결정은 네 엄마가 먼저 했고 나도 전폭적으로 동의했는데, 이 결정에 대해 나는 절대 후회하지 않는다.

네 엄마와 나는 공히 한국의 소위 최고 명문대를 나왔지만, 그것이 결코 행복을 보장하지 않는다는 것은 너도 잘 알고 있을 것이다.

우리가 제대로 된 기독인이라면 우리의 목표는 '성공'이 아니라 '성숙'이며, 너의 성숙에 필요한 모든 것은 독수리학교가 최선을 다해 가르쳤고, 그 점이야말로 기독교 대안 학교의 가장 큰 장점이라고 생각한다.

세상 문화의 흐름을 연어처럼 거슬러 헤엄쳐 올라가는 강한 물고기가 되기 위해 세상 문화에 반드시 젖어봐야 하는 것은 아니다.

오히려 왜 우리는 역류(逆流)해야만 하는지에 관한 가치관을 확고히 하고, 그리고 역류에 필요한 인격과 기술을 함양하고 훈련하는 게 훨씬 더 중요하다고 생각하며, 그 점에서 독수리학교는 최적의 도량(道場)이었다고 확신한다.

중산층 자녀로서 중산층 학교에서 우리보다 힘든 사람들의 아픔을 제대로 헤아리지 못했다면 큰 문제이지만, 그런 측면에서 부족했던 점은 지금부터라도 고치고 갚아나갈 기회가 무궁하다고 생각한다.

만일 누가 독수리학교 같은 기독교 대안 학교로의 진학 문

제를 상담하기 위해 나를 찾아온다면, 나는 잘 선별하여 도전
해보라고 주저 없이 권하겠다.

어떠한 선택에도 위험(risk)과 기회(opportunity)는 있기 마련인
데, 좋은 대안 학교를 택한다면 거기서 얻는 이득(profit)이 손실
(loss)을 상쇄하고도 남음이 있을 것이라고 본다.

독수리학교 6년에 얽힌 숱한 추억들이 주마등처럼 스쳐 지
나가는구나.

수원에서 분당까지 너를 실어 나르던 일, 방과 후 아파트 운
동장에서 축구하던 너와 친구들에게 음료와 아이스크림을 사
주었던 일, 1년간의 인터넷 접속 금지, 6년간의 휴대전화 소유
금지, 지리산 고난 훈련, 캄보디아 단기 선교, 봄가을 가족 기
도회, 아버지 교육…….

아버지 기도 모임에 나가지 못한 것을 비롯해 나 자신의 열
성이 부족했던 것을 이제나마 반성한다.

그리고 박봉에도 아랑곳하지 않고 선교사의 마인드로 '눈
물'을 양식 삼아 학생들을 지도해준 선생님들에게 이 기회를
빌려 감사한다.

또한 너에게, 네 엄마에게 감사한다.

재현아, 사랑해.

2013년 3월 28일 아침
야탑동 아파트에서 아버지 씀

육아의 끝은 어디?

　미국에서는 자녀가 고등학교를 졸업할 때까지만 뒷바라지를 하고 그다음부터는 스스로 살아가게 한다. 자녀들 스스로가 고등학교 졸업 무렵부터 아르바이트를 시작하고, 고등학교 졸업 후에는 집을 떠나 다른 주에서 학교를 다니거나 직장 생활을 한다. 부모로서 자녀 혼사에 들어가는 돈 걱정을 할 필요가 없다. 유산을 물려주지도 않는다. 이런 방식이 꼭 좋은 것은 아닐 것이다.

　한국은 너무나 다르다. 부모들이 너나없이 자녀의 대학 입시에 목을 건다. 마치 대학만 들어가면 더는 신경 쓰지 않을 것 같다. 그런데 그게 아니다. 요즘은 대학생 자녀의 학점까지 챙기는 어머니들도 적지 않다. 대학에서 교편을 잡고 있는 아내에 의하면 대학생 부모가 자녀의 성적 때문에 직접 교수를 찾는 일도 있다고 한다.

　어디 그뿐인가. 자녀의 취업, 결혼, 결혼 후의 살림살이나 부부 관계에까지 간섭하는 일이 비일비재하다. 심지어는 사위를 욕하며 딸에게 이혼을 권하는 어머니도 있다. 육아가 연장되고 있는 것이다. 아니, 육아의 끝이 없는 것이다. 결혼 연령이 점점 높아지면서 육아의 기간도 정비례해 길어진다.

　내가 자랄 때만 해도 그렇지 않았다. 대학에 들어가는 것 자체가 크나큰 특혜였다. 고등학교 졸업생의 다수가 집안 농사일에 투입되거나 공장에 들어가 돈을 벌어야 했다. 그랬기 때문에 대학만 들어가면 그다음부터는 자기 스스로 인생을 설계하고 자력으로 일어서야 했다. 나도 그랬지만, 많은 대학생들이 주경야독했다. 사회 진출 후에도 자기 힘으로 결혼도 하고 집도 장만했다. 말하자면 '홀로서기' 인생이었다.

그런데 나도 아들 재현이에 대해서는 마음을 놓지 못하고 있다. 외동아들이어서 그런지 대학 생활도 걱정되고, 군대에 보내놓고도 이래저래 신경이 쓰인다. 재현이를 챙기는 일은 일차적으로 아내의 소관 사항이어서 내가 직접 개입할 여지는 많지 않다. 그런 중에도 여러 가지로 마음이 쓰여 편지도 쓰고, 직간접적으로 이것저것 챙기게 된다.

지방 대학에 다니는 재현이가 기숙사에 있는 학기 중에는 과일이나 육포 같은 먹을거리를 주문해 택배로 보낸다. 내가 쓴 글도 보내준다. 대학의 학부모 초청 행사에는 해마다 빠지지 않고 참석한다. 학부모 네트워크에도 적극 가담해 정보를 교환하고 학교 발전을 위해 힘을 모은다. 재현이가 다니는 대학은 미션 스쿨로서 유별나게 학부모 참여를 권장한다.

재현이가 지난봄 논산 훈련소에 입소했을 때는 입소식과 퇴소식에 다 갔을 뿐 아니라 훈련받는 5주 내내 편지를 열심히 썼다. 입대 전 불규칙한 생활로 인해 체력이 약해질 대로 약해진

상태에서 입대했던 재현이는 훈련소에서 몸이 아파 응급실에 실려 갈 정도로 힘들어했다. 그래서 더 관심을 쏟지 않을 수 없었다. 아내는 하루도 빠지지 않고 날마다 인터넷 편지를 썼다. 재현이 생활관의 당번병이 인터넷 편지를 재현이에게 전달하러 가면 짓궂은 동기생들이 "또 엄마냐?" 하고 놀렸다고 한다. 나는 인터넷과 육필로 번갈아 가며 편지를 썼다. 『아프니까 청춘이다』의 저자 김난도 교수의 아들이 재현이와 동기생이라서 김 교수가 아들에게 쓴 인터넷 편지 열 통을 읽어보기도 했다. 김 교수처럼 바쁜 사람도 그렇게 열심히 편지를 쓸 정도니, 요즘 부모들의 '열정'을 알 만하다. 재현이가 서부 전선의 최전방 부대로 자대 배치를 받고 나서도 한 달에 한두 번 면회를 간다. 택배로 먹을거리도 보내고 책도 보낸다. 나는 육필 편지도 매주 한 통씩 쓴다. 재현이 부대의 부대장도 카카오 그룹에 대화방을 열어 부모들과 소통한다. 내가 다른 글에서도 썼지만, 어떤 아버지는 매주 면회를 간다. 군대에서 인명 사고가 연달아 터지면서 아내와 나도 늘 마음을 놓지 못한다.

엄마 치마폭에 싸여 사는 아이들을 지칭해 '마마보이'라고 불렀다. 그러나 오늘날에는 특별히 '마마보이'가 아니라도 거의 모든 아이들이 부모의 지속적인 보살핌을 받는다. 어머니가 자기 친구의 아들과 비교하면서 자꾸 잔소리하는 데서 유래한 '엄친아'라는 말도 어머니의 아들 챙기기가 끝이 없다는 것을 보여준다. 도대체 한국 사회에서 육아의 끝은 어디일까?

나로서는 '연장된 육아' 혹은 '끝없는 육아'가 과히 싫지 않다. 대학생인 재현이를 위해, 그리고 군에 입대한 재현이를 위해 아버지로서 할 일이 있다는 것이 기쁘고 좋다. 1박 2일 일정의 재현이 학교 학부모 행사에 시간을 내어 참석하고, 왕복 다섯 시간이 넘게 걸리는 최전방 부대로 면회를 가는 것이 전혀 싫지가 않다. 아버지로서 예전에 잃은 점수를 만회할 기회인 것이다.

자녀에 대한 지나친 관심은 자녀에게도, 부모에게도 바람직하지 않다. 고학력 인텔리 어머니들이 자녀 교육 매니저가 되어 집에만 머물고 취업 전선에 나오지 않으면 국가적으로도 손해다. 육아를 끝없이 연장하는 한국 방식에는 장단점이 있다. 그러나 고등학교만 졸업하면 자기 맘대로 살게 방치하는 미국 방식에도 문제는 있다. 고등학교 졸업 후에도 일정 시기까지는 부모가 독수리처럼 내려다보면서 자녀의 길을 지킬 필요가 있다고 생각한다.

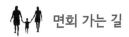 면회 가는 길

요즘 우리 부부의 공통된 낙(樂)은 아들 재현이를 면회하러 가는 일이다. 달랑 세 식구에 재현이가 군에 가고 또또마저 하

늘로 이사 가고 나니, 안 그래도 커서 허전한 집 안이 더 휑뎅
그렁하다. 아내와 나는 둘 다 경상도 사람이어서인지 하루 종
일 같이 있어도 별 대화가 없이 그저 데면데면하다. 아내는 틈
이 나면 텔레비전 앞에서 드라마에 몰입하고, 나는 컴퓨터 앞
에서 끊임없이 무언가를 끄적거린다.

우리 부부도 젊을 때는 많이 돌아다녔다. 재현이가 어렸을
때는 주말마다 놀러 갔다. 그러나 인생 경주의 반환점을 돌고
나서는 그런 행락 열정도 사라졌나 보다. 가끔 영화를 보러 가
거나 찜질방에 가는 것이 고작이다.

이런 우리 부부에게 재현이를 면회하러 가는 일은 여간한 이
벤트가 아니다. 한 달에 한 번, 어떨 때는 한 달에 두 번도 재현
이를 면회하러 간다. 그만큼 재현이가 군대 생활을 힘들어하면
서 부모에게 의지하기 때문이다. 요샛말로 군기가 빡 세다는
최전방 부대에 있을 뿐 아니라 원래 타율적 환경을 견디기 힘
들어하는 성격이어서 제 나름으로는 고생을 단단히 하고 있다.

휴가 나오기 일주일 전 추석 연휴에도 면회를 갔다. 첫 휴가
를 나올 때도 부모가 데리러 가야 한다고 해서 내가 월요일 아
침에 열 일 제쳐놓고 달려가서 태우고 왔다. 다행히 재현이가
배치받은 부대는 서부 전선에 있다. 그래도 승용차로 넉넉히
두 시간 반은 잡아야 하기 때문에 아침 7시쯤이면 함께 집을 나
선다. 먹을 것을 잔뜩 준비해서 차에 바리바리 싣고 부랴부랴

길을 떠난다. 흡사 소풍 가는 기분이다.

고속도로를 달리다가 국도로 바꿔 타고도 한참을 가다 보면, 시내 대로변인데도 좌우에 군부대 팻말이 연달아 등장한다. 마침내 도시를 완전히 벗어나 최전방의 한적한 꼬불꼬불 군도(郡道)를 오르락내리락 하다 보면 우측에 "진정, 평화를 원하거든 전쟁을 대비하라"라는 섬뜩한(?) 구호가 적힌 입간판과 함께 휴전선 철책 부대로 들어가는 길이 나온다. 흔히 '민통선'이라고 불리는 민간인 통제선에 다다르면 보초 근무 중인 재현이 또래의 앳된 얼굴을 한 병사가 나와 우리 부부의 신원과 방문 목적을 확인하고 들여보내 준다. 거기서 다시 2킬로미터 정도를 달리면 재현이 부대다. 끔찍한 사고로 세상을 시끄럽게 했던 문제의 사단에 속한 부대이지만, 나 같은 면회객의 눈에는 모든 풍경이 극히 평화롭기만 하다.

부대 안에 면회 구역이 있다. 그곳에서 끓이고 굽고 부쳐서 두 끼를 함께 먹는다. 소위 영내 면회다. 평소에는 여자 구경하기가 어렵고 사방을 둘러봐야 산이며 온통 국방색으로 칠해진 곳에 모처럼 알록달록한 옷차림이 등장하면서 아연 생기가 돈다. 소풍 식탁마다 도란도란 이야기꽃이 만발한다. 사랑의 열기가 뿜어 나온다. 산바람이 열기를 식히고 지나간다.

석 달에 한 번씩 주어지는 외출과 외박을 할 때는 사뭇 다르다. 과일과 과자류만 챙겨 가서 아침 일찍 재현이를 부대 밖으로 데리고 나온다. 아직 미군 부대가 남아 있는 동두천 시내에서 맛집을 찾아 밥도 먹고 영화도 보고 쇼핑도 하고 찜질방에도 간다. 가는 곳마다 군인을 면회 온 부모, 형제나 '곰신'들과 마주친다. 재현이는 아직 '곰신'이 없다.

아이들은 사춘기가 되면 부모에게서 멀어지기 시작한다. 그때부터 부모는 뒷전이고 친구만 찾는다. 부모와 자식 간에 대화도 잘 되지 않는다. 재현이도 그랬다. 그랬던 아이가 지금은 부모만 찾는다. 아비로서는 잃었던 녀석을 오랜만에 되찾은 느낌이다. 면회가 귀찮지 않고 반가운 이유가 거기에 있다. 비록 21개월 동안이라는 시한부 데이트이기는 하지만, 모처럼 부자간에 모자간에 정겨운 데이트를 하고 있다고나 할까. 재현이는 원래 수도권의 집 가까운 부대에 배치받고 싶어 했지만, 정반대로 최전방 부대에 떨어졌다. 하지만 물리적 거리가 멀어졌을 뿐이고 심리적 거리는 오히려 가까워졌다.

오후 5시가 귀대 시간이다 보니 하루가 금방 간다. 아니, 1박 2일 면회 외박(약칭 '면박')을 나와도 시간은 후딱 간다. 귀대하는 재현이를 안아주면서 "사랑한다. 조심해라"라고 말해준다. 한번은 늦여름 오후에 재현이를 영내 면회하고 나오는데, 노루 한 마리가 길가 밭에서 나와 두리번두리번하며 길을 건너는 것이 아닌가. 두려움으로 가득 찬 노루의 두 눈에 최근 몹쓸 사고로 부모보다 먼저 세상을 떠난 병사들의 얼굴이 오버랩되어 비쳤다.

　내가 군 복무할 때는 유일한 소통 수단이 편지였다. 거기에 가끔 소포가 보태졌다. 나와 나의 '곰신'이었던 아내도 편지로 소통했다. 그때와 달리 요즘 병사들은 훈련 중이 아니면 거의 날마다 부모에게 전화를 할 수가 있다. 가끔은 인터넷으로도 만날 수 있다. 그래도 더 힘이 되는 것은 역시 얼굴을 마주 보고 시간을 함께 보내는 것이다.

　우리 부부가 재현이를 면회하러 가는 길은 사랑의 여정이다. 한 차 가득 실은 것도 사랑이고, 오며 가며 길바닥에 소비하는 것도 사랑이다. 사랑을 싣고 가서 사랑을 먹이고 사랑의 보따리를 풀어놓고 온다. 재현이 부대의 어떤 장병 아버지는 매주 혼자 아들을 면회하러 온다. 어머니들보다도 더 능숙하게 아들과 아들의 전우들을 잘 먹이고 돌아간다. 몸은 산(山)만 하지만 이제 스무 살이 갓 넘은, 여전히 사랑이 필요한 한 사람의 연약한 존재이기에 그 아버지의 사랑은 값진 것이다. 사랑 바이러스가 온 부대에 전염되면 저 끔찍한 사고도 다시는 일어나지 않으리라.

　'면회'라는 단어를 사전에서 찾아보면 "일반인의 출입이 제한되는 어떤 기관이나 집단생활을 하는 곳에 찾아가서 사람을 만나봄"이라고 나온다. 면회의 전형적인 장소는 군대나 감옥인데, 대체로 자유가 없는 곳들이다. 그러나 기실 '진정한 자유'는 군대나 감옥 바깥에도 없다. 보이는 창살이냐, 아니면 보이지 않는 창살이냐의 차이가 있을 뿐 갇혀 있기는 매한가지다. 정도의 차이는 있지만 군대나 감옥 안에 있는 사람도, 밖에 있는 사람도 외롭다. 그런 의미에서 사람은 누구나 '면회'를 필요로 하는 존재다. 최근에야 새삼 확인한 것이지만 아내도, 나도 자주 우울함을 느낀다. 아내와 내가 재현이를 면회하러 갈 때 재현이만 위로받는 것이 아니라 아내와 나도 위로받는다. 나보다 더 힘든 사람이 있다는 것을 앎으로써 자위(自慰)하게 되는 것이다. 혼자 사는 노인들은 군인이나 수감자보다도 더 면회가 필요하다. 누가 과연 그들에게 면회를 갈까?

여섯째 마당

—

자녀 교육을 잘하려면

보는 만큼 자라는 아이들

아이들은 보는 것만큼 자란다. 그렇기 때문에 아이들을 자라게 하려면 무언가를 자꾸만 보여주어야 한다. 아이를 화가로 키우고 싶으면 화가가 되라고 강요할 것이 아니라, 미술 전시회에 데려가야 한다.

이번 주말에는 아이를 어디로 데려갈까? 젊은 아빠와 엄마가 매주 이 질문으로 고민하는 것은 극히 당연하다. 아이들은 무용 공연을 보고 나면 무용가가 되겠다고 하고, 바이올린 연주회에 갔다 오면 바이올린 연주자가 되겠다고 한다. 딸을 둔 어느 미국인 아빠에게서 "내 딸은 여섯 달마다 꿈이 바뀌어요"라는 이야기를 들은 기억이 난다.

미국 시애틀에 첫 번째로 1년간 연수 갔을 때 동네 신문을 열심히 보았다. 아이를 데려갈 만한 이벤트를 찾기 위해서였다. 당시 아들 재현이가 초등학교 2학년이었기 때문에 재현이의 나이에 맞으면서도 무료이거나 저렴한 행사를 찾기 위해 신문의 구석구석을 샅샅이 훑었다. 한번은 우리가 살던 시애틀 북쪽 작은 도시의 박물관에서 진행하는 만들기 프로그램에 재현이를 데려갔는데, 참여자가 재현이밖에 없어 일대일 교습을 받는 특혜를 누렸다.

『백만 불 장학생 엄마 되기』라는 책이 있다. 저자는 나의 '여성' 친구다. 첫딸과 그 밑의 아들이 각각 미국 유명 사립대학의 전액 장학생으로 입학한 데 이어 막내(딸)가 하버드 대학 전액 장학생으로 입학했을 뿐 아니라 빌 게이츠 재단에서 박사 학위 취득 때까지 주는 장학금을 받았으니, '백만 불 장학생'의 엄마인 것이 틀림없다.

그 재미 교포 엄마의 육아법은 특별한 것이 없다. 다만 아이들을 여기저기 많이 데리고 다녔을 뿐이다. 그럴 수밖에 없는 것이 일찍이 남편이 사기 사건에 휘말려 가출해버린 가운데 혼자서 세 아이를 키웠으니, 아이들을 명문 사립 초등학교, 중고등학교에 보내거나 고급 레슨을 시킬 수가 없었다. 그저 박물관과 도서관을 매주 데리고 가고, 연주회와 미술전을 함께 다녔을 뿐이다. 이른바 엄마와 함께하는 현장학습이었다.

그런 현장학습이 아이들에게는 무언가에 도전하고 싶은 욕구를 불러일으켰다. 아이들 스스로 하고 싶은 마음이 생기도록 분위기를 만들어준 것이 엄마가 한 일이었다. 아이들은 눈으로 보고 귀로 들으며 많은 경험을 쌓았다. 앞서 「아빠가 키우는 아이」라는 글에서 언급했듯이 아이들은 자기가 갔던 모든 행사를 다 기억하지 못하지만, 그렇게 행사를 돌아다니는 사이에 어떤 '감각'이 생긴다고 전문가들은 말한다.

그러나 '일하는 엄마'인 아내가 짜놓은 사교육 스케줄로 인해 현장학습은 자주 우선순위에서 뒤로 밀리곤 했다. 아이도 사춘기에 접어들면 잘 따라다니려고 하지 않는다. 그런 가운데에서도 나는 기회만 되면 재현이를 어딘가로 데리고 가거나 보내려고 했다. 어떤 때는 재현이 친구들을 같이 데리고 가거나 재현이를 친구들과 함께 캠프에 보내기도 했다.

예를 들면 북한 정치범 수용소를 다룬 뮤지컬 <요덕스토리>에는 재현이 친구들을 함께 데려갔고, 강원도 태백 삼수령 목장에서 열렸던 '노동학교' 4박 5일 캠프에는 재현이를 친구들과 함께 보냈다. 어느 휴일 경기도 박물관에도 재현이 친구들과 같이 가서 다산 정약용 선생의 기중기를 보고 맛있는 점심을 사 먹은 기억이 난다. 그런가 하면 수원에 살 때 여주까지 두 시간이나 운전해 전통 목공예 박물관에 가기도 했다. 아빠와 아들의 단둘이 데이트였다. 이제는 어느덧 재현이도 수염이 나서 날마다 면도하는 나이가 되었으니 그런 부자만의 여행은 꿈같은 추억이 아닐 수 없다.

　미국 시애틀에 두 번째로 1년간 연수 갔을 때는 재현이가 고등학생이었기 때문에 많은 곳을 가지는 못했다. 그러나 나의 수첩에는 항상 재현이를 데리고 갔으면 싶은 이벤트 목록이 매주 빼곡하게 차 있었다. 성탄 시즌에 오페라 하우스(McCaw Hall)에서 공연하는 뮤지컬 <호두까기 인형>은 재현이가 초등학생이었을 때 이미 보았지만, 고등학생이었을 때 다시 보았다. 마치 동화 나라와도 같았던 환상적 무대를 잊을 수 없다. 시애틀 심포니의 전용 홀인 베나로야 홀에도 가서 익살스러운 클래식 음악 연주회를 감상했다. 나는 특별히 인디언들에 관심이 많아 인디언 전통 예술 공연과 축제에도 재현이와 아내를 데리고 갔다. 인디언 공연은 다소 지루했지만, 한 번은 꼭 볼만했다.

　내 덕분에 온 가족이 '문화 사치'를 부린 측면도 없지는 않지만, 내가 가자고 하는 곳이 너무 많아 아내가 짜증을 낼 정도였다. 궁벽한 산간 마을에서 자란 나는 늘 문화 결핍증에 걸려 있었고, 그래서 아내와 재현이를 문화 행사에 많이 끌고 갔는지도 모른다. 재현이는 미국에서 학교를 다니던 초등학교 2학년 때 영어로 쓴 글에서 "나의 아빠는 나를 재밌는 곳에 많이 데려다주었다"라고 말했다. 그것이 재현이의 진심이라면 나의 '성가신' 현장학습 몰이도 보람이 있는 셈이다.

재현이의 꿈도 많이 바뀌었다. 가장 최근에는 대학교 신입생으로서 한 학기를 지내고 나더니 법학 공부에 관심을 표했다. 전공을 자유로이 정할 수 있는 대학이기는 하지만, 이과로 입학한 아이의 관심치고는 놀라웠다. 재현이의 꿈을 드라이브(drive)해가는 많은 요인 중에는 어린 시절 현장학습의 영향도 분명히 있을 것이라고 믿는다. 아이의 삶에 무언가 영감(inspiration)과 통찰력(insight)을 줄 수 있는 곳에 아이를 데리고 가라고 권하고 싶다. 다양한 투입(input) 요소가 아이의 필터에서 걸러져 아름다운 열매(output)를 맺을 것이다. 『백만 불 장학생 엄마 되기』의 저자가 말했듯이 부모는 단지 아이의 꿈을 형성해주는 분위기 메이커일 뿐이다.

 도서관에서 자라는 아이

대한민국은 학원 공화국이다. 오늘 아침 신문에는 불황에 교육비가 줄고 대학수학능력시험이 쉬워지면서 사교육 1번지에서도 폐업하는 학원이 늘어난다는 보도가 났지만, 좀 과장해서 말하자면 한국에서 먼저 망할 것은 학교이지 학원은 아니다. 내 아들 재현이도 중고등학교 6년 동안은 기독교 대안 학교를 다니면서 학교 방침에 따라 학원을 다니지 않았지만, 지금은 대입 재수 종합 학원에 다닌다. 매우 안타까운 현실이지

만 한국의 많은 아이들이 학원에서 자란다.

바람직하기는 아이들이 도서관에서 자라는 것이다. 요즘은 도서관에도 컴퓨터가 많아서 아이를 도서관에 데려다놓아도 책을 보지 않고 컴퓨터와 놀고, 각종 시험공부를 하는 사람들이 도서관을 점령해 도서관이 고시원 내지 독서실로 변질되고 그래서 자리를 잡으려고 줄을 서서 기다리기도 하지만, 그래도 도서관은 학원과 다르다. 물론 아이를 학원에 보내는 것이 명문 학교 진학에는 더 효율적이겠지만, 아이의 인성과 지성과 영성의 삼위일체적 함양을 생각하면 역시 아이들은 도서관 문화를 먹고 자라야 한다. 미국의 '컴퓨터 황제' 빌 게이츠도 회의석상에서 "내가 살던 마을의 작은 도서관이 나를 만들었다"라고 말했다. 그도 '도서관에서 자란 아이'였던 것이다.

도서관은 단지 책을 대출하고 반납하고 열람하는 곳이 아니다. 정보를 검색하고, 토론하며, 아이와 학부모를 위한 다양한 강좌를 듣고, 각종 행사나 축제로 동네 사람들이 함께 즐기는 복합 문화 공간이다. 미국에 연수 가서 2년간 살면서 보고 느꼈던 도서관은 그러했다. 한국은 좁은 땅에 너무 많은 사람이 모여 살아서 그런 꿈을 꾸기가 쉽지는 않지만, 불가능하지도 않다. 한국에서도 최근 많은 동네 도서관이 재밌는 기획과 서비스와 프로그램으로 아이와 학부모의 사랑을 담뿍 받는 공간이 되었다. 동네 사람이나 회사원이 자기 집에서처럼 마음대로 책을 뽑아 볼 수 있도록 아파트나 회사, 주민 자치 센터 같은 곳에 독서 공간을 확보하는 작은 도서관 운동도 활발하게 벌어진다. 그런가 하면 두메산골과 섬마을에서는 학교 도서관을 개방해 주민들이 함께 이용하는 학교 마을 도서관 운동도 일어나고 있다.

동네 도서관에 가보면 젊은 엄마들이 늘 아이들을 데리고 와서 함께 책을 읽는다. 대형 서점에 가도 비슷한 장면을 목격한다. 세상에서 가장 아름다운 풍경이다. 나는 여기서 대한민국의 밝은 미래를 읽는다. 그 엄마들이 지나친 교육열과 과열된 입시 경쟁의 탁류에 휩쓸려 어느 순간 아이를 학원에 맡겨버리지 않고 계속 도서관에서 자라게 해주기를 간절히 기도한다.

내 경우는 초등학교 2학년이던 재현이를 데리고 미국에 1년간 연수 갔을 때 재현이와 함께 동네 도서관에서 살다시피 했다. 이웃집에 살던 미국인 할아버지가 나를 도와주겠다면서 맨 처음 한 일이 나를 동네 도서관에 데려가서 대출증을 만들어준 것이었다. 마침 재현이 학교에서 매일 읽기 숙제로 하루에 15분씩 영어 책 읽어주는 숙제를 냈기 때문에 동네 도서관을 내 집처럼 드나들었다. 도서관에서는 아이들이 매일 20분씩 20일간 책을 읽고 부모의 서명을 받아 오면 새 책 한 권을 골라 가지게 하고, 어린이를 위한 만화 그리기 강좌와 10대들을 위한 월례 독서 토론 같은 다양한 프로그램을 제공했다. 도서관은 지역사회(community)의 빼놓을 수 없는 부분이다.

한국에 돌아와서는 재현이가 초등학교 4학년 때까지 거의 매일 밤 책을 읽어주었다. 재현이의 교육은 아내가 도맡았고, 아내는 직장 생활로 바쁘기 때문에 재현이는 학원 공부와 과외 공부로 많은 시간을 보냈다. 내가 할 수 있는 일이라고는 재현이를 가끔 도서관에 데려가고 함께 책을 빌려 오고 밤에 책을 읽어주는 것뿐이었다. 책을 읽어주면 재현이는 무척 재미있어했다. 너무 오래 읽어주느라 목이 아프고 졸려서 힘들 때도 있었지만, 재현이를 키우면서 가장 보람 있었던 때도 그때였지 싶다. 책 읽어주는 재미만 생각하면 지금이라도 아이를 하나 더 낳거나 입양해 키우고 싶을 정도다. 많은 부모들이 자녀들에게 책 읽어주던 때를 그리워하는데, 자녀가 어느새 훌쩍 커버려 다시는 그때로 돌아갈 수 없기 때문이다. 문정희 시인은 "우유 입에 넣어달라고 밤낮으로 보채던 한 살배기 아들은 잠깐 조는 사이 장딴지가 미루나무처럼 단단한 사내가 되었습니다"라면서 "이제 다시 네가 좋아하는 『로빈슨 크루소』를 읽어줄 수만 있다면 밤새도록 난 네 곁에 앉아 있을 텐데"라고 아쉬워한다.

그런데 재현이가 어느 순간부터 책을 읽기 싫어하는 것이 아닌가. 그 전부터도 비디오나 게임을 즐기기는 했지만, 갑자기 책을 거부하게 될 줄이야 꿈에도 상상하지 못했다. 두메산골에서 자라면서 책이 없어 못 읽었지, 책만 보면 닥치는 대로 읽어치웠던 내 생각만 했던 것이 잘못이다. 재현이는 이제 책이라고는 만화책만 보려고 했다. 서울 어느 고등학교의 사서 교사는 "대부분의 학생들은 주로 판타지, 무협, 만화 등의 책을 읽는데 그치고 말기 때문에 독서 교육을 통해 다양한 분야의 책을 읽을 수 있도록 유도해야 한다"라고 말한다. 내가 대학에서 강의하면서 만난 어느 남자 대학생은 대학교에 들어오기 전에 무협지를 만 권 이상 읽었다면서, 그나마 그 덕분에 대입 수능에서 언어 점수를 잘 받았다고 말했다.

만화만 보는 재현이를 위해 내가 할 수 있는 일은 무엇이었을까. 나는 할 수 없이 동네 도서관 서너 군데에 나와 아내, 재현이의 대출증을 만들어서 학습 만화를 빌려다 주었다. 거의 매주 스무 권 정도를 몇 년간 빌려다 주었다. 아이들을 위한 만화책이 그렇게 다양한 줄은 그때 비로소 알았다. 동서고금의 위인전은 물론이고 셰익스피어의 4대 비극을 비롯한 세계 문학과 한국 문학, 전쟁 이야기, 그리고 학교에서 배우는 과목마다 학습에 도움 되는 내용이 만화로 나와 있었다. 내 딴에는 신경 써서 만화책을 골랐고 재현이는 신나게 읽어주었다. 그렇게나마 다양한 지식이 재현이의 머릿속에 채워지면 그것이 재현이 한평생 삶의 자양분이 되리라고 기대했다.

재현이가 고등학교 1학년일 때 다시 미국에 1년간 연수 갔는데, 그때 재현이는 미국 공립 고등학교 도서관에서 방과 후 시간을 좀 보냈다. 귀국 후에는 대학 입시를 준비하면서 동네 도서관에 한동안 다녔지만, 책을 보는 것보다는 독서실로 이용했다. 앞으로도 기회는 있다. 대학에 들어가서도 도서관과 가까이 지낸다면 그의 인생은 매우 풍요로워질 것이 틀림없다. 대학 졸업 후 사회에 나와서도 마찬가지다. 도서관과 함께하는 인생은 윤택하고 향기롭다. 재현이의 남은 인생에 늘 도서관 천사가 동행했으면 좋겠다. 맹자의 어머니는 자녀의 앞날을 위해 세 번이나 이사를 했다는데, 한국 사람들도 좋은 학군과 아파트 값 오를 곳만 찾아다니지 말고 좋은 도서관 옆으로 이사하면 어떨까. 도서관에서 자라는 아이는 마치 양서(良書)처럼 좋은 성품의 사람으로 성숙할 것이다. 대한민국은 도서관에서 자란 사람이 이끄는, 크고 작은 도서관이 많은 나라가 되었으면 좋겠다. 우리 아이들을 '학원 아이'가 아닌 '도서관 아이'로 키우자.

 글 잘 쓰는 아이로 키우려면

아이가 초등학교 3학년에 올라갔을 때의 일이다. 첫 학급 학부모회에 참석했다. 아빠는 나밖에 없었다. 선생님이 일기 쓰기 숙제에 대해 말하자, 몇몇 엄마들이 독후감 쓰기도 숙제로

내달라고 했다. 내가 나서서 독후감 숙제를 따로 내주지 말고 일기를 쓸 때 일주일에 한두 번은 독후감 일기를 쓰게 하자고 대안을 제시했다.

나의 의도는 아이들에게 독후감으로 일기 쓰는 법을 익히게 하는 데 있지 않았다. 쓰기 숙제를 가급적 줄이는 것이 나의 목표였다. 일기든 독후감이든 결국은 부모가 거의 써주다시피 할 수밖에 없기 때문에 그 고된 짐을 조금이라도 덜고 싶었다. 당시 아이의 담임 선생님은 일기를 한 쪽 꽉 채워서 쓰라고 했는데, 내가 아이를 데리고 일기를 쓰게 해보니 한 시간이 넘게 걸렸다. 그것은 숙제가 아니라 숙제 전쟁이었다.

많은 부모가 쓰기 조급증에 걸렸다. 글을 아는 것(literacy)은 곧 쓸 줄 아는 것이라고 여긴다. 나아가 잘 써야 좋은 대학에 들어가고 유능한 사람이 된다고 생각하는 것 같다. 논술 학원이 성업하고 저명 논술 강사가 뜨는 이유가 거기에 있다. 쓰기가 중요한 것은 맞다. 잘 쓰면 좋은 성적을 받는다. 명문 대학 입학시험의 당락은 논술이 가른다. 회사에서는 기획서를 잘 쓰는 사원이 유능한 사원이다.

문제는 쓰기를 지나치게 강조한 결과 그에 못지않게 중요한 다른 것들을 경시하게 된다는 점이다. 사람이 살아가면서 많이 하는 순서대로 열거하면 듣기, 말하기, 읽기, 쓰기다. 이 네 가지가 어우러진 것이 소위 의사소통(communication)이다. 대인관계에서 의사소통을 막힘없이 잘하려면 우선 잘 듣고, 자기의 생각을 조리 있게 말하고, 많이 읽어야 한다. 쓰기는 그다음이다.

학교교육이나 가정교육에서 쓰기만을 능사로 여길 일이 아니다. 쓰게 했으면 발표하게 해야 한다. 발표 후에는 질문을 받고 답하게 해야 한다. 쓰기 숙제를 부모가 거지반 해주고, 학교에서는 발표도 시키지 않고, 심지어는 첨삭 지도도 제대로 하지 않은 채 검사했다는 서명만 해서 돌려보낸다면 무슨 의미가 있겠는가.

미국 교육 방식 중에서 한국에 들어와 실패한 대표적인 것이 수행 평가, 즉 프로젝트 수업이라고 한다. 수행 평가의 목적은 학생의 적용력과 기획력, 창의성을 기르는 데 있을 것이다. 이 방식이 효과를 보려면 발표(혹은 실행), 질의응답, 평가가 반드시 뒤따라야 한다. 그래야 숙제를 자기가 했는지, 누가 대신 해줬는지도 알 수 있다. 한 반이 보통 서른 명이 넘는 한국 현실에서 발표와 질의응답을 다 하기란 어렵다. 교사가 일일이 평가해주기에도 벅차다. 미국에서는 대개 한 반이 스무 명 남짓이지만, 프로젝트 숙제를 내줄 때는 필수 과제로 내주지 않고 선택 과제(voluntary project)로 내준다. 해도 되고 안 해도 되는 것이다. 하면 특별 학점(extra credit)을 받는다.

쓰는 방법을 제대로 가르쳐주지도 않고 쓰기 숙제부터 내는 것도 문제다. 아이들은 무엇을 어떻게 써야 하는지도 잘 모르면서 숙제니까 마지못해 글을 쓴다. 글쓰기가 즐거울 리 없다. 일기 검사는 아이들에 대한 인권 침해라는 국가인권위원회의 판정도 나왔다. 독후감 쓰기 싫어서 책을 읽지 않겠다는 아이들까지 있다. 교사나 부모 자신은 정작 일기나 독후감을 쓰지 않으면서 아이들에게만 강요해서도 곤란하다.

아이들의 일기장을 보면 늘 그 얘기가 그 얘기인 경우가 많다. 아침에 일어나 세수하고 학교 다녀와서 다시 학원에 갔다 왔다는 것이다. 일기를 쓰는 다양한 방법을 일러주지 않은 채 일기 쓰기를 강요하다 보니 그렇게 되는 것이 당연하다. 일기는 여러 가지로 쓸 수 있다. 그 날의 일과 외에 주제를 정해서 글을 써도 된다. 동시를 써도 좋고 그림을 그려도 되며 만화를 그릴 수도 있다. 편지로도, 독후감으로도 쓸 수 있다. 일기의 앞부분은 아이가 엄마에게 편지를 쓰고, 뒷부분은 엄마가 답장을 써서 완성해도 좋다. 그 반대로도 가능하다. 실제로 김대중 전 대통령은 1980년대 가택 연금 시절 셋째 아들 홍걸의 일기장에 '독후감'이라고 하여 일기를 읽고 난 느낌을 적었고, 그 내용이 나중에 시사 잡지 기사로 보도되었다.

미국 학교에서는 일기를 다이어리(diary)라고 하지 않고 저널 (journal)이라고 한다. journal을 사전에서 찾아보면 '일지, 일기'라는 뜻 외에 '신문, 잡지'라는 뜻도 있다. 저널은 일기의 내용과 형식을 확대한 것이라고 생각하면 될 것 같다. 이 저널 쓰기를 미국 학교에서는 숙제로 내주지 않고 수업 시간에 하게 한다.

또한 초등학교 저학년들에게 일기나 독후감 숙제를 내지 않는다. 그 대신 읽기 숙제를 낸다. 예를 들면 초등학교 1학년은 하루 15분, 2학년은 30분 동안 책을 읽고 무슨 책을 읽었는지 부모의 서명을 받아 오게 한다. 아이가 스스로 책을 읽어도 되고, 부모나 형제자매가 아이에게 읽어주어도 되고, 거꾸로 아이가 부모나 형제자매에게 읽어주어도 된다.

미국 초등학교에서는 국어(미국이니까 영어) 책 자체가 이야기 모음, 즉 일종의 동화집이다. 초등학교 2학년 국어 교과서가 400쪽 넘는 책 두 권이다. 이야기마다 독후감을 쓰게 할 수도 있지만, 저학년 단계에서는 그렇게 하지 않는다. 이야기의 제목, 지은이, 가장 재밌는 단어, 그리고 말하고 싶은 점(comments) 한두 줄을 쓰게 하는 숙제만 내준다. 그 대신에 저학년 때부터 발표 기회를 많이 갖는다. 나눔(share)의 시간이라고 하여 각자가 친구들과 나누고 싶은 이야기를 3분간 구두로 발표하고 세 명의 아이들에게서 질문받는 시간을 연중 갖는다. 쓰기만 강조하기보다는 의사소통 능력 전반을 향상시키는 것이다.

사실 초등학교 저학년들이 독후감을 쓰기란 결코 쉽지 않다. 더욱이 줄거리를 쓴다는 것은 대단히 어렵다. 솔직히 어른들도 줄거리를 잘 못 쓴다. 대학원생들에게도 요약 숙제를 내주면 제대로 해오지 못한다. 독후감은 책을 읽고 난 느낌을 적는 것인데, 거기에 반드시 줄거리를 포함하도록 하는 것도 문제다. 독후감이나 기행문은 줄거리나 여정 소개보다는 느낌이 재밌다. 독후감이나 기행문에서 느낌이 분명하게 살아 있지 않으면 자칫 죽은 글이 되기 십상이다. 독후감 이전에 독서 토론을 강화하는 것이 바람직하다. 각자의 생각을 나누는 과정에서 많은 것을 서로 가르치고 배울 수 있다.

내 아이를 글 잘 쓰는 아이로 키우려면 어떻게 해야 할까. 흔히 글을 잘 쓰려면 세 가지를 많이 해야 한다고 한다. 소위 삼다(三多)의 원리다. 중국 송나라의 문인 구양수(歐陽脩)는 다작(多作), 다독(多讀), 다사(多思)를 강조했다. 많이 쓰고, 많이 읽고, 많이 생각하라는 것이다. 혹자는 다문(多聞), 다독(多讀), 다상량(多商量), 즉 많이 듣고, 많이 읽고, 많이 생각하라고 하기도 한다. 여기서 공통적으로 강조된 것이 많이 읽기다. 많이 읽어야 잘 쓸 수 있다. 많이 읽고 토론하다 보면 생각의 가닥이 잡히고 잘 쓸 수 있는 것이다. 글 잘 쓰는 아이로 키우려면 많이 읽게 하고 많이 대화하게 하라고 권하고 싶다.

 아빠의 성교육

한국을 비롯한 아시아 각국 사람들은 교육열이 높기로 유명하다. 그것은 나쁜 것이 아니다. 부작용이 없는 것은 아니지만,

기본적으로는 긍정적인 것이다. 왜냐하면 자본주의 사회는 개인이 자신의 능력과 노력과 책임으로 살아가는 사회인데, 이러한 사회에서 생존하려면 교육은 필수적이기 때문이다.

미국의 오바마 대통령이 미국인들에게 "한국의 교육을 본받자"라고 말했을 때도 나는 한국 학부모의 교육열을 좋게 말한 것으로 받아들였다. 오바마는 특히 자신과 피부색이 같은 흑인들에게 "우리 미국 흑인들도 한국 아버지, 어머니처럼 자녀들을 열심히 교육시켜서 자립할 수 있게 하자"라고 호소했다고 본 것이다.

그런데 한국 학부모의 자녀 교육에서는 한 가지 빠진 것이 있다. 바로 성교육이다. 유교 문화가 뿌리 깊은 한국에서 대개 부모들은 '성'에 대해 말하기를 꺼린다. 학교와 시민 단체에서 성교육을 하기는 하지만, 점점 더 성에 일찍 눈을 뜨는 아이들의 속도를 따라가지 못한다. 그러다 보니 아이들은 비공식적인 경로를 통해 부정확한 '성 지식'을 얻게 되고, 잘못된 '성 관념'도 형성하게 된다. 많은 아이들이 포르노에서 성을 배운다.

바른 성교육을 위해서는 부모가 나서야 한다. 한국에서는 자녀 교육을 어머니들이 도맡고 있으니까 성교육도 어머니들이 할 수 있다. 딸은 물론 아들에 대한 성교육도 어머니가 한 사례가 있다.

재미 교포 1.5세가 미국에서 출간한 『꿈꾸는 청춘(A Gift of

Dream, Love & Work)』이라는 책을 보면 이런 이야기가 나온다. 미국 로스앤젤레스에 사는 중학교 졸업생 이 데이비드 군의 어머니는 현지 한국일보사가 주최한 우수 학생과 학부모 초청 좌담회에서 자신이 아들에게 성을 가르친 일화를 다음과 같이 소개했다.

이성에 관한 문제로 머뭇거리며 상의해왔을 때 솔직히 무척 당황했습니다. 친구들이 성인 잡지들을 숨겨놓고 보는데 자신은 숨기고 싶지 않으며 언젠가 봐야 할 것이라면 지금 봐도 괜찮지 않겠느냐는 것이었죠. 한 달간 생각해보겠노라고 말해놓고 결국 보긴 보되 엄마와 함께 보자는 대답을 줄 때까지 얼마나 고민했는지 모릅니다. 그 이후 잡지를 함께 보며 성의 신비를 모두 가르쳐주며 철저한 성교육을 시켰답니다.

사실 아들 성교육을 엄마가 시키기는 쉽지 않다. 내 아내도 재현이의 다른 모든 교육을 책임지면서도 성 문제만큼은 가르치기를 부담스러워했다. 재현이는 이미 초등학교 4학년 때 내 휴대전화를 갖고 놀다가 무선 인터넷에 접속해 음란 사진과 동영상을 다운로드한 적이 있다. 중학생이 되어서는 마스터베이션(masturbation)을 하게 되면서 집에 있는 컴퓨터로 인터넷 음란물에 접속했고, 그것을 아내가 알게 되었다. 그 단계가 되자 아내는 자신이 감당할 수 없는 문제라며 나에게 '구조(SOS)' 신호를 보냈다. 그래서 나는 재현이를 앉혀놓고 마스터베이션은 해도 좋지만 너무 자주 하면 안 되고, 가능하면 음란물을 보지 말고 하라고만 말해주었다. 성적 욕구는 극히 자연스러운 것이므로 청소년기의 마스터베이션을 죄악시하거나 그것에 대해 죄의식을 느끼는 것은 바람직하지 않다고 말해준 것이다.

그런 일을 계기로 나는 일찍이 「아빠가 성교육에 나서라」라는 글을 쓴 적이 있다. 2004년 KT 문화재단의 후원을 받아 『사이버 음란물에 중독된 아이들』이라는 책을 쓰면서 아들 성교육만큼은 아버지들이 하자고 주장한 것이다. 이제 아이들 성교육은 이르면 이를수록 좋다고 생각한다. 인터넷의 발달로 포르노가 아이들 바로 가까이에 넘쳐나면서 아이들은 어릴 때부터 성의 유혹에 무방비로 노출되기 때문이다.

재현이는 언젠가부터 『SEX 180』이라는 책을 읽고 있었다. 아마도 자기가 다니던 중고등학교에서 추천받은 책인 듯했다. 이 책은 성을 쾌락의 수단으로만 여기는 기존의 시각과는 180도 다르게 성을 바라보자고 제안한다. 이 책의 저자 칩 잉그램과 팀 워커는 "이성과 육체관계를 갖는 것은 언덕길을 내려가는 것에 비유할 수 있다"며 "빨리 내려갈수록 빨리 넘어진다"라고 말한다. 섹스는 단순히 함께 눕거나 자는 것이 아니라 서로를 '아는 것'이라고 한다. 성은 신의 선물로서 결혼의 테두리 안에서 누려야 하고, 이성을 바라볼 때는 그저 잠시 갖고 놀다가 마음에 안 들면 버리는 장난감 같은 것으로 보지 말고 한 사람의 인격체로 존중해야 하며, 외모와 신체를 넘어 그 사람만이 가진 삶의 이야기에 귀 기울이면서 소중한 생명체로 인식해야 한다는 것이다.

재현이가 재수 끝에 대학에 들어가고 나서도 나는 성에 관한 책을 사다 주었다. 조시 맥도웰과 어린 데이비스가 함께 쓴 『난처한 질문 현명한 대답: 섹스에 대한 39가지 질문』이라는 책이다. '섹스'라는 단어는 검색 엔진 구글(Google)에서 1년에 40억 회 이상 검색되는 인기 검색어이고, 10대 아이들은 다른 어떤 연령대의 사람들보다도 인터넷을 더 많이 사용한다. 그럼에도 불구하고 부모와 자녀 간에, 혹은 교사와 학생 간에 섹스에 관한 대화는 별로 없다. 자녀들은 묻고 싶고, 부모들은 대답을 망설이는 섹스에 관한 서른아홉 가지 질문에 답하고 있는 책이 바로 이 책이다. 예를 들면 '오럴 섹스는 진짜 섹스인가?', '결혼 전에 먼저 동거하면 더 좋지 않은가?', '결혼해서 성생활을 잘하려면 혼전 섹스를 해보는 것이 큰 도움이 되지 않을까?', '섹스팅(sexting)은 나쁜 것인가?' 같은 것들이다. 이러한 질문은 자녀들이 궁금해하는 것인 동시에 어른들도 답변하기가 쉽지만은 않은 것이다. 그렇기 때문에 이 책은 아이들뿐 아니라 부모와 교사를 포함해 청소년을 지도하는 사람들도 읽으면 좋을 책이다. 이 수필을 쓰는 중에 재현이 방에 들어가 보니 책장에 이 책이 놓여 있다. 얼마를 읽었는지, 어떻게 느꼈는지는 아직 확인해보지 않았다. 질문 자체가 궁금증을 크게 유발하는 것들이니만큼 재현이도 퍽 흥미를 갖고 읽었으리라.

내가 이렇게 재현이에 대한 성교육에 신경을 쓰는 것은 나 자신이 성장 과정에서 바른 성교육을 받지 못했기 때문이다. 그래서 여성에 대한, 그리고 성에 대한 잘못된 관념을 오랫동안 지니고 살았기 때문이다. 내가 중학생이었을 때 큰형이 ≪펜트하우스(Penthouse)≫라는 영문 성인 잡지 한 권을 집에 갖다 놓은 적이 있다. 그것은 결코 바람직한 것이 아니었지만, 나에 대한 큰형 나름의 성교육이었다. 그러고는 친구들과 주고받는 음담패설에서 그리고 군대에서 성을 배웠으니, 바른 성교육과는 한참 동떨어진 것일 수밖에 없었다. 내가 한동안 여성을 대할 때 성적인 대상으로 먼저 인식했던 것은 바로 그러한 잘못된 성교육 때문이었다. 재현이가 나의 전철을 밟지 않게 하기 위해서라도 성에 관한 자연스러운 대화가 부자간에 더 있어야 할 것 같다. 내가 성교육은 가정에서부터 이루어져야 한다고 목청을 높이면 아내는 손사래를 치지만, 그래도 나는 의연하게 내 길을 가려고 한다.

아들 재현이를 키우면서 크게 후회되는 일이 한 가지 있다. 한번 호되게 매를 댔는데 그것이 재현이에게는 마음의 큰 상처로 남고 만 것이다. 물론 부자지간에 충돌은 더 있었지만, 내가 교육의 차원에서 회초리를 든 것은 한 번뿐이었다.

나는 한동안 내가 뭘 잘못했는지를 몰랐다. 아버지로서 당연한 권리를 행사했다고 생각한 것이다. 그때 재현이는 중학생이었는데, 재현이가 다니던 학교에서도 교사가 체벌을 하지 않는 대신에 부모의 체벌은 간접적으로 권장하고 있었다. 보수적인 기독교 대안 학교로서의 독특한 교육 철학이었다.

처음에는 재현이가 그 일로 인해 마음에 크게 상처를 입었다는 것도 몰랐다. 그만큼 아버지와 아들 사이에 가슴을 연 대화가 없었다고나 할까. 나의 체벌이 재현이 마음속에 큰 상처로 남아 있다는 이야기는 나중에 아내에게서 들었다. 재현이가 고등학생이던 어느 날 학교에 상담사가 와서 재현이를 상담했는데, 재현이가 아빠의 체벌을 이야기하면서 많이 울었다고 했다. 재현이에게는 성장 과정에서 아버지로 인한 상처가 있는데, 매를 맞은 일이 가장 큰 상처로 남았다는 것이다.

나는 그 이야기를 듣고 미안한 마음이 들기보다는 화가 났다. 스스로는 공부를 잘 안 하기에 아버지로서 '사랑의 매'를 든 것인데, 그것이 무슨 잘못이란 말인가. 사내자식이 그까짓 매를 몇 대 맞았기로서니 서너 해가 지나도록 잊지 않고 억울해한다는 것이 도대체 말이 되는가. 나의 세대에서는 군대뿐 아니라 학교에서도 체벌, 아니 구타가 만연했다. 그런 문화 속에서 자라난 나의 사고방식으로는 재현이의 반응이 이해가 되지 않았다. 나는 소위 '모범생'이었기 때문에 집에서도, 학교에서도 매를 맞은 기억이 별로 없다. 학교에서 가끔 단체 기합을 받았을 뿐이다. 군대에서는 구타를 수도 없이 당했지만, 그렇다고 때린 사람을 미워하는 마음은 남아 있지 않다.

최근에 들어서야 나는 내가 무언가 잘못했다는 것을 깨달았다. 무엇을 잘못한 것일까. 재현이는 왜 나의 매를 받아들이지 못한 것일까. 재현이는 원래 타율적인 것을 거부하는 성격을 지닌 아이였다. 적성 검사에서도 자율성과 창의성이 필요한 예능 쪽에 적성이 있는 것으로 나왔다는 것을 얼마 전에 자료를 정리하다가 알게 되었다. 재현이의 이런 특성을 무시했을 뿐 아니라 매를 댄 시점도 문제였다. 매를 대려면 유아 때부터 대야 하는데 중학생 때 와서 매를 댄 것이다.

그보다 더 중요한 것은 당시 재현이와 나의 관계였다. 유영업 샘물학교 교장에 따르면, 체벌을 할 수 있지만 그것은 어디까지나 부모와 자녀 간의 신뢰 관계 위에서 행해져야 한다. 어떤 경우에도 상호 간의 신뢰의 끈을 놓쳐서는 안 된다. 내가 재현이에게 매를 댔을 때 재현이와 나의 관계에 특별한 문제점은 없었다. 그러나 체벌의 취지나 규칙을 사전에 설명해주면서 재현이의 의견도 들어주었어야 했는데, 그것을 생략한 것이 문제였다. 신뢰가 없는 관계에서 매를 댄 것은 아니지만, 그러한 마땅한 절차를 생략했기 때문에 체벌로 인해 신뢰 관계가 결과적으로 깨져버린 것이다. 자녀 교육은 자기 몫이라고 생각하는 아내와 의논하지 않은 것도 잘못이었다. 나는 아직 재현이에게 당시의 체벌에 관해 사과하지 않았지만 언젠가는 사과하려고 한다.

한국 사회는 아직도 체벌 논쟁으로 시끌시끌하다. 나는 체벌을 반대하지 않는다. 다만 체벌의 신화를 맹목적으로 받아들여서는 안 된다고 생각한다. 미국의 50개 주 중에서 22개 주에서 아직도 체벌을 허용한다. 아시아에서는 체벌이 더 폭넓게 행해진다. 싱가포르에는 아직도 범죄자에게 곤장을 치는 태형(笞刑)이 살아 있다. 성경을 보면 "아비들아 너희 자녀를 노엽게 하지 말라"(「에베소서」 6장 4절)라는 구절도 있는 반면에, 곳곳에서 자녀에게 '채찍'을 들라고도 말한다. 한국의 어느 저명한 목사는 혁대로 아들을 때리며 키웠다. 그러나 그렇다고 해서 나의 매질이 정당화되는 것은 아니다. 언제 어디서 어떻게 매를 대느냐에 따라 체벌은 정당할 수도 있고 정당하지 못할 수도 있다. 체벌에 우선해야 할 것은 칭찬이다. 천재 남매를 키운 어머니로 유명하며 『나는 리틀 아인슈타인을 이렇게 키웠다』의 저자인 진경혜는 "아이가 잘못했을 때 때리면 나쁜 기억으로 남지만 칭찬과 격려로 다독이면 극복의 경험이 돼 성장의 밑거름이 될 수 있다"라고 말했다.

아이를 기르는 것은 어렵다. 『아이의 잠재력을 깨워라』의 저자인 래리 곽도 "어느 정도 시간이 지나기까지는 우리가 내린 결정과 우리가 선택한 행동이 잘한 것인지에 대해 완전히 확신할 수 없"다면서, "그때는 몰랐으나 어느 정도 시간이 지나고야 내 행동의 잘잘못을 안다"라고 했다.

돌아보면 나의 자녀 교육은 실수투성이다. 늘 사랑과 의욕만 앞섰지, 일관된 철학이나 주도면밀한 전략은 부재했다. 그러다 보니 시행착오의 연속이었다. 지금 둘째 아이를 키운다면 잘 키울 것 같다. 아니, 과거로 돌아갈 수만 있다면 재현이를 처음부터 잘 키우고 싶다. 하지만 그것은 부질없는 생각일 뿐이다. 엎질러진 물을 다시 주워 담을 수는 없다. 회한(悔恨)은 가슴에 묻고 이제부터라도 부자 관계를 잘 맺어가는 것이 상책이다. 동서고금을 막론하고 아버지와 아들의 관계는 결코 쉽지가 않다. 재현이는 지금 대학 입시를 위해 재수 중이니, 지금부터라도 재현이와 잘 지낸다면 아버지로서 평균 점수는 받을 수 있을지 모른다. 박봄심이라는 여류 동시 작가는 「산」에서 아버지를 이렇게 노래했다.

아버지는 언제나
우리들의
큰 산이다

아무 말씀 없어도
그 속에
담긴 말씀

헛기침
한 번 하시면
산이 내게 달려온다

꼭 '산'이 아니어도 좋으리라. 청탁(淸濁)을 불문하고 포용하는 '바다'면 어떠랴. 손안에 온 지구를 담고 살아가는 스마트폰 시대의 아버지는 실시간 쌍방향 소통에 능한 '친구'여도 무방할 것이다. 어머니와 딸, 어머니와 아들, 아버지와 딸, 아버지와 아들 중에서 어느 경우의 사랑이 가장 깊을까. 아버지와 아들의 사랑이 그 겉모습과는 달리 가장 깊다고 나는 확신한다. 체벌의 후회로 마음은 쓰라리지만, 그것은 그만큼 내가 재현이를 사랑하기 때문이라고 자위해본다. 체벌, 그것은 내 인생에서 다시는 꾸고 싶지 않은 악몽이다. 하지만 그 악몽은 경종

(警鐘)이 되어 오늘도 내 가슴에 울리고 있다.

🚶 칭찬 예찬

작가 민태원은 「청춘 예찬」이라는 수필로 유명하다. 중고등
학교 시절 국어 교과서에 실렸던 그 수필은 나의 심장을 마구
두드렸다. 과연 대가답게 「청춘 예찬」은 워낙 현학적이고도 화
려한 문체에 미사여구가 넘쳐나서 나 같은 졸필로서는 그야말
로 족탈불급이다. 나는 오늘 그의 수필 제목에 기대어 「칭찬 예
찬」을 써보려고 한다.

내가 이 글의 주제로 '칭찬'을 선택한 것은 나 자신이 칭찬
을 잘하는 사람이어서가 아니다. 오히려 칭찬에 지극히 인색
한 사람이기 때문에 이참에 칭찬 잘하는 사람으로 바뀌고 싶
어 이 글을 쓰고 있다. 내 인생이 한때 출세가도를 달리다가 궤
도가 수정된 것도 어쩌면 칭찬을 잘 못해서일지 모른다는 생
각을 요즘 들어 부쩍 하게 된다. 돌이켜 보면 칭찬에 인색한 나
의 성정이 삶 전반에 부정적 영향을 끼친 것만 같아 후회막급
이다.

최근 나에게는 칭찬의 중요성을 절감하게 한 사건이 몇 가
지 있었다. 아내의 변화를 기대하며 아내에게 쓴소리한 적이
있다. 그러나 쓴소리로는 여자를 바꿀 수 없다는 이야기를 다

른 여성에게서 들었다. 옳고 그름을 따져서는 여자의 마음이
절대로 움직이지 않는다는 것이다. 남자의 옳음이 증명될수록
여자는 승복하는 것이 아니라 오히려 절망하며 돌아선다고 했
다. 아들 재현이와의 관계에서도 큰 충돌이 있었다. 재현이가
원하는 학과로의 진학을 위해 대학 입시 재수를 결심했을 때
그의 결심을 존중했어야 하는데, 나는 그의 꿈이 너무 높아 비
현실적이라며 한동안 인정하지 않았다. 결국 인정했지만 만시
지탄(晩時之歎)이 아닐 수 없었다. 그밖에도 아들을 칭찬할 기회
가 틀림없이 많이 있었을 텐데도 정작 칭찬을 더 많이 하지 못
한 것이 못내 아쉽다. 비판은 의도와 달리 상처를 준다. 너무
엄하게 훈육하면 아이는 분노와 억울함으로 가득 차게 된다.
비판을 일삼다 보면 아내와도, 아이와도 관계가 나빠진다. 달
랑 세 식구인 집안에서 두 사람과 관계가 안 좋으면 삶은 마치
한여름에 오르막길을 오르는 것과 같아진다.

얼마 전에 내가 다니는 교회에서 진행하는 레크리에이션 웃
음치료학교 프로그램에 참여하게 되었다. 거기서 강의를 듣는
중에 잊고 있던 칭찬의 위력에 대해 새삼 깨닫게 되었다. 말을
더 빨리 뛰게 하는 데는 채찍이 유효하지만, 사람을 신바람 나
게 하는 것은 다름 아닌 칭찬이라는 것이다. 교회에서는 또 일
대일 성경공부 전문가의 특강도 들을 기회가 있었는데, 그 역
시 칭찬과 위로가 최선의 동기 부여 방법이라고 말하는 것이

아닌가. 『아이의 잠재력을 깨워라』의 저자인 래리 곽 박사도 칭찬 전도사다.

아이들은 자신들의 고유의 속도로 성장하고 성숙해가고 있다. 상대적으로 늦게 성장하는 아이들도 있기 때문에 아이들이 조절하기 힘든 어떤 부분을 비판하는 것은 아이의 감성을 파괴할 수 있다.…… 아이들은 본능적으로 부모를 기쁘게 해주고 싶어 하기 때문에 칭찬과 격려를 아낌없이 주어 긍정적인 행동을 유도하는 것이 중요하다.

타고난적성찾기국민실천본부라는 단체가 이메일로 보내온 내용도 놀라웠다. 많은 대중 스타들은 초등학교 고학년 내지 중학교 초반부터 자기 적성을 인식하고 소질을 계발하기 위해 적극 노력하는 데도, 많은 부모들은 그것을 무시한 채 대학에 진학하기를 바라며 억압하는 편이 많았다고 한다. 그 부모들이 초기부터 자녀의 적성과 소질을 인정해주는 경우는 극히 드물고, 그래서 부모와 자녀 사이에 갈등을 빚으며 많은 시간을 허비한다는 것이다. 자녀가 여러 공모전에 응모해 입상하거나 능력을 보여준 후에야 겨우 적성과 능력을 인정하면서 후회하는 부모가 많다고 한다. 대중 스타의 길이 험난한 것을 생각하면 그런 부모 심정을 이해 못할 바는 아니지만, 이 역시 칭찬의 중요성을 웅변하는 사례로 다가왔다.

칭찬하라! 칭찬하라! 나는 마치 둔기로 머리를 얻어맞은 것처럼 정신이 번쩍 들었다. 그렇다. 나의 잘못은 바로 칭찬에 인색한 것이다. 칭찬에는 돈도 힘도 안 드는데 나는 칭찬에 관한 한 구두쇠요, 짠돌이요, 노랑이요, 수전노요, 자린고비요, 스크루지 영감이었던 것이다. 내가 부부 관계에서 그리고 아들과의 관계에서 자주 실패했다면, 그것은 바로 잘잘못을 따지는 것만 능사로 알고 칭찬을 하지 못했기 때문이 아닌가. 내가 사회생활에서 대인 관계에 성공하지 못했다면, 그것 역시 비판과 지적에 능한 만큼 칭찬과 공감에는 서툴렀기 때문이 아닐까. 회한이 파도처럼 내 심중에 거세게 밀려왔다.

가장 늦은 때가 가장 이른 때라고 했다. 남의 장점에는 눈을 감고 단점만 보곤 하는 나의 버릇은 어디서 비롯되었을까. 과거 기자 생활에서 연유한 것일까. 기자를 그만두고 인생의 광야를 헤치고 자갈밭을 걸어오는 동안에도 나의 그 버릇은 바뀌지 않았다는 말인가. 이제라도 비판이 아닌 칭찬, 지적이 아닌 공감에 주력한다면 모든 것이 회복될까. 파괴의 언어가 위력적이었다면, 건설의 언어는 더 위력적이지 않을까. 아니, 어쩌면 긍정적 언어의 힘이 부정적 언어의 힘보다 수천 배 더 막강할지도 모른다.

나는 십수 년 전에 '송알송알'이라는 글쓰기 웹사이트를 개

설해 아이들의 글쓰기를 돕고 있다. 시인과 동화작가를 비롯한 여러 자원봉사 선생님들과 함께 이 일을 한다. '송알송알'에서는 1년에 몇 번씩 열심히 활동하는 아이들을 뽑아 도서상품권을 시상하는데, 글을 잘 쓰지 못하는 아이도 상을 받고는 글 잘 쓰는 아이로 바뀌는 것을 본다. 칭찬의 위력이 검증된 것이다.

나는 그동안 아들의 장점보다는 단점을 먼저 보았던 것 같다. 그러다 보니 잘한 것을 칭찬하기보다는 잘못을 지적하는 일이 많았다. 때로는 상처 주는 말도 내뱉곤 했다. 이런 말은 아이를 결코 변화시키지 못한다. 미국의 어느 교수 팀은 부모가 불화, 이혼, 알코올 중독, 정신 질환을 겪는 가정에서 태어나고 자란 아이들 중에서도 역경을 딛고 꿋꿋하게 성장한 아이들에게는 공통점이 있음을 발견했다. 아이의 입장을 무조건 이해하고 받아주는 어른이 적어도 한 명은 주위에 있었다고 한다. 그러한 어른의 존재가 아이들에게는 고난을 견디고 이기는 내면의 힘이 되었다는 것이다.

미국의 많은 대학에서는 학생들의 시험 답안지나 과제물을 평가할 때 꼭 칭찬할 대목을 찾아 칭찬한다. 그 칭찬이 학생들의 발전을 가져오는 원동력이 된다. 나도 대학생들의 과제물이나 답안지를 채점할 때 칭찬을 꼭 한마디씩 적어주려고 노력한다. 잘된 부분에는 밑줄을 긋고 별 표시도 해준다. 어느 해엔가는 초등학생용 칭찬 도장을 찍어주기도 했다.

나는 여유가 없는 것이 단점이라는 이야기를 듣곤 한다. 가난한 환경에서 고학하다시피 하며 자라서일까. 나는 유머를 모른다. 유머를 유머로 받아들여 적절하게 응수하지 못하고 기분 나빠할 때도 있었다. 두메산골에서 태어나 자라다가 중학교 2학년 때 서울로 막 전학 왔을 때는 친구들과 대화하기도 쉽지 않았다. 유머가 여유의 산물이듯이, 칭찬도 여유의 산물일지 모른다. 산전수전 다 겪고 인생의 다양한 경험을 하는 동안에 삶도 마음도 많이 여유로워졌지만, 여전히 칭찬이나 유머는 나의 장기가 아니다. 칭찬이 내 입에서 자연스럽게 나오기보다는 의식적인 노력이 필요한 것이다. 비관적이며 염세적인 사람이 아니라 낙관적이며 낙천적인 사람이 되고 싶다. 요즘 내 기도 제목은 칭찬의 사람이 되게 해달라는 것이다.

『칭찬은 고래도 춤추게 한다』는 책이 나와 절찬리에 팔리더니, 연전에는 『칭찬은 아기고래도 춤추게 한다』라는 어린이용 버전이 또 나왔다고 한다. 칭찬이 어찌 칭찬 듣는 사람만 춤추게 하겠는가. 칭찬하는 사람도 춤추게 할 것이다. 밥을 얻어먹을 때보다 살 때가 더 기분 좋고, 용돈을 받을 때보다 줄 때가 더 기쁜 것처럼 말이다. 칭찬이 나의 칭찬을 듣는 사람을 바꾸는 데 그치지 않고 나 자신도 바꿀 것이라고 확신한다.

칭찬의 유익은 한두 가지가 아니다. 칭찬하는 사람은 인복(人福)도 있는 것 같다. 잔소리보다는 칭찬을 많이 해야 사람이 몰린다. 질책과 책망과 걱정을 일삼는 인생의 앞길이 밝겠는가, 칭찬과 찬양과 갈채를 선사하는 인생의 앞길이 밝겠는가. 솔직히 나는 아직도 칭찬을 잘 못한다. 가장 가까이 있는 아내와 재현이부터 칭찬하고 싶은데 칭찬할 것이 잘 안 보인다.「칭찬 십계명」이라는 글에 따르면, 부정에서 긍정으로 관점을 전환하면 칭찬할 것이 보인다고 한다. 가끔은 나 자신을 스스로 칭찬하는 것도 좋다고도 한다. 이제부터라도 칭찬을 많이 하고 칭찬의 덕을 누리며 살고 싶다. 앞으로 20년 동안 하루에 세 번씩 칭찬한다면 7000번도 더 넘게 칭찬할 수 있다. 그동안 못한 칭찬을 다 만회하고도 남는다. 나는 오늘도 아내에게, 아들에게, 교회 사람들에게, 학생들에게 스마트폰으로 칭찬 문자, 감사 문자를 보낸다.

 앉아서 눕시다

나는 집에서는 앉아서 오줌을 눈다. 바깥에서도 깨끗한 화장실이나 비데 변기에서는 앉아서 눈다. 화장지로 변기 커버를 빡빡 닦고 나서 앉는다. 귀찮을 때도 있지만, 그것도 습관이 되니 괜찮다. 앉아서 눈다는 사실을 아내에게 따로 광고하지 않았다. 아들 재현이에게도 앉아서 누라고 잔소리하지 않는다.

어떤 다른 나라처럼 공중화장실에도 일회용 위생 변기 시트가 비치되어 있다면 그렇게 닦을 필요가 없을 것이다. 하지만 한국에서는 그런 화장실을 찾아보기 어렵다. 인터넷에서 '일회용 변기 시트'를 검색해보니 어떤 여자들은 '일회용 변기 시트'를 휴대하고 다닌단다. "여자분들은 다 공감하시겠지만 집 말고 밖에서 화장실에 가면 난감할 때가 많죠.…… (일회용 변기 시트를) 변기에 깔고 볼일을 본 후에 (변기에 밀어 넣고) 물을 내려주면 되니 뒤처리도 간단하고 편했어요"라고 말한다.

내가 가급적 서서 누지 않으려는 이유는 간단하다. 튀고 흘러 냄새가 나고 지저분하기 때문이다. 화장실에 사람이 많아 좌변기는 물론이고 입식 변기에 눌 때도 마찬가지다. 10년 전쯤 기업체의 독서 교육을 지도하면서 읽은 책에서는 남자들이 흘린 오줌을 치우는 데 천문학적 액수의 돈이 든다고 했다. 어떤 입식 변기의 하단에는 파리 그림 스티커가 붙어 있지만, 소용이 없다.

연전에 미국 시애틀에서 1년 동안 연수할 때였다. 그곳 한인 교회에서 어느 젊은 아빠와 담소를 나누다가 재미있는 말을 들었다. 그에게는 딸 셋과 아내가 있는데 자신도 다른 가족들처럼 앉아서 눈다는 것이었다. 그 이야기를 듣는 순간 나는 무릎을 탁 쳤다.

그러나 나도 앉아서 눠야겠다는 생각은 하지 못했다. 재작년 타이완의 환경부 장관이 자신은 앉아서 누는 습관을 들였다면서 남자도 앉아서 눔으로써 다음 사람이 깨끗한 좌변기를 쓰게 하자고 제안했다. 나는 이 기사를 소셜 미디어인 페이스북에 소개하면서 '남자도 앉아서 누기'를 제창했다.

그랬더니 주택관리사인 고향 후배가 '좋아요' 아이콘을 누른 다음에 남자가 앉아서 오줌 누면 좋은 점 다섯 가지를 댓글로 올렸다. "소리가 나지 않아 공동주택에서의 생활이 자유롭다"는 등등이었다. 하지만 그 다섯 가지 이유는 그의 독창적인 생각이 아니었다. 이 글의 초안을 내가 사는 동네 문인 모임인 야탑문학회 합평회(合評會)에서 읽고 의견을 들은 후에 다시금 인터넷을 검색해보니, 그 다섯 가지 이유는 안양의 어느 동장이 주장한 것이었다. 그 동장은 자칭 타칭 '앉아서 누기 전도사'가 된 지 10년이 넘었다고 한다.

내 딴에는 앉아서 누기의 선각자인 줄 알았는데 그것이 아니었다. <난타> 제작자인 송승환이 앉아서 누는 사람이란다. 『나의 문화유산 답사기』의 저자인 유홍준도 앉아서 누자는 칼럼을 썼다. 텔레비전 코미디 프로그램에서도 앉아서 누기가 소재로 다뤄졌단다. 다른 나라에 비하면 앉아서 누는 남자 비율이 높지 않지만, 한국도 어느덧 15퍼센트가량 된다는 통계도 있다.

나는 이 글의 초안에서 앉아서 누는 것의 유익을 일곱 가지 이상 열거했으나, 앉아서 누기가 그다지 새삼스러운 화제가 아닌 것을 알고 생략해버렸다. 앉아서 누기의 당위론만을 설파하기에는 이미 많은 논의가 진전되었기 때문이다.

통계와 달리 내 주변에는 아직 앉아서 누는 남자가 별로 눈에 띄지 않는다. 집집마다 서서 누는 남자들로 인해 주부들의 고통이 이만저만이 아닌 듯하다. 어느 여류 수필가는 "집에 화장실이 세 개인데도 세 남자가 꼭 한 화장실만 쓴다"면서 "아무리 조준을 제대로 하라고 해도 소용없고 사람 몸에서 나온 것이어서 그런지 냄새가 지독하다"라고 말했다. 그러면서도 앉아서 누라는 잔소리는 하지 않는 것 같다. 다른 여류 수필가는 "대학생인 내 아들이 오줌 눌 때면 정말 시끄럽고 많이 튄다"면서도 "힘이 좋아서 그러려니 한다"라고만 말했다. 많은 주부들이 남자가 서서 누는 것 때문에 고생하면서도 별다른 이의를 제기하지 않고 있는 것이다.

어느 남성 문학 평론가는 이 글의 초안을 읽고 재밌어하면서도 나의 앉아서 누기 캠페인에는 동참할 생각이 전혀 없는 듯했다. 원래부터 남자가 서서 누게 된 데는 이유가 있을 것이라면서, 앉아서 누기에 반대하는 이야기에도 귀를 기울일 것을 내게 주문했다. 수천 년 남성 습속(習俗)이 결코 쉽게 바뀌지 않을 것임을 그의 반응에서 재확인할 수 있었다.

사실 앉아서 누느냐, 서서 누느냐 하는 것은 어린 아이들의 성별 정체성 형성과 관련이 깊다. 사내아이들은 서서 오줌을 누면서 남성 정체성을 점점 형성해가고, 여자아이들은 서서 오줌을 누고 싶어도 누지 못하는 자신을 수용하면서 여성 정체성을 형성해간다. 마치 미국의 한인 2세 아이들이 자기들도 미국인처럼 신발을 신은 채 방으로 들어서고 싶지만, 한인은 꼭 신을 벗고 들어가야 한다는 사실을 받아들이면서 한국계 미국인 정체성(Korean American identity)을 형성해가는 것과 같다.

알리스 슈바르처가 지은 『아주 작은 차이』라는 책이 있다. 책 제목 그대로 여자는 남자와 아주 작은 차이가 있을 뿐인데도 현실에서는 큰 차별을 받는다. 옛날부터 딸들을 향해 "뭐 하나 달고 나오지 못한 것들"이라고 말하거나 "앉아서 오줌 누는 것들"이라고 비하하곤 했다. 하지만 그것 하나 달았다고 자랑하는 남자들은 과연 여자 없이 살 수 있다는 말인가. 서서 누는 남자들의 그 지저분함은 또 어찌할 것인가. 나는 오늘도 웬만하면 하의를 내리고 좌변기에 앉는다. 앉아서 눕시다.

나의 참 어여쁜 혜선

🚶 열아홉 송이 장미

하마터면 아내와의 결혼기념일을 건너뛸 뻔했다. 아내가 아침 식사 중에 "당신, 내일이 무슨 날인지 알기나 해요?"라고 말했을 때야 나는 정신이 번쩍 들었다. 건망증이 심한 나는 신혼 초부터 아내에게 다짐을 해둔 것이 있었다. 생일이나 결혼기념일이 다가오면 나를 시험하지 말고 미리미리 알려달라고 말이다.

올해는 무엇을 선물할까. 예년과 달리 꽃바구니 대신 꽃다발을 준비했다. 그것도 붉은 장미로만 만들었다. 이번처럼 아내를 향한 내 마음이 애틋했던 때가 없었다. 아니, 애틋한 정도가 아니라 아리기까지 했다. 그런 내 마음을 붉은 장미에 담아 전하고 싶었다. 그야말로 적심(赤心)이었다. 카드를 정성껏 써서 꽃다발에 끼우고 상품권도 준비했다.

열아홉 송이 장미가 한 다발에 묶였다. 송이 수가 많아서인지 꽃다발은 부피감이 적당했다. 둘이 입을 맞춘 것도 아닌데 아들도 하굣길에 장미 꽃다발을 사 들고 들어왔다. 아들이 가져온 꽃다발의 장미 꽃송이는 내 것의 절반 정도밖에 되지 않았다. 나는 아내와의 결혼 생활 햇수에 맞춰 장미 꽃송이를 준비했지만, 아들은 자기 용돈에 맞춰 송이 수를 정한 것 같았다. 두 꽃다발을 나란히 항아리에 꽂아놓으니 퍽 근사해 보였다. 향기도 은은히 전달돼 오는 듯했다.

아내와 하나가 된 지 벌써 19년이 흘렀다. 한 여인이 자신의 인생 전부를 내게 맡겨온 지 열아홉 해가 지난 것이다. 처음에 데리고 올 때는 이 세상에서 제일 행복하게 해주겠다고 했지만 결과는 그렇지 못하다. 돌이켜보면 아내를 기쁘게 해준 적도 있었지만, 힘들게 했던 적이 더 많다.

속담에 "셋째 딸은 얼굴도 안 보고 데려간다"라는 말이 있다. 이 말은 셋째 딸과 결혼하면 잘 살게 된다는 것을 의미한다. 내 아내가 바로 그 셋째 딸이다. 아내와 나는 연애결혼을 했다. 그러니 '얼굴도 안 보고 데려'올 일은 없었다. 우리 부부는 4년 연애 끝에 결혼했다. 아내는 내 군대 생활 3년을 오롯이 뒷바라지해준 조강지처(糟糠之妻)다.

아내를 처음 만난 것은 대학 시절 학생 활동을 하면서였다.

아내는 나보다 2년 후배였는데 첫인상이 무척 당돌했다. 나는 아내의 그러한 강한 인상에 끌려 곧 사랑을 고백했다. 일전에 앨범을 뒤적이다 보니 아직 처녀티를 채 벗지 못한 신혼 초에 찍은 아내 사진이 눈길을 끌었다. 볼이 통통한데 보조개가 쏙 들어가서 참 깜찍한 얼굴이다. '이런 처녀가 나한테 시집와서 온갖 마음고생을 다 하고 이제 중년 여인이 되었구나' 하고 생각하니 코끝이 시큰해졌다.

결혼 생활 햇수를 장미꽃 송이로 계산해 나의 결혼 생활을 반추해보자. 그것이 여덟 송이가 될 때까지만 해도 우리 부부의 삶은 순탄했다. 비록 맨손으로 살림을 시작했지만 기쁨이 더 컸다. 단칸방에서 방 두 칸으로, 아파트 전세로, 내 집 마련으로 가꾸어가는 재미가 새록새록 났다. 내가 버는 동안 아내는 공부를 해서 박사 학위를 받았다. 아이가 생기지 않자 아내는 모태 신앙을 회복하면서 하나님께 매달렸고, 병원의 도움과 더불어 떡두꺼비 같은 아들을 볼 수 있었다. 아내가 대학에 자리를 잡기도 했다. 승용차도 소형에서 중형으로 바꾸었다.

잘나갈 때 조심하라고 했던가. 결혼기념일의 장미 송이 수가 아홉 송이가 되는 해부터 긴긴 시련은 시작되었다. 불가피하게 당한 시련이 아니라 자초한 것이었다. 나는 본업을 팽개치고 '외도(外道)'에 나서면서 끝없는 나락으로 빠져들었다. 인생 전부를 건 세 차례의 큰 도전에서 연달아 실패하면서 나는 영혼마저 메마른 사람이 되고 말았다. 나와 아내 사이에는 보이지 않는 커다란 간격이 생겼다. 그 간격은 시간이 갈수록 더욱 커져만 갔다. 나는 이제 더는 아내의 기댈 언덕이 못 됐다.

결혼기념일의 장미 송이 수가 열세 송이가 되고 나서야 나는 다시 정신을 차렸다. 나는 사회적으로 여전히 실패자였지만, 내 영혼이 소생한 것이다(My soul was restored). 나는 그동안 아내가 가진 것에 만족하지 못하고 아내에게 없는 것을 아쉬워했으나, 이제 아내의 모든 것에 감사할 수 있게 되었다. 나의 언행 중에서 전에는 잘못이라고 생각지 않았던 것들이 잘못으로 인식되면서 아내에게 한없이 미안한 마음이 들었다. 그러한 감사와 회한의 정(情)이 솟아나면서 나의 눈에서는 눈물이 흘러내렸다. 마치 눈물샘이 터진 듯했다.

전에는 보이지 않던 아내의 장점도 보이기 시작했다. 알고 보니 아내는 집안의 복덩이었다. 막내며느리이면서도 어머니가 돌아가시기 직전 4년간 자진해 어머니를 모시기도 했다. 나의 잇따른 실패에도 불구하고 집안 살림은 오히려 늘어났다. 재테크의 '재' 자도 모르는 아내인데도 그랬다. 아내는 사치할 줄을 모른다. 이러니 어찌 처복이 있다고 아니할 수 있으리오.

요즘 아내의 가늘게 코고는 소리가 그렇게 반가울 수가 없다. 저 소리가 들리지 않는 순간 내 인생은 암흑 속으로 떨어질 것만 같다. 아내는 아직 건강하다. 처가에 유방암 내력이 있어

매년 초조한 마음으로 검사를 받기는 하지만, 지금까지 아내는 한 번도 크게 병치레를 한 적이 없다. 교회 기도 모임에 갈 때마다 느끼는 것은 내 아내처럼 건강한 여자도 드물다는 것이다. 그런 건강한 아내이지만, 매일 밤 나는 아내의 숨소리를 확인한 후 안도하곤 한다. '남자가 부모를 떠나 그의 아내와 합하여 둘이 한몸'을 이루는 섭리의 오묘함을 조금은 알 것 같다.

서양에서는 결혼 25주년에 은혼식, 50주년에 금혼식을 치른다. 옛날 우리나라에서는 결혼 60주년을 맞아 회혼례(回婚禮)를 치렀다. 한국 남성의 평균 수명은 77.9세이고, 여성은 84.6세다. 내가 한국 남성의 평균 수명을 산다면 간신히 금혼식은 치를 수 있지만 그건 어디까지나 미지수다. 죽고 살고는 하나님께 맡기고, 오늘 최선을 다할 일이다.

꽃송이가 많으면 꽃이 시들고 나서도 꽃다발이 밉지가 않다. 결혼 19주년을 맞아 아들과 내가 사 온 장미 꽃다발을 일부러 치우지 않고 항아리 속에 오래도록 꽂아두었다. 내년은 결혼 20주년이니 스무 송이의 붉은 장미를 선물해야겠다.

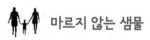 마르지 않는 샘물

여복(女福)이라는 말이 있다. 아름다운 여자가 잘 따르는 복을 말한다. 고울 염(艶) 자를 써서 염복(艶福)이라고도 한다. 어느 드

라마의 남자 주인공은 얼마 전 사귀던 여자와 헤어졌는데, 그 공백을 틈타 세 여자가 한꺼번에 몰려들었단다. 이럴 때 "그 남자는 여복도 많다"라고 말한다. 그런가 하면 사주 풀이를 해서 먹고사는 어떤 사람은 자신을 찾아온 한 남자에게 "돈복은 많은데 여복이 너무 없다. 여자만 잘 잡으면 인생 성공하는 것이다"라고 일견 그럴듯해 보이는 처방을 내놓기도 한다.

처복(妻福)이라는 말도 있다. 훌륭한 아내를 맞이하게 되는 복, 또는 아내 덕분에 누리는 복을 말한다. 이를테면 "그 영감은 자식 복은 없지만 처복 하나는 타고난 사람이다"라는 식이다. 소설가 김원일은 『불의 제전』에서 "새장가까지 두 번이나 들었지만 처복이 없어 한 여자는 이태 만에 죽었고, 또 한 여자는 도망을 가버렸다"라고 말한다. 아내를 세 번이나 맞았으나 이런저런 이유로 헤어지게 되었으니, 여자 복이 지지리도 없는 남자라는 것이다.

여복과 처복이 여자 덕분에 복을 받는 경우를 말한다면, 여난(女難)은 여자 때문에 고난을 겪는 경우에 속한다. 여색(女色)에 빠지거나 여인과의 교제로 인해 생기는 근심과 재난인 것이다. 예를 들면 "여난을 타고난 팔자인지 그는 오나가나 여자 때문에 일을 망친다"라고 한다. 소설가 박종화는 『금삼의 피』에서 "계집 때문에 혹화(酷禍)를 당한 이가 한두 사람뿐이 아니다. 이야말로 여난이다"라고 한다. 여자 문제로 극심한 곤경을 겪은 남자들이 많다는 것이다.

여복과 처복과 여난의 공통점이라면 한결같이 남자의 입장에서 바라보고 이야기를 전개하는 것이라고 할 수 있다. 남자의 불행이나 고생의 책임을 여자에게 돌리는 것이다. 여자가 도망을 가버린 것이 과연 여자만의 잘못이라고 할 수 있겠는가. 남존여비 사상이 지배하던 시대에나 가능한 논리다. 남녀평등, 나아가 여남평등 혹은 양성평등을 말하는 오늘날에는 그런 일방적 논리가 통할 수 없다. 여자가 도망을 갔으면 그 책임 소재는 객관적으로 규명해보아야 한다. 대개는 남녀 공히 문제가 있을 것이다. 경우에 따라서는 남자에게 전적으로 책임이 있을 수도 있다.

여난이라는 말은 더욱 조심해서 써야 할 것 같다. 남자가 여자 문제로 인해 겪는 어려움은 항상 여자에게 원인이 있다는 것처럼 들리기 때문이다. 기실 남자가 여난을 겪는 것은 자신의 잘못된 처신에 근본 원인이 있다. 스스로의 지나친 호색 성향과 무분별한 여성 편력이 부른 화를 놓고 여자에게 책임을 돌려서야 되겠는가. 속된 말로 꽃뱀에게 물렸다고 하더라도 물린 남자에게 전혀 책임이 없는 것은 아니다.

언어는 문화의 산물이다. 한국인이 유사 이래로 얼마나 남성 중심 가부장 문화 속에서 살아왔는지는, 여복과 처복과 여난이라는 말은 있는 반면에 '남복'과 '부복(夫福)'과 '남난'이라는 말은 없는 데서도 단적으로 알 수 있다. 남자가 여자나 아내를 잘 만나는 것이 복이라면 여자가 남자나 남편을 잘 만난 것도 복이고, 그렇다면 남복과 부복(夫福)이라는 말도 있어야 한다. 물론 속담 중에는 "남편 복 없는 여자는 자식 복도 없다"라는 것이 있다. 시집을 잘못 가서 평생 고생만 하는 신세를 한탄해 이르는 말이다.

남자들은 흔히 자신도 여복이 많았으면 하고 기대한다. 늘 자기 주변에 아리따운 여인들이 득시글거리길 바란다. 심지어는 마누라가 일찍 죽고 젊은 여자에게 새장가 드는 꿈도 꾼다. 자기 나이는 생각지 않고 마누라가 사라져주기만 하면 20대 여대생과도 결혼할 수 있을 것이라고 기대한다. 한마디로 이 세상에서 여복이 가장 많은 남자가 되고 싶은 것이다. 참으로 꿈도 야무지다.

현실은 다르다. 남자와 여자 중에서 먼저 죽는 것은 보통 여자가 아니라 남자다. 그 점은 세계 거의 모든 나라가 같다. 아니, 한국이 유난히 여자보다 남자가 일찍 죽기로 유명하다. 한국 남자의 평균 기대 수명은 77.9세. 여자 평균 수명 84.6세에 비해 무려 6.7년이나 짧다. 한국 남녀 간 수명 차이가 점차 줄고는 있으나 다른 나라에 비하면 여전히 크다. 예를 들어 아이슬란드 남자와 여자의 평균 수명은 각각 80.7세와 84.1세로 3.4년밖에 차이가 나지 않는다. 스위스는 남자 80.5세, 여자 85세로 4.5년 차이가 난다. 일본이 남자의 평균 수명은 79.4세, 여자의 평균 수명은 85.9세로 6.5년 차이가 나서 한국과 가장 비슷하다.

한국과 일본 남자가 여자에 비해 일찍 죽는 원인은 어디에 있을까. 아직까지도 남자들이 주로 가족 부양을 책임지는 데 다가 과잉 경쟁 사회로 인해 스트레스를 많이 받기 때문이 아 니겠느냐고 추측하곤 한다. 그뿐 아닐 것이다. 한국 남자들은 유별나게 술과 담배를 많이 한다. 2014년 보건복지부가 공개한 한국 성인 남자 흡연율은 37.6퍼센트였다. 2007년 처음으로 40 퍼센트대로 진입했지만, 선진국 동아리인 OECD(경제협력개발 기구) 평균인 27.3퍼센트까지 떨어지려면 아직 멀었다. 흡연과 과음은 암과 같은 불치병을 유발한다. 한국에서는 이른바 주 량(酒量)이 역량(力量)으로 통하기도 할 정도다. 실제로 어느 신 문은 국내외 전문가들의 말을 인용하면서, 여자가 남자보다 더 오래 사는 이유로 첫째, 술, 담배를 덜 하고, 둘째, 이웃과 잘 지내고 잘 웃으며, 셋째, 심장이 튼튼하고, 넷째, 잠도 잘 잔다 고 지적했다.

남자가 여자보다 훨씬 일찍 죽는 한국적 상황에서 남자가 새장가 드는 꿈은 그야말로 헛물켜는 것이다. 실제로는 많은 한국 남자들이 과로와 스트레스, 술과 담배로 일찍 죽는 바람 에 오히려 여자들이 '새 시집' 가는 일이 많다. '여복 많은 남 자'는 되고 싶다고 해서 되는 것이 아니다. 여복을 지나치게 즐기다가는 여난을 당하기 십상이다.

미국의 레이건 전 대통령은 미국 역대 대통령 중에서 이혼 경력이 있는 유일한 경우다. 레이건은 삼류 배우 시절 이혼의 아픔을 겪은 뒤 낸시와 재혼하고 나서는 아내 한 여자에게 모든 사랑을 바쳤다. 값비싼 보석과 명품 옷을 사준 것이 아니라 마음을 다 주었다. 떠돌이 강사로 아내와 떨어져 지낼 때가 많았는데 그럴 때마다 온 마음을 담아 편지를 썼다. 그것도 화려한 편지지와 편지 봉투를 쓴 것이 아니라 호텔에서 무료로 제공하는 것을 사용했다. 평범한 종이였지만 거기에 순정을 담았기에 아내를 감동시킬 수 있었고 백년해로할 수 있었다. 그는 삼류 배우였지만 인품은 일류였다. 여복 많은 남자가 아니라 여복을 스스로 창출한 사나이였다. 그는 미국에서 가장 존경받는 대통령으로도 손꼽힌다.

남자들은 흔히 아내와 함께 길을 걸으면서도 딴 여자에게 한눈을 판다. 오입질을 하거나 바람을 피우기도 한다. 그렇게 만나는 여자들이 주는 기쁨은 일시적일 뿐 아니라 뒤끝이 허망해 오히려 고통이 된다. 달콤하지만 금방 말라버리는 샘에 비유할 수 있다.

그에 비하면 아내는 마르지 않는 샘물이다. 아무리 길어 올려도 마르지 않는다. 그 참맛을 음미하면 그보다 더 달콤한 물은 있을 수가 없다. 아내는 가정의 행복 샘이다. 숙녀를 귀히 여길 줄 아는 남자가 여복이 있다. 아내를 사랑하는 남자가 가장 여복 많은 남자다. 처복은 아내를 사랑할 때 비로소 생긴다. 남자들이여, 여난을 당하지 않으려면 아내를 사랑하라. "네 샘을 복되게 하라. 네가 젊어서 얻은 아내를 즐거워하여라"(「잠언」 5장 18절).

 은혼에 부쳐

여보!

내가 당신과 살을 맞대고 산 지 어언 사반세기가 흘렀구려.

아직 결혼기념일은 석 달 정도 남았지만, 나의 소회를 미리 풀어놓아 봅니다.

서양에서는 결혼 25주년을 은혼(銀婚)이라고 한다는데, 이 은혼을 나는 어떻게 노래해야 할까요?

내가 시인이라면 이 감격을 이렇게 읊었을까요?

산골 소년 바다 소녀 만났네

문과남 이과녀에 반했네

북도 총각 남도 처녀 유혹했네

네모 신랑 세모 신부 함께 살았네

오각형 아들 놓고 살았네

삼각 사각 맞부딪쳐 아팠네
상처 아물어 둥근 조약돌 되었네
은메달 따고 금메달 또 따려고 사네

당신은 분명히 내가 고른 여자였죠.
아마도 세 번째, 아니면 네 번째 여자였을 겁니다.
그러고서 마지막 여자가 되었지요.
지금은 우리가 많이 닮았다고도 하지만, 맨 처음 당신과 나
는 참 달랐어요.
다른 그 점이 바로 당신의 매력이었어요.
매력 좋아하다가 고생을 많이 하기는 했지만, 후회는 없답니다.
내가 당신 생일과 결혼기념일마다 쓴 카드의 내용이 궁금해
서 안방을 몇 군데 뒤져봤는데 안 보이네요.
그래서 내 인터넷 블로그에서 검색하니 결혼 10주년 카드가
그림 파일로 보관되어 있네요.

당신과 내가 신림동 고시촌
꼭대기 단칸방에 둥지를 튼 지
10년이 됐소.
내게 힘이 돼준 당신께
감사하오.

아니, 당신을 내게 보내주신
하나님께 감사하오.
아내로서
엄마로서
교수로서
……

그때는 내가 '실패한' 정치를 하고 있을 때였는데, 그런 나를 묵묵히 도왔던 당신의 일인다역(一人多役)에 감사했지요.

뒷부분에 "절대 교만하지 않고/ 열심히 기도하며/ 당신과 재현이를 사랑하며……" 살겠다고 약속했지만, 돌아보니 그 후 15년 동안 거의 실천하지 못해 미안해요.

그로부터 11년 후 미국 시애틀에 1년 머물 때 쓴 생일 카드 내용도 블로그에 적혀 있습니다.

시간이 흐를수록 사랑은 더욱더 아프고
수고롭지만 포기하지 않으렵니다.

햇살의 고마움은 먹구름이 지나가야 알 듯이
우리의 사랑도 처음보다 나중이 크고
창대하리라 믿습니다.

내가 쓴 이 블로그 기사 밑에는 "돌이켜보니, 그해 3월 말 그랜드캐니언 여행 중에 상당한 신경전을 벌인 다음에 쓴 카드이군요"라고 주석(註釋)까지 달려 있습니다.

나는 참 당신을 많이 아프게 했고, 또 젊을 때는 많이 울리기까지 했죠.

부부 싸움에 관한 나의 철학은 마치 시계추처럼 왔다 갔다 하며 바뀌었어요.

한때는 기어이 이기려고 했고, 그 후에는 무조건 져주려고 하다가, 다시 시비(是非)를 합리적으로 가리는 서양 방식으로 갔다가, 이제는 절대로 이기려고 해서도 안 되고 이길 수도 없다는 결론(?)을 내렸어요.

최근에 나는 나를 힘들게 하는 두 사람의 문제로 고민하다가 깨달았어요.

그 두 사람이 나를 힘들게 하는 것보다 천만 배는 더 내가 당신을 힘들게 했다는 것을.

대오 각성(大悟覺醒)이라고 할 만한가요?

아니면 내가 당신에게 자주 하는 "사랑해요", "존경해요", "감사해요", "미안해요" 같은 말처럼 입에 발린 고백일 뿐인가요?

어느 탈북민 목회자는 자신과 동역하는 남한 출신 목회자를 일컬어 "살아 있는 순교자"라고 했는데, 나 같은 사람과 사반

세기 동안 참고 살아온 당신이야말로 '살아 있는 순교자'가 아
닌가요?

당신이 나를 처음 보았을 때는 마치 힐러리가 클린턴을 보
았을 때처럼 참 커보였다고 했지요?

그런 당신이 연전에는 "나는 당신에 대한 모든 기대를 내려
놓았어요"라고 했지요.

그 말은 아직 관심과 사랑이 있다는 뜻이라고 누군가 위로
하더군요.

지난봄 당신 생일 때 십자가 목걸이인데 십자가 티가 덜 나
는 은 목걸이를 선물했더니, 모처럼 당신이 얼굴에 미소를 띠
면서 기뻐하던 것이 생각납니다.

당신이 재현이에게 "네 아빠는 언제나 목걸이만 선물한단
다"라고 하던 것도 기억나요.

아직도 우리를 하나 되게 묶고 있는 것은 무엇일까요?

재현일까요?

신앙일까요?

사랑일까요?

단지 삶일까요?

어쩌면 그 모두이겠죠.

결혼 22주년에 쓴 수필에서 나는 "중국 아니라 미국을 준다
해도 아내를 바꾸지 않을 것이다"라고 했습니다.

한마디 더 보태서 이제는 대한민국을 준다고 해도 안 바꾸
겠어요.

사랑해요, 나의 참 어여쁜 혜선!

2013년 7월

당신의 섭

 아내에게 바치는 노래

지난주 금요일이 결혼 기념 22주년이었다. 몇 가지 일에 골
몰하다가 그만 결혼기념일을 깜빡하고 말았다. 집에서 아내와
단둘이 저녁을 먹다가 아내가 알려줘서 알았다. 다행히 아내
가 저녁 식사 후 교회 집회에 간 덕분에 그 틈을 이용해 꽃바구
니를 배달시키고 감사 카드도 쓸 수 있었다.

마누라 자랑하면 팔불출이라고 했지만, 오늘은 그런 소리를
듣더라도 아내 자랑을 좀 해야겠다. 결혼 22주년 선물로 값비
싼 보석 대신 헌사(獻辭) 한 편을 쓰겠다는데, 그마저 이해 못할
세상은 아니라고 본다. 물론 나의 표현력을 탓하는 것까지 말
릴 생각은 없다.

10년 전쯤 일이다. 아내를 향해 "당신은 애교가 없다"라고
불평한 적이 있다. 아내의 반응은 뻔했다. 한마디로 어이없다
는 표정이었다. 지금 생각하면 그 당시 나는 실로 '간 큰 남자'

였다. 요즘 같은 여성 우위 시대에 언감생심 그런 말을 어떻게 할 수 있었는지 모르겠다. 지금 같으면 그런 말이 목구멍까지 치밀어 오르더라도 참을 것이다.

애당초 내가 아내를 택한 것은 그녀가 애교가 있어서가 아니었다. 작은 몸매임에도 강하고 당돌한 면이 맘에 들어, 눈여겨보다가 마침내 구애한 것이다. 아내는 "작은 고추가 맵다"라는 말이 어울릴 정도로 지도력이 있다는 평을 듣는다. 때로는 자기주장이 너무 강하다는 지적도 받지만, 그런 만큼 잘 가르치고, 행정력이 뛰어나고, 정치력도 있다. 같은 여성들에게서도 "씩씩하다"라는 말을 곧잘 듣는다. 어느덧 엄마보다 키가 훨씬 더 커버린 사춘기 아들이 엄마 앞에서는 여전히 꼼짝 못하는 것도 아내의 그런 면과 무관하지 않을 것이다.

나와 아내는 옛날이나 지금이나 닭살 부부는 아니다. 오히려 스스럼없는 친구 사이에 가깝다. 정치, 사회, 신앙, 모든 면에서 대화가 통한다. 목욕하고, 걷고, 영화 보고, 책 읽는 취미가 같다. 지금은 나와 아내 둘 다 술을 거의 마시지 않지만, 한창때는 술친구이기도 했다. 아내는 내게 마치 매일 먹는 밥처럼, 늘 입고 다니는 옷처럼 편하다. 아니, 살아볼수록 나한테는 딱 안성맞춤이다. 천생연분이라고나 할까.

아내가 매력 없다는 이야기가 아니다. 아내는 손, 발, 얼굴, 몸이 다 작아서 예쁘고 깜찍하다. 옷을 입으면 맵시가 난다. 사진발은 더 잘 받는다. 보조개는 그야말로 백만 불짜리다. 아내가 축소 지향형의 매력이 있고 보조개가 정말 예쁘다는 사실을 3년 전에야 새삼 깨달았다. '아버지 학교'에 참석해 "아내가 사랑스러운 스무 가지 이유"를 쓰다가 그동안 잊고 살았던 아내의 매력 포인트를 다시금 생각하게 되었다. 결혼 20주년을 한 해 앞두고 아내를 재발견한 것이다.

어떤 외설 작가는 『나는 야한 여자가 좋다』는 책을 쓰기도 했지만, 내 아내는 야한 여자와는 거리가 멀다. 아내는 화장을 요란하게 하지 않는다. 내가 비싼 옷을 사준 적이 없어 그런지는 몰라도, 옷도 화려하게 입지 않는다. 동네 할인 매장이나 중저가 제품을 파는 백화점을 애용하며, 그것도 특별 할인 판매할 때 주로 산다. 그러면서도 불만이 없다. 사치하거나 허영을 부리지 않는다. 사치를 즐기고 허영심에 빠진 마누라 때문에 평생 고생하는 남자들이 적지 않은 것을 생각하면, 아내의 검약(儉約) 하나만으로도 나는 복 받은 남자인지 모른다.

아내를 꽃에 비유한다면 장미보다는 개나리나 코스모스에 견주고 싶다. 이른 봄에 잎보다 먼저 피는 샛노란 개나리꽃이 길옆으로 만발한 길을 거닐다보면 내 마음까지도 맑아진다. 푸른 하늘 아래 희고 붉은 코스모스가 가을바람에 하늘거리는 들길을 걷노라면 콧노래가 절로 나온다. 내 아내가 풍기는 매력이 바로 그러하다. 화려함보다는 밝음과 청순함인 것이다.

처음에는 눈길을 확 끌었다가 금방 식상해지는 그런 틀에 박힌 미모가 아니라, 보아도 보아도 질리지 않는 그런 아름다움이라고나 할까. 아내에게는 다른 사람에게 없는 그만의 아름다움, 즉 개성미가 있다. 제 눈에 안경일 수도 있지만 말이다.

돌이켜보면 아내에게 감사할 것이 한두 가지가 아니다. 아내는 내가 군에 있는 3년 동안 변함없이 모든 것을 뒷바라지해준 조강지처다. 나는 원래 딸을 키우고 싶었는데, 아내는 그 대신에 멋진 아들을 낳아주었다. 나의 그간의 삶은 나이에 비해 퍽 파란만장했다. 그런 '잘난 남자'를 만난 덕분에 아내는 고생도 많이 했다. 특히 마음고생이 심했다. 그런데도 지난 22년을 하루같이 잘 참아주었다. 결혼 초기에는 내가 아내의 공부를 도왔는데, 지금은 아내가 나의 공부를 돕는다.

내가 아내에게 다른 무엇보다도 감사해야 할 일은 나에게 참 신앙을 갖게 해주었다는 것이다. 마치 부나방처럼 자기 몸이 타는 줄도 모르고 권력의 불길을 향해 질주하던 나를 멈추게 해준 것도, 그리고 자기도 모르게 부패와 타락의 깊은 늪 속으로 빠져들어 가던 나를 건져준 것도 신앙이었다. 신앙이 내게 권력이나 재산이나 명예를 직접적으로 갖다주지는 않았다. 그러나 그런 것 없이도 즐겁게, 기쁘게, 감사하며 사는 법을 가르쳐주었다. 이것은 실로 엄청난 사건이다. 돈으로는 환산할 수 없는 고귀한 선물을 나는 아내 덕분에 공짜로 받았다고 생각한다.

아내에게 미안한 일도 많다. 나는 아내에게 비싼 옷도, 비싼 보석도 사주지 못했다. 그럴 능력이 있을 때도 그러지 않은 것이 지금으로서는 후회막급하다. 아내에게 직접적인 폭력이나 폭언을 행사하지는 않았지만 독설은 뱉은 적이 있으며, 이래저래 마음의 상처를 많이 주었다. 문정희 시인은 "사랑은 눈물방울 모아 가슴팍에서 익는다"라고 노래했지만, 지난 세월 동안 아내를 너무 많이 울린 것 같다. 지금은 술, 담배를 하지 않지만, 결혼 후 14년 동안은 나의 술, 담배로 인해 아내가 큰 고통을 겪었다. 아내 앞에 나는 죄인일 뿐이다. 지금이라도 용서를 빈다.

최근에 나는 이런 '진리'를 터득했다. 여자와 싸우는 남자는 졸장부이며, 더욱이 여자와 싸워 이기는 남자는 졸장부 중 졸장부다. 남은 생애 동안 아내는 물론이고 어떤 여자와도 싸우지 않겠다고 다짐해본다. 잔소리나 불평은 여자의 특권이다. 남편은 아내의 말에 상처 받지 말아야 한다.

나는 아내를 잘 몰랐고 지금도 잘 모른다. 단적으로, 아내가 학창 시절 국어를 좋아했고 잘했다는 것을 얼마 전에야 알게 되었다. 아내는 책을 좋아했고, 조숙해서 일찍부터 각 분야의 많은 책을 읽었다는 것만 알았는데, 글쓰기도 좋아하고 잘했다는 것이다. 앞으로 기회가 온다면 아내가 문단에 등단하는 것을 돕고 싶다. 시든 소설이든 아내가 글을 쓴다면 나는 마구 칭찬해주고 격려해주고 지원해주고 싶다.

내가 아내에게 바라는 것은 두 가지다. 하나는 내가 죽는 날 내 곁에서 임종 기도를 해달라는 것이다. 그리고 내가 죽는 날까지 함께 사랑을 실천하며 살았으면 한다. 나는 날마다 오늘이 마지막이라고 생각하며 산다. 다만 아내에게 큰 짐이 되지 않는다면 좀 더 함께 살고 싶다. 나에게는 묘비도 필요 없고, 따라서 묘비명도 필요 없다. 그저 자신을 진심으로 사랑하다 간 남자로 아내가 나를 기억해주기만을 바란다. 나는 중국 아니라 미국을 준다 해도 아내를 바꾸지 않을 것이다.

 어머니

어머니는 스물한 살에 시집왔다. 시집 살림은 풍족했다. 원근 마을에 산재한 전답이 수십 마지기였다. 할아버지가 생존할 당시에는 머슴도 있었다. 나중에는 머슴을 부리지 않고 소작을 주어 소출을 반반씩 갈랐지만, 식량은 넉넉했다. 50호쯤 되는 마을의 두 번째 가는 부잣집이었다. 대구에는 직물 공장을 경영하는 고모가 있어서 돈이 필요할 때는 조달할 수도 있었다.

그런 어머니가 고생을 참 많이 했다. 아버지 때문이었다. 나는 어머니가 아버지에게 잔소리하는 것을 귀가 따갑도록 들으면서 자랐다. 아버지는 삼대독자였다. 한마디로 한량이었다.

일하기는 싫어하면서 돈 쓰기는 좋아했다. 집에 돈이 없으면 빚을 내거나 전답을 팔아 썼다. 아버지는 호주머니에 돈만 생기면 집을 나갔다. 대구로, 영덕으로 돌아다녔다. 영화를 보고, 전축으로 음악을 듣고, 기타를 치고, 맛있는 것을 사 먹었다. 많은 한국인이 초근목피로 연명하던 1950~1960년대의 일이다.

어머니는 이런 아버지와 한평생을 살았다. 아버지는 어머니의 기댈 언덕이 못 되었다. 어머니는 처음에는 할머니에게 의지해서 살았고, 나중에는 자식들과 함께 농사를 직접 지으면서 살았다. 어머니는 아들 넷, 딸 하나를 낳았다. 아들이 귀한 집안에 아들을 많이 낳아주었다고 해서 할머니에게 귀여움도 많이 받았다. 어머니도 할머니를 잘 모셨다.

할머니는 빈틈이 없고 단정했다. 어머니 표현에 의하면 '손톱도 안 들어가는 분'이었다. 할머니는 아들 하나 잘살게 하기 위해 무진 애를 썼다. 할아버지가 일찍 돌아가신 뒤에도 논밭 하나 줄이지 않았다. 어머니에게는 무엇이든 잘 가르쳐주었다. 할머니는 집에 돈이 필요하면 대구 사는 고모에게 연락했고, 고모는 돈을 보내주었다. 그런 할머니가 칠순도 되지 않아 돌아가셨다.

"천지가 다 무너지는 것 같았다. 지금까지 저 어른 덕에 살아왔는데 이제 어떻게 사나. 아버지는 천치(天痴) 같고…… 얼마나 울었는지 모른다."

할머니가 돌아가시고 나서 가세는 급속히 기울었다. 아버지는 돈이 필요하면 논밭을 팔았다. 위토(位土)도 팔았다. 팔 땅이 없으면 양식도 내다 팔았다. 어머니는 쌀을 보따리에 싸서 집 안 구석구석에 감춰놓고 먹어야 했다. 왕년의 부잣집이 어느 흉년 든 해 봄에는 나물죽과 나물밥으로 연명해야 했다. 전답이 있는 사람에게는 양곡을 대여해주지 않았기 때문이다.

아버지는 어머니가 어디 멀리 가는 것을 싫어했다. 아버지는 어머니가 대구 같은 도회지에 나가면 길을 잃고 집을 찾아오지 못할 것이라고 말했다. 어머니를 등신 취급한 것이다. 그 바람에 어머니는 10년 넘게 친정에 가지 못한 적도 있다. 누나가 커서 밥을 해 먹을 수 있게 되자 비로소 친정 나들이를 할 수 있었다. 그것도 아버지 몰래 도망치듯 집을 빠져나와 버스를 타야 했다. 내가 아홉 살이던 어느 겨울날 아침 서리가 뽀얗게 내린 버스 정류장에서 어머니와 함께 버스를 기다리던 기억이 생생하다.

아버지가 농사는 돌보지 않고 한량처럼 세월을 보내자, 그 피해는 고스란히 자식들에게 돌아왔다. 자식들은 다 머리가 좋고 공부도 잘했으나 고등교육을 시키지 못했다. 자식 공부 시키는 것보다 당장 배를 채우기에 급급했다. 큰형은 상급 학교 진학 시험에 합격하고도 진학을 포기했다. 그 대신에 황초굴이라고 하는 잎담배 건조 시설을 짓고 담배 농사를 시작했다. 산 중턱을 개간해서 담배 농사를 짓느라고 온 가족이 말할 수 없는 고생을 했다. 그런 형에 대해 이웃들은 서로 다른 두 가지 반응을 보였다. 한쪽에서는 "나이도 안 많은 아이가 대단하다"라고 한 반면, 다른 한쪽에서는 "저렇게 인물 좋은 아이에게 왜 일을 시키느냐"라고 했다.

누나도 공부를 잘했다. 교장 선생님이 아버지를 길에서 만나 "숙이는 공부를 잘해서 공부를 조금만 더 시키면 뭐라도 해 먹을 것이다"라고 말했다고 한다. 누나는 공부를 계속하고 싶어 내 바로 위 형의 자취 생활을 다 뒷바라지할 테니 상급 학교에 진학하게 해달라고 큰형을 졸랐으나, 뜻을 이루지 못했다. 누나는 농사도 짓고 밥도 했다. 어머니로서는 편했다.

자녀 교육에 관해서는 어머니보다 아버지가 좀 더 적극적이었다. 아버지는 일도 안 하고 돈도 안 벌면서도 아이들 공부는 시켜야 한다고 목청을 높였다. 한번은 아버지가 둘째 형을 공부시킨다고 동네에서 빚을 내서 대구로 데리고 나가려고 했다. 낮에는 고모 공장에서 일하고 밤에 학교에 다니게 한다는 것이었다. 어머니는 결사반대했다. 가장 일 잘하는 둘째가 없으면 땔나무도 못하고 농사도 못 짓는다고 생각한 것이다. 고모가 둘째 형에게 일만 시키고 학교는 안 보내줄 것이라고 의심하기도 했다. 고모는 할머니의 도움으로 사업을 일으켰기 때문에 우리에게 잘해주기도 했지만, 때로는 지나치게 냉정하기도 했다. 결국 둘째 형의 학업은 거기서 끝나고 말았다. 그뿐만 아니라 둘째 형은 내가 서울에서 중학교, 고등학교를 거쳐 대학교를 졸업할 때까지 묵묵히 농사를 지으며 뒷바라지했다. 둘째 형은 요즘도 술을 한잔 마시면 공부에 얽힌 회한을 털어놓는다.

나는 한동안 내가 독학했고 자수성가했다고 생각했다. 고등학교 2학년 때부터 과외 아르바이트를 하고 장학금을 받고 하면서 부모나 형제들에게 큰 신세 지지 않고 내 힘으로 일어섰다고 생각한 것이다. 그런 면도 있지만 결코 그것이 다가 아니었다. 부모 형제의 희생이 없었다면 오늘의 나는 있을 수가 없다. 만일 내가 막내로 태어나지 않았다면 나 역시 농사를 지을 수밖에 없었다. 독학이니 자수성가니 하는 생각은 착각이었다. 나이가 들수록, 생각하면 할수록 내 인생은 빚진 인생, 신세진 인생이라는 것을 절감한다. 과연 죽기 전에 그 은혜를 다 갚을 수 있을지 모르겠다.

어머니가 자식 교육보다 농사를 앞세운 것은 잘한 것일까. 내 아들에게 할머니 이야기를 들려주었더니, 그 녀석은 대뜸 "나 같으면 빚을 지더라도 공부를 시켰겠다"라고 말한다. 그렇다. 그 말은 맞다. 말이니까 쉽다. 그 당시 어머니에게도 그렇게 하고 싶은 마음이 있었다. 그렇게 할 수가 없어서 하지 못했을 뿐이다. 어머니의 선택이 비록 옳지 못했다고 하더라도 지금 그것을 비난할 수는 없다.

어머니는 아버지 때문에 말할 수 없는 고생을 했지만, 마지막에는 아버지에게 감사했다. 나는 어머니가 돌아가시기 넉 달 전쯤부터 네 번에 걸쳐 어머니의 살아온 이야기를 듣고 기록했다. 어머니는 아버지에 대해 이렇게 말했다.

"아내를 애먹이지 않은 남편이 어디 있나. 그만하면 감사하다. 네 아버지에게 막 짜증냈던 것이 생각난다. 내가 잘못한 게 많다. 자꾸 생각난다. 그때 내가 왜 그랬나? 내가 잘못한 것들이 다 생각난다. 좀 더 잘 해줄걸."

 누나

누나는 아들만 넷 있는 집안에 외동딸로 태어났다. 딸이 귀한 집에 딸로 태어났으니 귀여움을 많이 받고 호강하며 자랐을 것 같지만, 실상은 그렇지 못했다. 차라리 딸이 더 많은 집에 태어났더라면 오히려 더 좋았을지 모른다. 왜냐하면 어머니에게는 남편과 아들을 합쳐 다섯 명이나 되는 남자들을 위해 밥을 짓고 빨래를 해줄 여자 일손이 필요했기 때문이다. 누나가 공부를 더 하고 싶다고 했을 때 어머니가 반대했던 이유가 바로 거기에 있었다. 누나가 머리가 나빴거나 공부를 못해서가 아니었다. 누나는 교장 선생님이 칭찬했을 만큼 공부에 소질이 있었지만, 어머니를 도와 농사를 지을 수밖에 없었다.

누나는 잠시 객지 생활을 하기도 했다. 고모부가 대구에서 운영하던 직물 공장에 다녔다. 아마도 낮에는 공장에서 일하고 밤에는 학교를 다니는 주경야독의 꿈을 꿨던 것 같다. 하지만 그 꿈은 이루어지지 않았다. 누나는 곧 다시 고향으로 돌아왔다. 두메산골에서는 한 번도 본 적이 없는 빼딱구두를 신고 나타났다. 그 바람에 온 동네가 시끌벅적했던 기억이 새롭다. 지금은 기억이 나지 않지만, 그 전에 보지 못한 맛있는 사탕과 과자도 사 왔던 것 같다.

그 후 나는 맏형을 따라 서울로 유학 왔기 때문에 누나와는 한동안 떨어져 지냈다. 누나는 둘째 형과 함께 촌에서 농사를 지으며 나의 학업을 뒷바라지했다. 한국의 근대화 과정에서 형제자매 중에서 한 사람이 성공하려면 다른 형제자매의 희생은 필수적이었다. 그것은 내 경우에도 결코 예외가 아니었다. 맏형은 해군 복무 시절 지인의 소개로 어떤 화보사(畵報社)에 취직을 하기는 했으나, 월급을 제대로 받지 못하는 것 같았다. 그러다 보니 나와 맏형은 거의 전적으로 고향 농사에 의존해야 했다. 시골에서 부쳐주는 쌀 같은 것을 받기 위해 맏형과 함께 건영화물 회사를 찾곤 하던 때가 생각난다.

누나는 농한기인 겨울철이면 된장, 고추장, 간장, 고춧가루 같은 것을 가지고 가끔 서울에 왔다. 나는 당연히 누나에게 서울 구경을 시켜주었을 것 같은데, 지금은 전혀 기억이 나지 않는다. 그때 옆집에 살던 한 총각이 누나를 탐냈다. 누나와 그 총각은 몇 해 뒤에 결혼했다. 누나가 청송에서 서울로 시집온 것이다.

기실 매형은 서울 사람이 아니고 전라도 사람이다. 당시만 해도 청송에서는 전라도 사람과 혼인하는 것을 상상조차 하지 못했다. 그런데 객지, 그것도 서울 생활을 하다 보니 맏형은 전라북도 정읍 사람을 만나 결혼했고, 누나는 전라남도 순천 사람에게 시집갔다. 그것도 4형제 중 맏며느리로 들어갔다.

내가 생각해도 누나는 맏며느릿감으로 전혀 손색이 없다. 건강하고 일도 잘했다. 누나는 어릴 때부터 고모를 닮았다는 말을 많이 들었는데, 그 말은 실은 뚱뚱하다는 이야기였다. 요즘은 그렇지 않지만, 그때만 해도 맏며느릿감으로는 호리호리한 미인보다 듬직한 여성을 선호했기 때문에 누나는 그야말로 맏며느릿감으로는 제격이었다. 누나는 딸 둘에 아들 하나를 낳아 잘 키웠다. 이제는 외손주를 넷이나 둔 할머니다. 그러고 보니 누나가 시집간 지 30년이 훨씬 넘었다. 그동안에 누나의 시집에서 맏며느리가 마음에 안 든다고 하는 이야기는 한 번도 들어보지 못했다. 경상도 여자가 문화와 관습이 사뭇 다른 전라도 한복판으로 시집갔지만, 살림을 잘 살아냈다. 누나는 딸로서도, 아내로서도, 며느리로서도 자기 일을 훌륭히 해냈다. 나중에 들은 이야기이지만, 매형은 경상도 처녀를 아내로 얻은 것이 무척 자랑스러웠던 모양이다. 모르기는 해도 전라도 지역에서는 경상도 며느리 보는 것을 대단한 일로 평가하는 것 같다.

나는 누나를 너무나 좋아했던 나머지 만약에 누나와 결혼하는 사람이 누나를 불행하게 한다면 가만있지 않겠다고 생각했을 정도였다. 누나의 결혼 생활은 불행하지 않았다. 매형은 어느 식품 회사에 근무했는데, 넉넉하지는 않았지만 착실히 벌어서 나중에는 슈퍼마켓을 차렸다. 강남 지역에 위치했던 그 식품점은 장사가 잘됐다. 그 덕분에 나는 일찍이 맛있는 아이스크림을 실컷 얻어먹을 수가 있었을 뿐 아니라 최전방에서 사병으로 근무하는 동안에도 누나가 부쳐주는 맛있는 과자를 연중 부족함 없이 먹을 수 있었다.

인생이란 늘 오르막이 있으면 내리막도 있는 법이다. 슈퍼마켓으로 돈을 번 매형은 서울의 한 위성 도시에서 석재 사업을 시작했으나, 돈을 벌지 못하고 벌어놓은 돈을 다 써버렸다. 슈퍼마켓을 몇 년간 계속하다 보면 돈은 벌지만, 1년 365일 쉬지 못하기 때문에 누구나 전업의 유혹을 받는다. 그때 동종이나 유사 업종이 아닌 신종 사업에 뛰어들 경우 실패하기 딱 좋다. 요즘은 대형 할인 마트에 밀려 슈퍼마켓이 장사가 안되지만 그때만 해도 장사가 잘됐는데, 전업하는 바람에 다시 고생길로 접어든 것이다. 그 후로 누나와 매형은 각기 장사나 직장 생활을 하면서 살림을 빠듯하게 살다가 지금은 매형의 고향으로 귀농했다.

누나의 삶은 힘겹지만 불행하지는 않다. 매형은 이제 환갑을 맞았지만, 지금도 누나와 함께 열심히 오이 농사를 지으며 노부모를 모시고 산다. 다행히 자녀들은 다들 배울 만큼 배웠고 또 졸업 후에는 반듯한 직장들을 얻어 착실하게 직장 생활을 하며 결혼도 다 했기 때문에 두 사람의 노후만 걱정하면 된다. 매형이 누나를 호강시켜주지는 못하지만 그렇다고 불행하게 하지는 않았기 때문에 나로서는 가만있을 수밖에 없다. 아니, 오히려 감사할 뿐이다.

돈이 많다고 꼭 더 행복한 것은 아니지 않은가. 누나는 슈퍼마켓을 할 때 어떤 아주머니의 전도로 예수 그리스도를 믿게되었고, 그 후 20년 가까이 신앙생활을 독실하게 해왔다. 고난속에서도 좌절하지 않고 견디며 다시 일어서는 힘은 아마도 그러한 믿음 생활에서 나오는 것이리라. 누나는 또 어머니를 전도해 어머니도 하나님을 믿는 믿음 안에서 노년을 아름답게 보내다가 돌아가셨다. 누나는 신앙이라는 이름의 보험을 든 셈이다. 눈에 보이는 보상은 없지만, 보이는 것 이상으로 힘을 주는 보험에 가입했다고 보면 된다.

나는 누나가 지금이라도 공부를 해서 못 배운 한을 풀기를 바란다. 검정고시를 거쳐 대학에 들어가겠다면 그 과정에서 소요되는 학비는 내가 집을 팔아서라도 대주겠다고 했다. 누나도 사회복지학과를 졸업해 사회복지사 자격증을 따고 싶어 한다. 하지만 우선 당장 일을 하지 않을 수 없다고 한다. 참으로 안타깝다. 돌이켜보면 내가 누나를 한번 제대로 도와줄 기회가 있었던 것 같은데, 내 발등의 불이 급하다는 이유로 돕지 못한 것 같아 마음이 아프기도 하다. 나 자신도 파란만장한 삶을 살아오면서 큰 실패를 거듭하는 바람에 여력이 별로 없기는 하지만, 그래도 누나가 공부를 하겠다면 그것만은 내가 도와주고 싶다.

이 세상에서 가장 불행한 사람은 누나가 없는 사람이 아닐까 생각한 적도 있다. 누나를 생각하면 고향이 생각난다. 어린 시절이 떠오른다. 시가 읊어진다. 노래가 흥얼거려진다. 눈물이 난다. 돌아가신 어머니의 얼굴이 누나의 얼굴 위에 오버랩되어 나타난다. 소월(素月)의 심정이 바로 나의 심정인 것이다.

> 엄마야 누나야 강변 살자
> 뜰에는 반짝이는 금모래 빛
> 뒷문 밖에는 갈잎의 노래
> 엄마야 누나야 강변 살자

여덟째 마당
—
꽃중년 아빠의 멋 내기

화장하는 남자

화장이 여성의 전유물이던 시대는 벌써 지나갔다. 미모가 경쟁력으로 통하는 세태와 더불어 화장하는 남자가 점점 많아진다. 화장품 회사의 남성 화장품 개발 경쟁은 이미 섬광을 번쩍인다. 『여성시대에는 남자도 화장을 한다』라는 책이 나온 지도 오래됐다. '한국의 지성'으로 손꼽히는 저명한 사회생물학자가 쓴 책이다. 동물은 수컷이 오히려 화려한 외모로 암컷을 유혹한다고 그는 말한다. 실제로 공작을 보면 수컷의 꽁지는 길고 오색찬란하지만, 암컷은 꼬리가 짧고 무늬도 없다. 닭도 수탉이 볏이 크고 꼬리도 길다. 사슴도 뿔은 수컷에게만 있다. 사자의 갈기도 마찬가지다.

사람은 어떠한가. 지금은 여자가 화려한 치장으로 남자를 유혹하지만, 고대 그리스의 그림이나 조각 작품을 보면 벌거 벗은 남성이 주류를 이룬다. 미의 상징은 여성이 아니라 남성 인 것이다. 신라 시대의 귀족 자제들이던 '화랑(花郎)'은 요즘 말 로 하면 '꽃미남'이다. 지금 남자의 화장이 되살아나는 것은 이 른바 여성 시대를 맞아 미(美)를 추구하는 남성의 본성이 회복 되는 것이 아닐까.

어느 대학교수는 신문 칼럼에서 친구 관리, 즉 '우(友)테크' 의 중요성을 강조하면서 다음과 같이 말했다.

매력을 유지하라. 항상 반짝반짝하게 잘 씻고 가능하면 깨끗하고 멋진 옷을 입어라. 동성끼리라도 매력을 느껴야 오 래간다. 후줄근한 모습을 보면 내 인생도 함께 괴로워진다.

여자는 물론 남자도 자신을 꾸밀 필요가 있다는 것이다. 그 의 의견에 나는 전적으로 공감한다. 그래서인지 나도 언젠가부 터 '화장하는 남자'의 대열에 들어섰다. 처음에는 눈썹 화장 정 도에 머물다가 요즘에는 얼굴의 잡티를 가려주고 피부 톤을 정 리해주는 비비 크림도 사용한다. 비비 크림의 위력은 실로 대 단하다. 불과 뜨개질실 1센티미터 정도의 분량만 사용해도 내 큰 얼굴을 깔끔하게 변혁시킨다. 처음에 멋모르고 손가락으로 듬뿍 찍어서 발라보았더니, 이건 숫제 흰색 가면을 쓴 꼴이다.

산신령처럼 눈썹 휘날리는 것은 야성미가 아니다. 눈썹은 얼굴의 지붕이어서 이물질이 눈으로 흘러내리는 것을 막아주기도 하지만, 사람의 인상도 결정한다. 눈썹 정리만 해도 말끔하고, 눈썹을 살짝만 그려주어도 얼굴이 살아난다. 어느 날 눈썹을 자세히 들여다보니 잔털이 상하좌우에 제멋대로 퍼져 지저분하기 짝이 없었다. 눈썹칼로 쓱쓱 밀어주니 금세 단정해졌다. 눈썹칼에 베이지 않을까 걱정했는데, 얼마나 안전하게 만들어놨는지 3년 가까이 사용한 지금까지 한 번도 베인 적이 없다.

눈썹 중에 지나치게 자라 제멋대로 뻗은 놈은 눈썹가위로 끝을 잘라준다. 눈썹연필로는 갈라진 눈썹을 잇고, 치켜 올라간 눈썹꼬리는 살짝 그려서 내려준다. 눈썹연필의 색상도 가지가지다. 머리를 갈색으로 염색한 어떤 남자 탤런트는 눈썹도 갈색으로 염색했다. 텔레비전 드라마 <선덕여왕>을 보니 화랑 수십 명이 나란히 앉아 분 바르고 연지 찍고 눈썹을 그리는 장면이 나오는데, 눈썹이 붉은색이다. 어떤 인터넷 블로그에서는 젊은 여성이 자신의 남자 친구 눈썹 다듬어주는 것을 순서마다 사진을 보여주며 설명해놓았다.

인터넷을 좀 더 검색해보니 날마다 화장하는 20대 남성 직장인의 이야기가 나온다. 이 젊은이는 매일 출근 전에 30분씩 화장하는데, 그 첫 순서가 눈썹 다듬기다. 그가 '첫 화장 경험'

이라며 소개한 화장법은 이러하다. 눈썹을 다듬고 면도한 다음에는 한 주에 두세 번 정도 피부의 묵은 각질을 제거하고 모공이 보이지 않도록 관리한다. 스킨로션에 이어 에센스를 바르는데, 타원형으로 눈 아래부터 전체적으로 발라준다. 아이크림을 약손가락으로 눈 쪽에서부터 바깥으로 바른다. 메이크업 베이스는 투명한 것으로 사용하고, 유분이 적은 파운데이션을 바른다. 잡티가 있으면 컨실러를 쓴다. 남성용 파우더를 바른다. 워터 미스트로 화장이 지워지지 않게 하는 데 3분 내지 5분이 걸린다. 액상 립스틱으로 마무리한다.

열 단계가 넘는 화장법이지만, 남성용이어서 화장한 티는 전혀(?) 나지 않는다고 한다. 그가 추구하는 것은 깨끗한 용모, 즉 깔끔함이라며, 하루속히 화장이 습관이 되기를 바란다고 했다. 출근 무렵의 30분은 금쪽같은 시간이지만 아깝지가 않은 모양이다.

내가 여섯 해 전부터 머리를 기르고 파마를 한 것도 넓게 보면 남성 화장이라고 할 수 있겠다. 아내의 눈총에 아랑곳하지 않고 향수 뿌리기를 고집하는 것도 같은 맥락이다. 멋과 아름다움에는 고통도 따른다. 영화 <왓 위민 원트(What Women Want)>를 보면 주연 배우 멜 깁슨이 여자들의 심리를 이해하기 위해 부숭부숭 털이 난 다리에 왁스 천을 붙였다 떼면서 아픔을 견디지 못해 괴성을 지른다.

한국에서는 아직도 화장 자체에 거부감이 강하다. 여자도 지나치게 화장하면 거북스럽다는 반응을 초래한다. 생머리에 화장은 한 듯 안 한 듯한 정도의 여성이 이상적이라고 고집하는 남자가 아직도 있다. 먹고살 만해지면서 화장에 너무 많은 돈을 쓰는 것도 사실이다. 물론 '미모'로 사람을 뽑는 것은 잘못이다. 하지만 '인상'이 결정적인 것은 사실이다. 내 강의를 듣던 학생들 중에서 졸업을 앞두고 큰 회사에 채용되는 학생들을 보면 한결같이 '인상'이 좋고 자존감이 높은 편이다. 여학생뿐 아니라 남학생도 평소부터 화장을 해야 한다고 나는 강조하고 다닌다.

미(美)를 추구하는 것 자체는 인간의 본성이다. 본질을 훼손하지 않으면서 아름다워지는 것은 창조주의 뜻과도 배치되지 않는다. 화장을 할 때 나는 왠지 좀 겸손해진다. '아무러면 어때?'라는 교만이 아니라 '깔끔해지도록 해야지'라는 마음으로 바뀐다. 화장은 옷차림과 마찬가지로 삶의 한 양식이며, 자기계발의 한 과정이다. 이제 남성 화장, 남성 패션에 박수를 보내야 할 때다.

 남성 패션

올해로 10년째 대학에서 강의하고 있다. 그 과정에서 내가

느낀 것이 한 가지 있다. 남학생들이 '예쁘다'는 것이다. 남학생들이 점점 '예뻐지면' 여학생들이 유혹을 더 느껴 공부에 방해가 되지 않을까 싶다. 이러한 나의 말이 퍽 생뚱맞게 들릴지도 모르겠다.

남학생들이 '예쁘다'는 것은 남성의 여성화를 말하는 것이 아니다. 과거와 달리 남학생들도 외모에 신경을 많이 쓰게 되면서 여성 못지않은 '아름다움'을 갖게 되었다는 것이다. 아니, 어떤 면에서는 여학생보다 남학생이 더 귀엽고 깜찍하다. 헤어스타일에서부터 화장, 패션, 액세서리에 이르기까지 남학생들의 외모도 한결 화려해졌다. 모든 남학생들이 '꽃미남'은 아닐지라도, '꽃미남'은 오늘날 남학생들이 추구하는 하나의 모델임이 틀림없다. '터프 가이(tough guy)' 혹은 '마초 맨(macho man)'이 마치 남성을 상징하는 것처럼 여겨졌던 때도 있었으니, 격세지감(隔世之感)도 이만저만이 아니다. 요즘 한국 사회에서는 '예뻐지려는' 남자들과 그런 심리를 이용해 돈을 벌려고 하는 미용 업계, 화장품 업계, 의류 업계의 계산이 맞물리면서 남자들의 외모 가꾸기 경향에 가속도가 붙었다.

나는 이런 경향을 부정적으로 생각지 않는다. 앞서 「화장하는 남자」에서도 슬쩍 운을 떼었지만, 오늘날과 같은 여성 시대에는 남자들도 모름지기 미를 추구할 필요가 있다고 생각한다. 전통적인 남성 우월주의 시각에서 남자는 꾸밀 필요가 없다고 생각하는 것이야말로 시대착오적이다. 개인적으로 문신(文身)이나 보디 피어싱(body piercing)은 찬성하지 않는다.

원래 나 자신은 '남성 멋 내기 문화'와 무관한 환경에서 자라났고 또 살았다. 그러다 보니 헤어스타일은 어떻게 하는 것이 좋은지, 얼굴은 어떻게 가꾸는 것이 좋은지, 그리고 옷을 잘 입으려면 어떻게 해야 하는지 전혀 알지 못했다. 그것을 나에게 가르쳐준 사람도 없다. 심지어는 내 아내도 가르쳐주지 않았다. 그저 '편하고 깨끗한 것'이 내가 외모와 관련해 추구하는 가치의 전부였다.

이 글의 주제인 '남성 패션'에 관해서도 나는 완전 초보다. 남녀 공히 외모를 돋보이게 하려면 '코디(coordination)'가 중요하다고들 하는데, 나는 그 말이 무슨 뜻인지조차 몰랐다. '코디'를 사전에서 찾아보니 "의상, 화장, 액세서리, 구두 따위를 전체적으로 조화롭게 갖추어 꾸미는 일"이라고 한다.

예전 같으면 '코디'를 염두에 두는 일은 나에게 극히 피곤한 일일 뿐이다. '코디'의 중요성을 공감하지 못했을 뿐 아니라 '코디'에 신경 쓸 시간적·정신적·물질적 여유도 없었다. 지금은 생각이 사뭇 다르다. 할 수만 있다면 배워서라도 '코디'에 신경 쓰고 싶다. 이래저래 학교에서나 교회에서나 사람들 앞에 나서야 할 기회도 적지 않을뿐더러, 설령 그렇지 않다 하더라도 기왕이면 '매력' 있는 사람이고 싶다.

그러다 보니 남성 패션을 소개하는 신문 기사나 신간 서적 보도에 자연스럽게 눈길이 가게 되었다. 몇 번 스크랩만 하다가 마침내 남성 패션 안내 책자를 한 권(『왜 옷을 잘 입는 남자가 일도 잘할까』) 구입했다. 일본의 여성 스타일리스트가 비즈니스맨을 대상으로 쓴 책이다. 주로 정장 혹은 세미 정장 스타일을 다루었는데, 나는 이 책을 읽고 일종의 '개안(開眼)' 효과를 맛보았다. 이 한 권만으로는 학습량이 절대 부족할 테니, 나의 패션 공부는 이제 시작인 셈이다.

우선 신발장에서 구둣솔과 구두약 틈에 처박혀 있던 옷솔을 찾아 꺼냈다. 정장에 묻은 먼지를 쓸어내리는 데는 찐득찐득한 보풀 제거기보다 옷솔이 좋다고 그 책에서 강조했기 때문이다. 그리고 백화점에 가서 넥타이를 안 맬 경우에 어울리는 셔츠를 세 개나 사고 그것에 받쳐 입을 바지도 세 개 샀다. 겨울 방학 기간에 두 차례 해외여행을 할 기회가 있어 면세점에서 혁대도 세 개를 장만했다. 아직 구두는 새로 장만하지 않았지만, 정장에 어울린다는 '끈 달린 가죽 구두(옥스퍼드 구두)'도 기회가 되면 갖출 생각이다.

방학 중에 마련한 이런 옷가지와 혁대를 착용하고 신학기 강의실에 들어서니 나 스스로가 생각하기에도 새로워진 느낌이 든다. 단지 셔츠에 바지, 혁대가 바뀌었을 뿐인데 그것들이 어울려 '조용한 혁명'을 일으킨 것이다. 조금 더 배우고 조금 더 갖추면 한결 달라진 인상을 줄 수도 있을 것 같다.

문제는 남성 패션에 당연히 돈이 든다는 것이다. 고급 제품도 아닌 중급 제품 몇 가지를 한꺼번에 구입했을 뿐인데 거기에도 상당한 금액이 소요되었다. 그 여파로 다른 씀씀이를 줄여야 하는 '고통'을 겪었다. 경제력이 변변찮은 대학생을 비롯한 젊은 직장인들이 빠듯한 살림에 외모 가꾸기를 위한 재원을 짜내느라 겪을 아픔이 공감되었다.

나는 여전히 일부 모임에 가면 '젊다'는 소리를 듣지만, 그것은 그 모임에 고령층이 많기 때문이다. 객관적으로 보아 나는 이제 확실히 중년에 접어들었다. 자칫 보는 이로 하여금 '느끼함'을 느끼게 할 나이가 된 것이다. '느끼한 중년'을 하루아침에 '꽃중년'으로 바꾸지는 못한다고 하더라도, 남성 패션에 쏟는 작은 투자가 인상을 어느 정도는 바꿔놓을 수 있을 것이라고 생각한다. 예를 들면 가슴 언저리가 허전해 보이는 노타이 차림을 포켓 행커치프로 보완하는 것이다.

옷이 날개라는 말은 옛날이나 오늘날이나 다름없이 금언(金言)이다. '꽃중년' 혹은 '로맨스 그레이(romance gray)'를 향한 남자의 자기 가꾸기는 결코 비난받을 일이 아니다. 단언컨대 '21세기 중년 남성의 멋 내기'는 무죄다.

지난 학기에 내 강의를 들었던 주리가 복도에서 나를 보고 반갑게 인사한다.

"교수님, 로맨틱해지셨어요."

나의 달라진 머리 모양을 두고 하는 인사말이다. 머리를 기르고 파마까지 했더니 새로운 느낌을 준 것 같다. 지천명의 나이에 접어드는 내가 여대생에게서 '로맨틱(romantic, 낭만적)'하다는 말을 들으니 기분이 나쁠 리 없다. 청춘으로 돌아가고 싶은 회춘(回春) 욕구는 남자의 본능이다. 1960년대에 제작된 신상옥 감독의 영화 <로맨스 그레이>는 그러한 회춘 욕구를 바탕으로 한 중년 남성의 일탈 심리를 잘 보여준다.

조금씩 바꾸는 것을 개혁이라고 하고 확 바꾸는 것을 혁명이라고 치자. 그런 구분을 내 머리에 적용한다면 내 머리는 확실히 혁명을 했다. 무릇 혁명에는 원인이 있다. 내 '머리 혁명'의 이유는? 여대생들에게 잘 보이기 위해서가 아니다. 내 나름의 두 가지 동기가 있다. 하나는 내 큰 얼굴을 '위장(camouflage)'하고, 오른쪽 귀 뒤쪽에 생긴 혹도 가리기 위해 머리를 기르다 보니 관리하기가 어려워 파마를 한 것이다. 혹이 생긴 내력은 이러하다. 붉은 점이 10년 전에 사마귀로 변한 것을 레이저 수술로 제거해도 또 생기기에 성형외과를 찾아가 도려냈더니,

그만 덧나서 혹이 되고 말았다. 용감한(?) 성형외과 의사가 아무 설명도 없이 칼질을 하는데도 가만있었던 내가 잘못이었다.

8년 전 미국에 연수 갔을 때 혹시나 하고 병원을 찾았더니 또 도려내 주었지만, 혹은 다시 돋아났다. 피부암이 아니라는 조직 검사 결과 외에는 소득이 없었다. 피부에 칼을 대면 그 반작용으로 혹이 생긴다. 혹을 드러내놓고 사는 것도 방법이다. 많은 사람들이 흉터나 점, 혹 같은 것을 노출한 채 산다. 나는 일단 약점을 가리는 쪽을 선택했다. 머리칼이 성해서 덮을 수 있을 때까지는 덮어보기로 했다.

그때 헤어스타일 혁명의 두 번째 동기가 발동했다. 무언가 나를 얽매고 있는 것에서 자유로워지고 싶었다. 미국 같은 나라에서는 수염을 기르거나 머리 모양을 특이하게 해도 조직 생활에 별 지장이 없다. 한국에서는 다르다. 장발에 파마를 요란하게 한 남자, 수염이나 구레나룻을 보란 듯이 기른 남자를 부하로 반기는 조직은 없다. 일례로 삼성전자에서는 1980년대 초반까지만 해도 인사과 직원이 점심시간에 식당에서 사원들의 두발 상태를 검사해 인사 고과에 반영했다. 이른바 장발 단속을 한 것이다. '튀는 것'은 조직 생활에서 모험이다. 개성과 창의가 필요한 일부 자유 직종, 혹은 벤처 기업에서나 그런 용모가 받아들여진다. 한국 남자가 머리를 기르고 파마를 하고 다니면 예술가나 작가 아니냐는 질문을 곧잘 받는다. 나도 여러 번 그런 말을 들었다.

　조직은 사람을 구속하는 대신에 응분의 보상을 한다. 보상을 바라지 않겠다는 각오를 하지 않고는 조직에서의 자유를 추구하기 어렵다. 나는 헤어스타일 혁명으로 무언가를 과감히 잘라내고 싶었다. 그것은 권력욕일 수도 있고 재물욕일 수도 있다. '머리 혁명'에 지나친 의미를 부여하는 것인지도 모르지만, 내 마음 한구석에는 분명히 그 비슷한 심리가 작용했다. 여자들이 머리 모양을 바꾸어 기분 전환을 하는 것과 비슷하다고나 할까. 미국 부통령 앨 고어가 대통령 선거에서 떨어진 다음에 한동안 수염을 기른 것에도 비유할 수 있을지 모르겠다.

　그렇다고 '머리 혁명'을 내 맘대로 단행해서는 안 될 것 같았다. 최소한 아내의 묵인, 아들의 이해가 있어야 할 것 같았다. 갑작스러운 변화로 충격을 주지 않으려면 시간이 필요했다. 몇 달 전부터 나는 머리 혁명의 운을 떼놓고, 기회 있을 때마다 반복했다. 아내는 당초 "나는 머리 기른 남자가 제일 싫다"며 반혁명 선언(?)을 했으나, 나의 지연 전략과 반복 전술에 따라 그 태도가 점차 누그러졌다. 아들은 처음부터 "그래? 아빠가 굳이 하고 싶다면 뭐……"라는 반응이었다. 엄마를 닮아 곱슬머리인 아들에게 "너도 파마해서 머리를 펴봐"라며 스트레이트 파마를 권하기도 했다. 결국 나는 아들을 내 '머리 혁명'의 동맹군으로 끌어들였다.

마침내 헤어스타일 혁명은 성공을 거두었고, 내가 새로운 머리 모양을 한 지도 어느덧 3년 반이 지났다. 염색 이력은 파마보다 약간 더 오래되었다. 염색에 파마까지? 아내는 그 두 가지가 머리에 얼마나 나쁜지 아느냐면서 횟수라도 줄이라고 말한다. 나도 그 말에는 동의해 파마도 염색도 1년에 두 번씩만 하다가 요즘은 염색을 하지 않는다.

나는 한동안 고급 미용실을 출입하며 전담 미용사에게만 머리 손질을 맡겼다. 파마도 염색도 최고급 수준을 고집했다. 아내가 동네 아파트 상가에서 염가로 머리를 자르는 데 비하면 사치였다. 요즘은 나도 집에서 가까운 미용실에서 파마를 하고, 커트도 한다. 프랜차이즈 방식으로 운영되는 고급 미용실이 가격을 터무니없이 올리는 데다가 그만한 질의 차이가 있을지 의문이 들었기 때문이다.

염색을 하고 파마를 하면 확실히 젊어 보인다. "젊어 보인다", "동안(童顔)이다"라는 말을 들으면 우쭐해진다. 내가 젊은 인상을 강렬하게 추구하는 것은 아니다. 내 스타일을 지향한다. 좀 더 낭만적인 머리 모양에 편한 복장을 하고 싶다. 고지식하게 늙어가지 않고, 시대와 더불어 호흡하며 여생을 보냈으면 좋겠다. 성공을 향해 돌진하는 인생이 아니라 여백과 여유, 맛과 멋이 어우러진 삶을 살려고 한다.

요즘 멋지게 나이 들어가는 중년 남성을 '꽃중년' 혹은 '미중년'이라고 부른다. 어느 여기자는 칼럼에서 "나이 든 남자도 여자들을 열광시킬 만큼 매력적일 수 있다"면서, 중년 남성을 향해 "보수적이고 닫혀 있는 태도"를 버리고 "자기 계발에 투자하고 자유로운 사고를 하"라고 권했다. "성적인 긴장감이라곤 없는" "전혀 구애 활동이 일어날 대상"이 아닌 아저씨로 전락하지 말라는 것이다.

서양 미술사 책에서 중세 유럽 귀족들이 가발로 멋을 한껏 부렸다는 이야기를 읽는 순간, 나는 야릇한 희열감을 느꼈다. 더 늙어 머리숱이 현격하게 줄었을 때의 대안으로 다가왔기 때문이다. 수염은 어떨까? 수염 기르는 것은 아직 생각해보지 않았다. 내 인상에 수염이 어울릴지도 알 수 없다. 구레나룻은 긴 편인데 일부러 기른 것이 아니라 머리를 기르다 보니 덩달아 길어진 것이다. 파마 덕분에 날마다 머리 손질하는 데는 별로 시간이 걸리지 않는다. 매일 샴푸로 감고 린스로 헹군 후 수건으로 물기를 털어내고 영양제(에센스)를 발라주는 것이 고작이다. 파마를 했기 때문에 따로 머리를 세우거나 하지 않아도 된다. 탈모 방지제는 미국에 있을 때 쓰던 제품을 계속 사용한다. 대머리가 되고 나서 머리카락을 심는다고 거금을 들여 아프기 짝이 없는 머리카락 이식 시술을 받기보다는 평소에 투자와 노력을 해둘 필요가 있다.

요즘은 사물의 가치보다 외형을 중시하는 시대다. 치아 교정, 성형과 함께 미용 산업이 그 어느 때보다 호황이다. 병원 중에도 성형외과와 피부과, 안과, 치과가 인기다. 유행을 지나치게 좇는 것은 바람직하지 않다. 하지만 시대에 맞게 어느 정도 멋과 낭만을 추구하는 것은 무방하지 않겠는가. 너무 꾸며도 안 되지만, 너무 꾸미지 않아도 민폐(?)를 끼칠 수 있다. 늙을수록 더 화사해질 필요가 있다. 기독교에서는 인간이 '하나님의 형상'으로 지어졌다고 말한다(「창세기」 1장 27절). 변조는 안 되지만, '하나님의 형상'에 걸맞은 아름다움과 품격을 갖추는 것은 필요할 것이다.

지은이_심양섭

한국방송통신대학교 법학과, 서울대학교 동양사학과, 연세대학교 행정대학원을 졸업하고, 성균관대학교 대학원 정치외교학과에서 박사 학위를 받았다. ≪경향신문≫, ≪조선일보≫ 기자를 지내며 언론사에서 10여 년간 발로 뛰었다. 미국 시애틀에 있는 워싱턴 대학(UW)의 잭슨스쿨 국제연구소와 정치학과에서 각각 방문 연구원(visiting scholar)으로 연수했으며, 서울시장 직무 인수위원회 위원, 21세기 서울 기획위원회 위원을 지냈다. 이화여자대학교, 숙명여자대학교, 성신여자대학교, 아주대학교, 단국대학교, 경기대학교에서 가르쳤다.

현재는 한림대학교와 가천대학교 강사, 어린이 글쓰기 커뮤니티 송알송알(http://www. koreakidnews.org)의 공동 대표로 일한다. 정규직 교수와의 사이에 아들 한 명이 있다. 한 주일에 절반 이상은 집에 머물며 가사를 담당한다. 탈북자와 이주민들의 친구로 여생을 보내는 것이 꿈이다.

저서로는 『반미를 해부한다』, 『여자가 기자가 된다』(편저), 『미국 초등학교 확실하게 알고 가자』, 역서로는 『외교 원리와 실제』, 『성공하는 리더십의 조건』(공역) 등이 있다. 그 밖에 「한미 양국 간 시민사회 연결망 구축방안 연구」를 비롯한 많은 논문과 칼럼, 기사, 수필을 썼다.

'집사람'이 된 그 남자

심양섭 ⓒ 2015

지은이 ‖ 심양섭
펴낸이 ‖ 김종수
펴낸곳 ‖ 한울엠플러스(주)
편집책임 ‖ 이교혜

초판1쇄 발행 ‖ 2015년 1월 5일
초판2쇄 발행 ‖ 2015년 12월 10일

주소 ‖ 10881 경기도 파주시 광인사길 153 한울시소빌딩 3층
전화 ‖ 031-955-0655
팩스 ‖ 031-955-0656
홈페이지 ‖ www.hanulmplus.kr
등록번호 ‖ 제406-2015-000143호

Printed in Korea
ISBN 978-89-460-4939-0 03810